# 再独行一千英里

柏颜 · 著

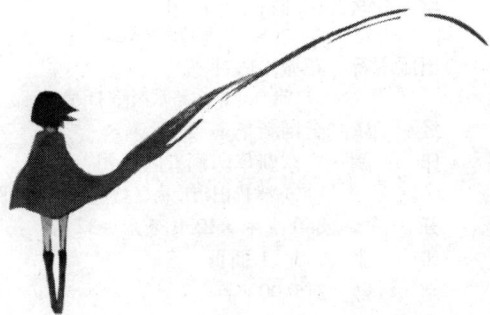

南方出版传媒
花城出版社
中国·广州

**图书在版编目（CIP）数据**

再独行一千英里 / 柏颜著. -- 广州 ： 花城出版社，
2017.6
ISBN 978-7-5360-8344-8

Ⅰ．①再… Ⅱ．①柏… Ⅲ．①长篇小说－中国－当代
Ⅳ．①I247.5

中国版本图书馆CIP数据核字(2017)第094640号

出 版 人：詹秀敏
责任编辑：张 懿 陈诗泳
技术编辑：凌春梅
封面绘图：云 中
装帧设计：仙境书品

| 书 名 | 再独行一千英里 |
| --- | --- |
| | ZAI DUXING YIQIAN YINGLI |
| 出版发行 | 花城出版社 |
| | （广州市环市东路水荫路 11 号） |
| 经 销 | 全国新华书店 |
| 印 刷 | 广东新华印刷有限公司 |
| | （广东省佛山市南海区盐步河东中心路 23 号） |
| 开 本 | 880 毫米×1230 毫米 32 开 |
| 印 张 | 9.5 1 插页 |
| 字 数 | 215,000 字 |
| 版 次 | 2017 年 6 月第 1 版 2017 年 6 月第 1 次印刷 |
| 定 价 | 36.00 元 |

如发现印装质量问题，请直接与印刷厂联系调换。
购书热线：020－37604658 37602954
花城出版社网站：http://www.fcph.com.cn

## 那时年轻下落不明

**谁不曾支离破碎，**
**而后依然前行。**

# 1

接连两次在电影院睡去，无论剧情多么高潮迭起，男女主角颜值多么吸睛，一到下半场，我就会抵不住困意沉沉。

这在以前是无论如何都不会发生的事情。一部影片长一些也不过120分钟，大部分都会在晚上10点结束，可我竟屡屡支撑不住。等到灯光大亮醒来，会有种错觉，好像已经是许多许多年后。我木然地走出漆黑寂静的影院，商场依然人流如织，灯光耀眼，会有种错觉，好似回到童年的周末：暮色渐浓，才想起作业还剩下大半，第二天就要测验的单词还没记。

## 2

这个故事我写了整整一年。其间有两次旅行，从青海出发长达 7 天的闺蜜公路环线，经过湖泊和沙漠，穿越戈壁和峡谷。另一次是去上海，单纯而随意地逛街，吃东西，挥霍掉整个假期。

和喜欢的人不断爆发争吵，而后分道扬镳。

交往了十多年的闺蜜沦为点赞之交。

一个深深喜欢着的朋友来不及好好告别就后会无期。

每当变幻时，便知时光去。

连记忆也不再可靠，我常常想不起昨天的早餐，也不止一次地买到和衣柜里完全相同的 tee。

更热衷于书写。日志也好，故事也好，写下来才是证据。有时羡慕故事里的他们，永远活在最深刻的年纪。

## 3

我写东西很慢，常常在夜里，抑或是在阴雨绵绵的天气里。

抱着电脑靠在床头，小泡偶尔会钻到身边盘成一团。从春秋到冬夏，我常常被这种无怨无悔的陪伴所感动。

时光变得如同血液一般黏稠。

像是一切孤独都在静止之中，任由我缓慢地前行。

当故事结束，生活还在继续。

任何人都将被时光推向那未知的潮汐。

# 4

这个城市的早春还是有很大的风。深夜里呼啸着拍打窗子，像是一场倾诉。

若某一日，旧人选择离开，就别再对任何人去讲，他的好和坏。你知道烟火再灿烂也终究被掩埋。以沉默封缄，便是最后的温柔。

——我们相爱过吗？

——相爱过。

——多久？

——似乎是一瞬间。

——剩下的呢？

——剩下的，是无尽的欲望和惦念。

——你要我相信什么？

——我要你相信，我曾经努力过。

柏颜

2017 年 5 月于武汉

○一

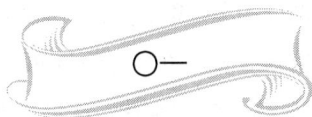

　　夜里十一点才加完班，我们三个人跌跌撞撞地往宿舍走。

　　袁媛走在最前面，踩着对她来说高跷似的高跟鞋，边走边歪着那颗酷似蘑菇的脑袋给她老公打电话，暧昧的情话充斥在深秋依然燥热的空气里。这个正处在蜜罐里的女人根本不知道收敛为何物。

　　席一朵放肆地伸了个懒腰，她把宽大的竖条纹西装裤往上提了提，像老太太出门消食似的挪着步子，拖着鞋后跟的声音跟袁媛的高跟鞋声一唱一和，非常和谐。

　　我揉着僵硬的肩膀，深深吸了一口气。

　　十月桂花盛开，甜腻的香气一下子充满整个肺部，再加上城郊空气里特有的清冽，整个人已经清醒了大半。我掏出手机，开始思考如何回复那条下午三点十分就收到的微信语音。

　　调小音量后，把手机轻轻贴在耳边。很快，熟悉的嗓音就慢慢像壁虎的尾巴一样滑进我的耳朵里——机票和动车票都买好了，你查下短信。

　　如今强大的交通工具已经足以让人一日之间辗转多地，再也不是那首诗写的：从前慢，一生只够爱一人。

明晚七点到P市，九点的飞机去北京。

这意味着我今天，哦不，现在就要请假。

此时此刻我身处距离P市450公里的滕旭集团，这家已有六十二年历史的私企像个独立王国矗立在地级市以北。跟寸土寸金的P市不同，它就像悬疑电影里被诅咒的地界，飞速发展的现代化铁轨似乎故意绕开这里，外界对它的认知始终止步于这间遗世独立的企业和远处秀美连绵的山峰。

"西盈，石经理给你的早餐票放好没，我明天能不能按时上班就靠它了。"席一朵边吃边回头问我。

我正为请假打着腹稿，猛地抬起头望着她，一副状况外的样子。

席一朵忧心忡忡地把我的钱包翻了个遍，最后发出一声哀号，"袁媛！出大事了！"

袁媛不得不结束通话，转身瞪她，"又怎么了，我的大小姐？"

"那个……把石经理给的早餐票落上面了。"我恍然大悟。

袁媛思索了一下，"这么晚别再上去了，一朵你在梦里随便吃点什么就行了，反正你肯定爬不起来。我和西盈六点起床出去买就好了。"

"姐姐，这方圆百里只有食堂才供应食物，要没早餐票我们花十倍的价格都买不到一根毛！"席一朵停了停，"再说了，你别忘了我们明天还要见沈总。"

听到这个名字袁媛忍不住拍了一个脑门，无奈地踩着恨天高愤愤地拉着我们往回走。

高跟鞋踏在大理石上发出尖锐而空灵的回声，我们仨的影子被昏暗的路灯拉得像幽灵一样，迅速向大厅里漂移过去。

就在快要进入旋转门时，一道刺眼的强光扫过来。我们下意识捂住眼睛，直至光束消失，才从手指缝里看见一辆车缓缓驶过来。

车灯熄灭，一个人影从里面走下来。

他看起来非常年轻，灯圈在他眉宇间打了个光晕，明明近在咫尺，却像电影长镜头慢慢升格捕捉到的人物。

与此同时，大楼里声控灯次第亮起，石磊连走带跑地蹦下最后一层台阶，邀功地扬扬手上的早餐票，"三位美女，是不是掉了东西？"

席一朵像嗅到罂粟花的缉毒犬一样冲过去："小石头！我爱死你了！"

石磊被突如其来的热情冲得有点发昏，他摸着头，像福娃一样腼腆而又喜庆地笑着。

忽然他目光一瞥，看见了暗处里还有个人，并且很快就认出了他的身份，满脸的笑意顿时烟消云散，脊背都不自觉挺直几分："沈总，您怎么提前回来了？我们刚刚还在说明天早点出发去机场接您。"

我们不约而同地望过去。

这个人就是传说中的沈瑞，外界盛传滕旭集团最近空降的那名高层，打破长达半世纪内部晋升制度的惯例。最重要的是他也将是决定我们公司与滕旭未来合作的关键人物。

临出差前，曹总千叮万嘱，要拿出我们作为广告人的专业素养，一举一动都不能给公司丢脸。席一朵当即就趁热打铁说，那我们这次出差的行头总不能太差吧，MUJI的登机箱还不错，笔记本得是"外星人"那样的配置吧，实在不行，苹果也凑合。怎么样，这个建议不错吧。

曹总微微一笑，慈祥地安抚她，朵朵，不要有心理包袱，滕旭的企业文化就是低调内敛，不会因为这些外在的东西而怀疑你的专业。不过，建议你们还是去做个SPA吧，记得拿发票。

结果我们来第一天就从容光焕发加班到灰头土脸。

还是袁媛处变不惊，就在我们还沉浸在是该弯腰鞠躬还是礼貌握手的选择恐惧症中时，她已经挤出完美的职业笑容："沈总您好，我是禾邑广告公司的企划部总监袁媛。"连同名片一并递出去。

站在阴影里的沈瑞点点头，"私人时间不用这么客气。"又转向石磊，"明天上班前把员工手册抄一遍放在我桌上。"说完步伐稳健地朝大厅走去。

就算背着光，我也能感觉到石磊的脸色很难看。

石磊是定制部经理，算是个小中层，长期负责我们公司职员往来的接待工作，不仅一点领导架子都没有，还尽可能给予我们许多生活上的帮助。

私下里，一朵总喊他"小石头"。现在一朵犹豫地叫他，"石经理，我们是不是给你惹麻烦了？"

"没有，我先送你们回宿舍。"看石磊笑容勉强，我们也不方便再问什么。

回到宿舍席一朵就四仰八叉地往床上一躺，一心一意地追韩剧。

袁媛打开电脑把PPT从头到尾顺了一遍。

我支支吾吾了很久才开口说请假的事，顺带编了个喜庆的理由。

袁媛笑着问，"找你当伴娘，不怕被你抢了风头？"

"哎，其实一开始我是拒绝的，直到她告诉我伴娘有大红包拿。"

袁媛思索了一下，"嗯，附加条件是你这必须素颜出镜？"

"……"我坚定地履行了能动手绝不吵吵的东北人行事风格。

一朵难得地没有参与到我们的八卦中来，她翻个身背对着我们，一条信息忽然跳到屏幕上，她看完以后用力抓紧了手机。整个人好像被摄魂怪镇住了一样，久久没有动弹。

假如我们之中有谁刚好看见她当时的表情，一定会惊叫出声。那一刻她的表情比含恨而终的亡灵还沉重。

滕旭的员工宿舍没有想象中那么奢华，不过每间双人房都带着一个大阳台，从九楼的窗户看下去，绿荫夹道，绵延而上，根本看不见尽头。

让我想起大学时从宿舍往窗外望，也是这样的景象，数不清的树木包裹着整个校园，一年四季都不会凋零。

夜里真的梦见回到P大，是樱花盛开的季节。每年这个时候学校六个大门口就会开始贩卖门票，据说一个花期的总收入能让两间食堂免费供应伙食整整两年。

可是我从出租车上下来就只看见稀稀朗朗几个校友。

时隔三年，当年粉蓝色新楼已经有了破败的痕迹。几条褐色水渍从空调压缩机下方弯弯曲曲地覆盖整个墙面。

即使在梦里，我也清楚知道自己已经不再属于这里。那里面宽敞明媚，却已经没有我的位置。

我站在一堆杂物之间，忽然惊慌失措。

猛地睁开眼睛，按亮手机，时间显示4:30。

两小时后我开始洗漱，袁媛醒来以后第一件事就是发一条朋友圈：每天叫醒我的不是闹钟，而是一位职业女性对完美的追求。

紧接着席一朵也追了一条，每天叫醒我的不是闹钟，而是一个吃货对滕旭公司食堂的渴望。

滕旭每日以自助方式免费为员工供应一日四餐，像我们这样来出差公干的，要凭餐票才能入场。

以前去试听EMBA课程时，总记得白发苍苍的教授讲课之余讲了这么一句秘诀，看一家企业实力是不是雄厚，资金链够不够庞大，跟企业文化或股票涨幅没半毛钱关系，去员工餐厅吃顿饭就知道了。

要是味道堪比五星级大厨，那肯定就是世界五百强。

要是跟大学食堂差不多，那不用说，肯定撑不过五年。

就滕旭食堂这香气，这味道，这材料，妥妥世界五十强。

难怪这里上到高层下至普通的扫地阿姨，脸上总挂着礼貌而满意的笑容，得食堂如此，夫复何求。

刚进办公室就看见石磊在泡茶，一副赋闲公务员作风。

"石经理，早。"一朵擦擦嘴，甜甜地打过招呼。

"今天的小芭蕉挺甜的，一朵有没有多吃几个？"

一朵撇撇嘴，"哎，我起晚了，只拿到了最后八个。不知道中午还有没有？"

石磊哈哈大笑，从口袋里又掏出两个嫩黄色的小芭蕉递给她，"拿去。"

我和袁媛对视一眼，异口同声地"哎哟"了一下，石磊的脸立刻就红了。

过了一会，她们全都进了会议室提案，我则留下继续处理昨天的设计图。

会议进行没多久，就收到一朵发来的微信：妈呀，怎么没人跟我说沈瑞本人竟然这么好看？

昨天晚上光线太暗了，我根本没看清他的长相，或者说，我压根没敢看他的脸。

不过一朵也夸过石磊好看，在我看来他更像个福娃。

过一会手机又亮起来：真的真的，袁媛激动得讲方案都结巴了。

这句我不信，就算把吴彦祖放在她面前，她也最多就是摸一下吴彦祖的腹肌，然后如饥似渴地去找她老公。

过了很久一朵也没再发送消息，我抬起眼往会议室的方向望了望。

整个滕旭的办公大楼内部都是用无数面透明玻璃间隔开来的，基本上除了铺着三厘米厚毛毯的地面，其他办公室都是透明的，上面除了滕旭企业特有的logo作简单装饰，其余无不光滑明净，就算是只苍蝇都站不稳脚跟。

会议持续了大概四十分钟，袁媛抱着笔记本电脑回来时脸色不太好看，一朵也对我挤眉弄眼，一副忍到快要便秘的样子。

袁媛走到一边去给曹总打电话。一朵打开电脑飞快地给我发来消息，提案很失败。

沈总两个问题就把袁媛弄得哑口无言，气氛尴尬得她都快冻僵了，要不是石磊帮忙打圆场，估计袁媛都要下不来台。

"对方要求我们一周内出一套完整的媒体方案及报价。"

我愣了一下，禾邑以往做的一直都是做经销渠道、广告设计类的服务，虽然公司有媒介部、也有自媒体，但是要在短短一周内搞定整个滕旭的定制产品宣传推广，不能不说算是个挑战。

"最后袁媛问沈总，在媒体选择上沈总有没有什么特别要求，是更侧重传统媒体，还是新媒体？"

"结果你猜怎么着，沈瑞说，把这些问题拿去请教你的专业老师吧。"

"……"

"袁媛当时的表情就像挨了一头闷棍，眼冒金星。"

"刚刚你不是还对人家一见钟情？"

"我是那种见色轻友的人吗？"

"你不是吗？"

其实一直以来禾邑就是靠着跟滕旭二把手的那么点私人关系，当然也有一丢丢的自身实力，才吃到滕旭这口肥肉。曹总明年能不能安心地去生二胎就靠这次提案了，谁知道半路杀出这么个大爷。

快到十二点，袁媛才终于挂上电话。

"快走，快走，我饿得头昏眼花。"席一朵拉着我们往食堂跑。

袁媛有些疲惫地叹口气，"西盈你提前回去也好。顺便帮我和一朵把明天的票给退了。"

"为什么？"我和一朵异口同声问。

"曹总明天要亲自过来一趟。"

她俩一路愁眉苦脸地回到宿舍午睡，我一边收拾东西，一边走神。

不知道怎么回事竟然睡着了，还是一朵推醒我，"西盈，你几点的车啊，怎么还没走？"

我迷迷瞪瞪地看了看手表，二话不说拎着笔记本和行李以五十米冲刺的速度向外狂奔。

滕旭的大门将这个地级市割裂成两个部分，里面是宛如大学校园般的寂静王国。外面则是平房矮墙，荒芜得连一间超市都看不到。

我好不容易找到公交车站，又不确定应该坐几号车，忍不住懊恼自己怎么没一早就查好地图。

百度显示公交大概要四十多分钟，可我离发车只剩下整整半小时。

我想给袁媛打电话求助，看看石磊有没有空送我一趟，可最终还是咬牙忍住没拨出去。

眼看着时间一分一秒过去，我心慌意乱地站在路边，这里太过偏僻，也大概是因为滕旭几乎人人都开车上班，或者住宿舍的缘故，以至于连出租车都很少经过。

要是错过回P市的火车，就会顺带赶不上去北京的飞机。

就在我急得快要哭了的时候，滕旭大门缓缓打开，一辆黑色的车从里面开出来。

我像碰瓷的老太太一样跌跌撞撞地扑上去，拼命向里面的人招手。

车窗缓缓摇下，"什么事？"

"沈总？"我愕然得差点结巴，不知道哪来的勇气促使我像无赖一样直接打开副驾驶位钻进去。"麻烦您送我去火车站，还有二十多分钟车就要开了！"

说话的时候我两只手紧紧地握着顶上把手，像个牛皮糖一样对他露出哀求的表情。

无论日后多久，我回想起来，都觉得自己当时非常像一只午夜站在大街上揽客的动物……

"把安全带系上。"说完之后，他没再多看我一眼。

后来我知道，上帝不会莫名其妙地安排一些人出现在你的生命里，每个你遇见的，过客也好，驴友也好，这些短暂的长久的同行者，会帮你完成生命里某个晋级。

　　又或者是，打回原形。

　　我在发车前一分钟钻进车厢。

　　直到车开出去二十多分钟，我紧绷的神经和跳得几乎爆炸的心脏才缓了过来，才想起我甚至没跟沈瑞说声谢谢；本想跟袁媛要下联系方式，又觉得太矫情。只好作罢。

　　抵达首都机场时是午夜十一点四十分。由于机器故障，我足足等了四十分钟才拿到行李。走到接机大厅，已经空无一人。我是今天最后一个抵达的航班里，最后一名乘客。

　　我冻得哆哆嗦嗦地打电话给许峦峰，响了很久，都没有接。直到一个人影走到面前，一声不吭地拿起我的行李就往外走。

　　"出租车等不及先走了，我们要重新打车。"

　　"哦。"

"你只不过是来待两天，需要带上半年的行李吗？"

"……"

十月的北京夜里特别冷，我原本热烈的情绪一下子冷却下来。

我像木偶一样亦步亦趋地跟着他。上了车，我整个重心都倚在左边的车窗上。他就坐在我身边，却好像隔着某种难以言喻的禁忌。

这样沉默了大概二十多分钟，我几乎要哭出来，他才掰过我的肩膀，把我放倒他腿上。

他捧着我没有任何温度的手，然后调整了一下坐姿，俯下身亲吻我的额头。

他的嘴唇是凉的，连气息也勉强算是温暖。

接机大厅里没有椅子，也没有咖啡厅，他大概蹲在车道边足足五个小时。心里忽然软了一下，我挣扎着坐起来，轻轻戳了戳他，"对不起。"

他叹了口气，用力把我圈进怀里。

车停在一排密集的楼房下面。"你又换房子了？"

"嗯，临时租的。"

他一手拿着行李，一手牵着我，"走吧"。

楼道里没有灯，只有紧急出口处亮着荧绿色的灯。我想起这些年他所有流浪过的地方，有最初的地下室、四合院、单人间、废旧工厂等，直到这两年他连续签下好几部电影，经济状况好了许多。视频时能看见明亮的窗台和房间。

门一打开，洗衣粉和漂白水特有的香气迎面涌上来。

他把灯打开，"去洗澡吧，这里二十四小时供应热水。"

虽然并不是第一次共处一室，我还是有点不自然，匆匆打开箱子拿了换洗的睡衣就进了厕所。

里面有一个偌大的浴缸，应该很久没有人用过了。我光着脚站在冰凉的瓷砖上，看着镜子里的这张因为骤然遭遇灼热蒸汽而略带潮红的脸。

这张脸看起来还很年轻。去禾邑面试那天，袁媛问我，你是90后吗？

是董事长点名留下我，他戴着老花镜，穿着淡蓝色条纹衬衫，把一件乳白色开衫的两只袖子系在胸前，好像随时都准备去TVB剧组打高尔夫。

他说，你的作品我看了，还发给我一个大学教授朋友看，他们都很欣赏。

他说，我女儿跟你差不多大，我一向认为女孩子就应该眼高于顶。

他说，我希望你跟着禾邑一起走几年。

我说，怎么敢当，谢谢赏识。

频频欠身，双手反复交叠在一起，笑得含蓄矜持。

她们说欢迎你，目光真诚，笑容热情。

然而第一个月参加某位员工庆生，仪式完毕后，每人分得一块蛋糕，只有我转身走出会议室，一个人在座位上默默地吃。

第二天副总略有迟疑地问袁媛，陆西盈是不是极不合群。

我听说以后嗤笑出声。席一朵说你这叫高冷，她一个跪舔男人的小三不会懂。

于是开始修正一些太过自我的行为，很快和她们成为闺蜜。

但只有自己知道，从家到公司不过五站路的距离，我也会坐错车，也会下错站，也会在某个鸟语花香的清晨里，忽然茫然无措，不知道自己将要去哪里。

要不是像孤魂野鬼一样独自度过整整七年，我应该会和所有二十出头的女孩子一样对新工作和恋情有着无比美好的期待和憧憬。而不是会在某个长达两个小时的会议上，感觉自己极度暴躁得几乎忍不住尖叫出声。

而在所有这些茫然瞬间里，许峦峰是我唯一的定海神针。

我换好衣服走出来，他已经睡着了。

他的胡茬有点儿乱，我摸了一会儿，手就被他捉住，眼睛也不睁开，就把我往怀里轻轻一搂，呢喃一声，睡吧。

关掉灯，整个房间像沉入梦境般黑暗。

我挣开他的怀抱，侧过身去，这些年习惯了一个人睡觉，把自己蜷成一个小猫，能让我觉得安稳。

他轻轻地凑过来，穿着厚厚的睡袍把我揽在怀里。

没有开暖气，房间里的温度大概才十度左右。然而我感觉十分温暖，仿佛是在一片温暖而熟悉的水域中睡着了。

醒来时阳光四溅，我已经很久没有睡得这么好。厕所里传来淋浴声，不一会儿他裹着浴巾走出来。

他的小腿和胳膊上有一条泾渭分明的界限，巧克力色的四肢好像是组装上去的，他原本的肤色要白很多。

阳光在他湿润的头发上打了个卷，他从冰箱里拿出一听可乐就往喉咙里灌。

七年，他真的好像老了一点。

我把脸轻轻贴在他宽阔的后背上，手环住他依然平坦的小腹。

"峦峰哥哥，我们以后别再见面了。"

他身体明显僵硬了一下，放下可乐转身过来捏我的脸，"饿了吧，带你去吃早餐。"

"我不想再来北京，也不想再见到你。"说这些话时我心跳得很厉害，分不清是害怕还是激动。我觉得自己快要哭出来，越发把脸深深埋在他怀里。

"好，都听你的。"他认真地捧住我的脸，瞳孔泛着浅褐色光晕。

他表现得一如既往的从容温和，就像如来佛面对孙悟空，任凭我翻江倒海也无法在他眼里掀起丝毫波澜。

我抬头看着他，莫名有点愤怒。

我并不是像一朵那样目光长远的女孩子，会早早就给自己买了公寓，每月薪水一半用来还贷款。我是彻头彻尾的月光族，只相信今朝有酒今朝醉。

七年了，如果这期间有什么事是我坚持了最久的话，那就是往返于P市和北京之间。

可是除此之外，我们和对方的生活毫无交集。

就像《不能说的秘密》里只靠一章单薄的钢琴曲维持关系的穿越情侣，这种随时都可能结束，每句话都像是临终遗言的脆弱总能在瞬间击垮我。

就像小心翼翼地捧着一只不知道什么时候就会碎的杯子。

与其在忐忑里煎熬，我选择亲手打碎它。

可是许峦峰并没有发现我的决绝，他像父亲对待叛逆少女一样抱了抱我，"下午我要去跟个制片人谈事，你也一起。"

十月的北京热得有点匪夷所思，太阳好像随时要像锅盖一样关下来。不要说人了，每一片叶子都不得不咬紧牙关，好像一个不经意就要烤化了。

我们坐在咖啡厅里冷风最强的风口下面，他们在旁边吹着牛，时不时蹦出这"斯基"那"斯基"的。这是他们这个行业的特性，最崇拜的导演永远是A斯基，最牛掰的剧本则肯定是B斯基写的。

就像成天把单调广告语反复重播的公交车一样，两者有着不相上下的催眠效果，我百无聊赖地拿起桌上的剧本来看。

过了一会我收到一条汇款消息的短信，紧接着一朵的微信也跳出来，"刚刚滕旭给我们发了加班费啊哈哈！"

我简直惊呆了，难怪沈瑞会因为石磊纵容我们加班的事情责备他。在滕旭不经报批，员工不允许自行加班，因为涉及昂贵的加班费和年假。而在禾邑加班到凌晨，也只得到副总一句，在公司加班还给你们省了电费的"赏赐"。

但凡发点横财我就坐不住，于是给许峦峰发条微信。

——我出去一会。

——不行。

我抬头看过去，他正沉浸在云烟雾绕里，根本抽不出工夫看我一眼。

——烟味太呛了。我要出去走走。

许峦峰看一眼手机，立刻把烟给灭了。

——你一个人能去哪，等会有空带你去。

可是我已经站了起来，并且一把甩掉了他伸过来的手。

气氛顿时僵硬起来。

他依然维持着笑容，"那你早去早回。"说完把他的钱包装进我包包里。

我愣了一下，立刻掏出来还给他，僵硬地补了一句，"我有钱。"

这时对面三个人都不约而同地笑了一下，目光在重重烟雾里显得更加暧昧迷离。

我讨厌这种似是而非的表情。

我抓起包就往外走，膝盖不小心碰到桌子角，猝不及防的剧烈疼痛差点让我跪了下去。还好许峦峰适时拉住我，"我送你到门口吧。"

门口几步就到了，我试图挣脱开他的手，却被握得更紧。

他一言不发地看着我，时间越长，某种酸性情绪就越像不断分裂的细胞一样占领我的胸腔。

我觉得我几乎要哭了。

这时人群里一阵骚动，好像是某个出街的小明星被路人识破伪装，纷纷围上去拍照并索要签名，然而被她两三下就躲开了，一路笔直地朝我们这边走过来。

她摘下墨镜，笑意四溅，"嗨，许导，久等了。"

〇三

　　有时候我觉得自己和许峦峰的生活相去甚远，噢不，准确地说90%的部分里，我们的生活全无交集。

　　他家在中国某个县级城市里也算是个占地百亩的土财主，从初中开始他就过着呼五喝六的生活，高中骑着全县最拉风的摩托车，带着不同的姑娘风风火火穿街走巷。十七岁那年，他一个从小玩到大的哥们在网吧疯玩了五天六夜后猝死在卡座里，消息一出各大媒体蜂拥而至。

　　许峦峰第一次看到那些扛着重型摄录机的墨镜男，还有一个个争先恐后地把话筒递到他嘴边的狂热的媒体记者们。后来许峦峰对我说起当时的感受，他几乎忘记了夭折的同伴，关于死亡带来的悲伤也迅速被另外一种无法名状的归属感所取代。

　　用他话说就是，当时感觉自己站在了世界的正中央。所有人，都在殷切地期待他说点什么，好像他说的每一句话都能得到洪亮的掌声，好像他将透过镜头传送到全国各地的每个细微表情都将被人们所顶礼膜拜，小心珍藏并反复欣赏。

然后他就跟被"召唤"了一样，在一年后考入了S大的传媒系。可是接下来的发展并没有像时下热门小说或青春电影里所描绘的那样，一战成名或是万众瞩目。

他飞快地沉寂了下来。

"那个时候我每天只做一件事，就是拉片。"他对我说起这些的时候，我们面对面坐在北京最嘈杂的一间星巴克里，楼上楼下坐满了边抠脚边乘凉的大叔大妈和抱着银色金属壳开着QQ视频的年轻男女，咖啡香气里混杂着各种汗水和过度膨胀的荷尔蒙气味。可我当时托着下巴，感觉随着他嘴唇的开合，一枚枚晶莹剔透的碎片在空气里迅速地衔接拼合，最后形成了一个巨大而坚固的玻璃罩子，把他和我网罗其中，整个世界的噪声都像被屏蔽一样戛然而止。

事实上，只要和他在一起，不管是在拥挤不堪的地铁上，还是尖叫声不断的新闻发布会现场，我的注意力从不会被除了他以外的事物取代。

只要他陪着，我可以目不转睛、呼吸平稳地看完一部恐怖等级五颗星的日韩电影，也可以气定神闲、趾高气扬地走进爱马仕专卖店并且要求试背三件以上的限量版包包。

是的，只要他在。我就会像那只自以为手握四叶草而无往不利的小飞象一样，扑腾着自以为是翅膀的大耳朵追逐飞机和太阳。

可是在其他90%的分离里，我过着虚幻而麻木的生活。

大二下学期我刚搬离宿舍时，室友们还会忧心忡忡地隔三岔五找各种借口拎着水果来看我、安慰我，帮我检查煤气，并偷偷带走我仅有的一把剪刀。

我觉得挺可笑的。但是我笑不出来。因为我本身就是一个活生生的笑柄。这就像一把匕首说"哎哟，好疼一样"，荒谬又滑稽。

那段时间我只做一件事，就是画画。给杂志配图，给广告公司做手绘，给淘宝店铺设计装潢。我像蚂蚁啃大象一样往出租屋里添置家具，用两个月兼职所得买下MUJI的沙发和台灯，翻阅一整天英文字典只为成功地在外文网站上购入一枚拼色抱枕。

12月，室友们帮我一起把快递箱子搬回家。那是一大块米白色的长毛地毯，我在宜家官网上看见它的时候就已经迫不及待想要感受躺在上面的感觉。

圣诞节前夕，老大给我打电话。告诉我她打算推掉男友的约会来陪我。我拿着手机，感觉说了比前十几年还要多的不字，可是第二天下午我正在赶一副插画，门铃就"surprise""surprise"地叫了起来。

老大自带一只插电火锅，其他人嘻嘻哈哈地蜂拥而入，一边把需要冷藏的肉类往我的冰箱里塞，一边啧啧地指责我根本不会照顾自己。

我只好扶着额头说，你们自便。

其间她们在客厅里洗干净青菜，切好了肉块，油辣辣的火锅底料也沸腾开来，发出迫不及待的吱吱声，就像她们眼睛里不断跳跃着的兴奋和喜悦。

在得到我还不饿的回应后，外面热火朝天地开动了起来。

而我躲在房间里描绘的插图是这样：一个女孩子披着棉被从睡梦中醒来，呆呆地看着窗外的飞雪。一个男孩子在厨房里煮早餐，热气像蚕丝面膜一样糊住他的脸。

大约凌晨的时候我发完邮件走出房间，如果在上一秒我还像一只被榨干了的橙子，那么这一刻，我就是一颗怒火焚身的火龙果。

客厅像是被龙卷风刮过，残汤剩菜们恬不知耻地在锅和碗之间牵扯不清，若干洒落的汤汁把几处地毯染成了刺眼的橘红色。而我亲爱的室友们横七竖八地躺在地毯上熟睡着，灯光照得她们每个人脸惨白惨白的，我花了很大的力气才忍住一脚踩上去试试她们究竟是否还活着的冲动。

然后我闭上眼睛，像什么都没有看见一样回到房间，打开电脑，登陆MSN，点开许峦峰的头像。

那个时候许峦峰对我而言只是前度男友的高中同学，忘了关桥是怎么把我介绍给他，总之他就这样一直躺在我的MSN上了。偶尔我们会聊天，并浏览对方的主页。

给我推荐一部电影吧。要悲剧，比悲惨世界还要绝望的那种，我说。

其实那个时候我还不知道他是个拉片狂魔，只知道他时不时会在网上发表一些影评，看起来还蛮能忽悠住人的。

我发誓我并没有想要在他这打探跟关桥有关的任何消息。即使在其他人看来，我应该或者说完全不能自控地围追堵截关桥，即使不动口，也要把他往死里揍一顿，或者干脆一瓶硫酸泼上去。总之，要让他生不如死。

许峦峰对此不屑一顾：拉倒吧，你这个精神洁癖晚期患者，连大街上边走路边吃烤串都感觉有失颜面，何况是出演"负心男移情别恋富家女，痴情前任喋血街头"的女主角。

OK，我关掉电脑开始睡觉。

我以为等我醒来时，客厅会恢复如初，而她们的痕迹也会像犯罪现场那样被消灭得干干净净。然而事实证明，我错了。当发现关桥背叛我时，我就开始怀疑，我的眼睛是不是出了一些问题。

当我打开房门，看见的还是昨天的凌乱场景。唯一不同的是，那几具"尸体"不见了。我花了整整一个下午跪在长毛地毯上捡起细小的鱼刺，以及一些零碎的……指甲壳。相对来说，脚趾甲的概率更大一些。

当门铃声再次"honey""honey"地响起时，我靠着墙，一声不吭，假装自己已经死了。

恢复上课已经是一个月后。准确地说，是期末考试前两周。

我刚走进图书馆，就被室友们热情地召唤了过去。

"啧啧，西盈你看你瘦得像个掏耳勺似的。年打算怎么过啊？不会又一个人煮方便面吧。还是我们轮流去陪你吧。"老大忧心忡忡地抚摸着我的手指。

我利落地抽回手，皮笑肉不笑地拒绝她，"不用了，我只是被劈腿而已，不是被雷劈。"

"说真的，老大，今年的奖学金资格加了不少条例呢，你还没认真看过吧。还有老三你，你爸妈不是还在闹离婚吗？有空还是多回家看看。至于老四，现在一件200块钱的T恤都敢要求干洗了，你暗恋学长两年还不表白，等什么呢？老五，你身上这件外套好像是我的，哦不，你不用脱，送给你好了。我只有一个要求，不要靠近我的衣柜。它们，并没有失恋，更没有失宠。"

在她们的脸色逐渐发生一些物理变化时，我轻飘飘地转过身。

而关桥正朝我这边迎面走过来。

其实我并没有第一时间看见他，但就在我转身那一刻，我就像雷达一样灵敏地发现了他的存在。

而与此同时，我完全能够感受到来自身后那些等待好戏上演的激动期待而不怀好意的目光。她们大概没想到，这么快就能报仇了。

老大还生怕关桥没看见我似的，热情地站起来冲他打了个招呼。

我特别想把早上刚扔进垃圾桶里结成块的残汤重新倒进她的嘴里。

我故作镇定地朝关桥走过去，尽量把目光打散，让自己看起来冷峻而不屑一顾。这样我就能把无论他投来的抱歉、内疚或者是迟疑着想要拦截住我的目光——粉碎。

可是他根本不看我，哪怕一眼。我能感觉到他的视线彻底地自动屏蔽了我。我们擦身而过的时候，我甚至能感觉到他礼貌地对老大微笑了一下，然后不偏不倚地走向了他的目的地书架。

我甚至怀疑，他一定是失忆了，所以他根本就不认识我了。

否则，我想不通有什么办法，能把一个就在一个月前还不顾路人侧目，执意帮我按摩着酸胀小腿的那个人，眼底一切温柔都被连根拔起，并且天衣无缝地移植到另外一个人的身上。

后来我告诉席一朵，那个我生命里最漫长的夜晚发生的一切，用四句话就能概括。一、我男友也就是关桥出轨了。二、他当着全校三千师生的面跟系主任的女儿表白了。三、系主任拿着一张写着我名字的人流化验单谆谆教诲我，女生要懂得自爱。第四件事，是我父母终于在十九年后，找回了当初被他们弄丢的那个小女孩，也就是我的亲姐姐。

而在这之前，我竟然一无所知。我的人生被人胡乱篡改涂写，他们却连设计图都没有给我看过。

不过，也是从那时起，我无师自通地领悟了有一种追问叫作自取其辱的人生哲学。

因为行为就是最好的答案。

就像现在，让我们把场景重新搬回北京王府井隔壁大街上的一家咖啡厅里。

我望着透明落地窗里依旧谈笑风生的许峦峰，按下发送键。他拿起震动着的手机看了一眼，随手又放回了原位。他的表情连贯而流畅，没有丝毫变化，甚至嘴角的弧度都没有因此而发生任何改变。

好像那只是一条普通的广告，而不是我发给他的告别信。

当飞机冲上云霄时，我打开遮光板俯瞰大地，想到许峦峰有可能在某条路上匆忙地打车赶往机场，也有可能无动于衷地继续跟他那群圈内友人谈笑风生，反正我从来也猜不到他这个人的计划，或许他的人生字典里根本没有"计划"这两个字。因此即使纠缠七年，我也从来都不在他的未来里。

那么，这会是我最后一次在首都上空看见层层叠叠的大片云朵，当然，也有可能是我最后一次乘坐头等舱……

# 〇四

我多请了两天假在家休息。

在毕业长达四年的时间里，我一共做了三份工作，全都没有超过五个月。剩下的时间里，我不是在去北京的路上，就是从北京回来的路上。这些年许峦峰给我买的飞机票应该都够斗地主的了。

十一月快要来了，这意味着向来只有冬夏两季的P市将以时速一百公里的速度进入阴冷而漫长的冬天。而让我脊背一紧的是我忽然意识到这已经是我进入禾邑工作的第六个月。

我还记得那天晚上我拿着写着自己名字的人流手术单，耳边嗡嗡地响着系主任宽厚而冷淡的声音，回到家里却看见我父母和一个陌生女人紧紧挤在沙发上，哭哭笑笑，相互拥抱抚摸的场景。

他们完全沉浸在劫后余生般其乐融融的喜悦中，根本没有留意到我的存在。直到我迟疑着开口喊了一声妈（说实在的，我真怀疑自己那天其实穿越到了另外一个平行时空。在那里，我的男友根本不认识我，所以堂而皇之地跟别的女生告白。而我的亲生父母也完全忽略了我的存在，沉浸在另一种天伦之乐中），他们才连忙擦了擦眼泪，对我说，西盈，这是你姐姐，南悉。

她扬起头看了我一眼，然后搂紧了我妈的手臂。爸爸一手揽着她的背，低着头沉默着。

他们的背后挂着我们的全家福。我也曾这样坐在他们两个人中间，笑得心安理得，自以为这样的组合坚不可摧。

结果事实证明，没有什么牢不可破。

从那天开始，我对一切看似一成不变的东西都充满了怀疑和恶毒的揣测。

六个月，真是太长了。最可怕的是，我目前还没有衍生出任何想要离职的念头。即使是上个月我们连续二十三天在公司为一本宣传画册加班到半夜两三点。

基本上每天需要完成十个P，一朵负责文案，我负责设计，袁媛负责不停地把我们刚出炉的画面第一时间发给客户审核。

"我觉得我们不是广告公司创意工作者，而是流水线上的车间女工。"我一面麻木地P着图，一面抽空喝口从曹总办公室拿的不知道有没有过期的咖啡。

席一朵以每分钟二百五十字的速度，铿锵有力地反驳我，"不不不，应该是战争时期的慰安妇，平均五分钟一个！"

我已经排版排得眼睛都快瞎了，实在不堪忍受席一朵对我精神上的摧残，于是我手一抖，咖啡好死不死地泼到了我脚边的接线板上。

一阵触目惊心的火花之后，整个办公室像搬进了陵墓一样漆黑而安静，还好只是短路没有着火。我花了几秒钟刚刚平静下来的小心脏被席一朵惊心动魄得尖叫声给凌迟了。

"你他妈的鬼叫什么！"我忍无可忍地冲席一朵吼。

"袁媛，刚看到你背后好像有个黑影晃过，我还以为你鬼上身了！"由于惊吓过度，席一朵声音都变了，我感觉她介于等死和自裁之间，快要一命呜呼了。

我刚拿起手机，准备打开电筒，就听见袁媛声音幽幽地响起来，"你才是鬼，鬼都没你会叫！"

过了一会，袁媛划亮了一根火柴，点亮了两根蜡烛，席一朵才勉强回到了人间。

第二天副总一边跟维修师傅讨价还价，一边关心地问，怎么样，你们没被电着吧？

席一朵挑挑眉，受惊过度能算工伤吗？

副总转过头来，有什么症状？

就是头晕目眩，口干舌燥，心绪不宁，失眠多梦，急需一个漫长的假期来恢复元气。

副总听完以后，了然地拍了拍她的肩膀，我们知道自从你的小男友去芬兰留学之后这些症状就没停过。这样吧，我这还有半盒静心口服液，你拿去喝。

回到座位上席一朵飞快地在群里发着消息：切，我看最该喝药的就是她，三十五岁还没转正，易董一年里只有不到四个月的时间在国内陪她。每次易董在的时候她就像煮开了的白燕窝，易董一走，她就像在太阳下晒得快要断气的黑木耳。不晓得有什么好拽的。等我嫁入豪门，就把辞职信甩到她脸上。

我：静候佳音。

袁媛：静候佳音+1。

周朝：未来公婆承认你这个未来儿媳了？

……哪壶不开提哪壶。

我和袁媛不约而同地用目光向他表示了谴责和同情。

如果说在这个公司里有两件公开的秘密但绝不能被人轻易提起的话，除了副总才是公司真正的法人代表以及她在公司真正的职位其实是易董的“贴身助理”之外，就是席一朵有一个交往四年，主动求婚两年的留学芬兰小男友，但男方父母坚决反对他们的婚事。

这也是席一朵看似甜蜜美满，固若金汤的爱情里的一颗隐形炸弹。而围绕在这颗炸弹旁边的还有许多小鞭炮，随便点一个威力都至少能把整个办公室，夷为平地。

但这次周朝运气不错，他踩到的是一颗空弹壳。

“我男票说今年过年就带我回家见他爸妈，不管他爸妈同不同意，他都要告诉他爸妈这辈子非我不娶。”

打完这一行字，席一朵仿佛再次被琼瑶版的煽情画面所击中，眼眶不知不觉地红了起来。

我倒是没啥感觉，反而每当看见这种充满诱惑和圆满幻觉的诺言或者是画面，我心里都会不由自主地脑补出日后失信食言的场面。那应该是充斥着泪水、谩骂、悔恨，或者麻木、冷血的真实而残酷的世界。

袁媛除了平时只能靠跟老公视频解决生理需求之外，精神世界圆满而丰富，即使已经结婚三年，我和席一朵仍然会“不经意”地就从她手机屏幕上读到几句让人脸红心跳的段子。很多时候我都觉得她老公应该是个女性读物签约作者，或者天涯社区情感版午夜流浪作家。

就像此刻她完全被席一朵的情绪感染，激动得热泪盈眶，还发了个加油的表情。

周朝是被袁媛力保才留下来的项目经理。原本曹总是不打算留下他的，"他太胖了，出去见客户形象不太好。"

"他就是肚子大一点，看起来像保安。不过就因为这样带他一起出差才有安全感呀。"袁媛解释道。

"你太善良了袁媛，他看起来比较像保安的升级版——城管或者打牛的，好吗？"

袁媛往后退了一步，抱住手臂，"OK，那我下午要给沈总去个电话，因为他们要的媒体计划排期表恐怕是推迟了。"

"为什么？"一道光反射在曹总的眼镜片上。

"我们的媒介经理明天开始休产假，其他同事要处理户外业务根本分不开身。而我们的项目经理周朝，他以前就是做公关的。"

曹总露出一脸匪夷所思的表情，有可能还怀疑了一下当代人类的审美走向，但最后，她在总经理意见栏上签下了同意两个字。

有了周朝以后，我们部门的加班生活总算从奴隶社会过渡到封建社会，至少我们从抓阄来决定谁去买饭买饮料，变成了一切需要跑腿卖苦力的事情都被周朝一人包揽。

曹总也在一周后从集团总公司挖来了一个年轻帅气的90后。他在行政经理带领下一个个跟我们打招呼时，微微一笑，露出整齐洁白的牙齿和两只旋转着的小酒窝，我感觉在场所有女同事的眼睛里都像放烟火一样闪闪发亮，他那张介于型男和娘炮之间的完美面容不费吹灰之力地就能满足所有女性心目中对言情小说男主角的勾勒和遐想。

当然，我也不例外。

说实在的，当他微笑着说，"你们好，我叫何似，请多多指教"的时候，我觉得这份工作真是太完美了。我愿意为它奉献出我的一切，包括我的才华和肉体。

要知道，在这之前我都是用脸在工作。

何似也属于企划部，职位是策划经理。我挑着眉毛问袁媛，有这样一个颜值高，活儿好，还男女通吃的男下属是一种怎样的体验。她认真思考了三秒钟之后表情凝重地回答我，会担心女下属的压力太大。

说完她拍了拍我的肩膀，不动声色地回到了座位上。

好吧，自己挖的坑跪着也要填满。我在像被点了笑穴一样的席一朵邪魅狷狂的笑声中，回了一句，嗯，女下属为了保住工作，缓解压力，只好每天素面朝天来稍微平息一下女上司的妒火。

毫无意外，我被袁媛点名留下加班了。

意外之喜是，何似也主动留了下来。

加完班之后，我们和何似讨论起皮肤保养的问题，并且结伴去逛了以前打死袁媛她老公，她都不会轻易涉足的世纪广场。那是P市最富丽堂皇也最低调冷清的商场，里面任何一个品牌的任何一款商品的标价都像门口处肆意浪费的空调一样，足以让行走在三伏天的过客们冷不丁打一个哆嗦，并且迅速逃离现场。

事实上每次进入这里，我都感觉自己身高会自动调整为与我钱包里的现金或者信用卡相匹配的高度，而每个专柜BA们的视线也会自动攀升至跟品牌相同的水平线上。因此，每次来这里我都能感觉到有一大半的BA是根本看不见我的。

但何似从一进来就不断地跟BA们打着招呼，其熟悉程度就像是昨晚刚一起唱了K、吃过宵夜一样。尤其是当香奈儿的男店员翘着兰花指满面春风地迎上来，对何似说，你好久没来了，然后拿余光瞥了我和袁媛一眼，酸溜溜地说，是不是有了新欢就忘了旧爱啊？

我和袁媛不禁握紧了对方的手，感觉呼吸越发困难了。

何似转头看了我们一眼，不知道轻声跟男店员说了什么，后者立刻笑了起来，细细的眼线在眼尾延伸出更加妩媚的弧度。

何似——和这些旧相好，不对，旧相识打过招呼之后，就把我们领向了一个偏角落的专柜。

这是我曾经暗暗发誓在三十岁前一定要用上的品牌。它强大的修复能力让我无数次流连忘返。就在何似比BA还要专业详细地给袁媛推荐一款精华液时，我哆哆嗦嗦地把所有可以打开的试用装全部尝试了一遍。就在我寻思着要不要干脆用它家明星面霜做个手膜的时候，一张似曾相识的脸出现在隔壁专柜的广告屏幕上。

形象代言人，影视新星，林桐语。

尽管我对磨皮修颜等修图技能早就驾轻就熟，还是忍不住被屏幕上她完美无瑕的肌肤所打动。想起以前每次许峦峰在电话里告诉我他在谈事时，我都会问，有妞吗？他回答当然有啊，没妞还怎么谈事啊。要知道，我们这行都是靠妞吃饭的。我就笑呵呵地问，那你们会爱上自己的饭碗吗？他总会反问我，你看我像是那么想不开的人吗？

分明是玩笑的语气，恐怕还带着敷衍。可是每次听起来都觉得格外安心，就像得到一个承诺那么珍贵。

我忍不住掏出手机，手指像被诅咒了一样，直接就拨通了许峦峰的电话。

我有点儿紧张，尽管我自己也不知道这么多年来每次给他打电话，都像是高中时偷偷拿着家里的座机给喜欢的男生打电话一样的激动和忐忑究竟是怎么回事。

这是我回到P市后第一次给他打电话。这期间他只给我发了一条短信，我在下飞机的时候才收到。他说，你又走了。第二次，不告而别。

我本想给他回个电话，但又不知道说什么，于是作罢。他也没有再和我联络。即使彼此都在线也不会说什么，有时候我觉得我们就像两个博弈者，但有时候我觉得这一切都是我的臆想而已。我说过了，我从来都不知道许峦峰在想什么。我从没走进过他的心里。

即便是现在，电话接通了，我除了一句喂之外也不知道该说些什么。

他的声音听起来心情很不错，他说，我正准备给你打电话。

"噢，是吗？什么事。"

"有个戏要去P市取景，我下周的飞机。"

"女主角是林桐语吗？"

"你怎么知道？哦，那天你们见过。"他顿了顿，"到时候你可以过来玩。"

"嗯，好。"挂了电话，袁媛撇着嘴愁容满面同时两眼放光地朝我走过来。

她拎着好几个精致的小手提袋，像行走在刀尖上的小美人鱼一样，拉着我一路淌血地往出口走过去。

直到离开商场，袁媛才虚弱地叹了口气，"西盈，你说我要是跟我老公说，我被人打劫了，他会不会相信？"

我点点头，非常善解人意地捏捏她冰凉的小手，"当然，他还知道那个人肯定是个比你小至少十岁的小鲜肉，所以一定会原谅你——毕竟这也不全是你的错，谁让他在你最如饥似渴的年纪跟你分居两地呢。"

看得出袁媛很想冲上来给我一拳，不过她很快冷静了下来，在修理我一顿的快感和保护她两个月工资换来的护肤品之间，她选择了后者。我起初很得意于自己的机智，因为我知道这种时候不管我怎么羞辱她，私报公仇，她都不敢跟我动手。但是，下一秒我在何似投来的同情而怜悯的目光里，感觉到好像哪里不太对劲……

逛完我们女生爱逛的护肤品专柜，下一站当然是去男生爱去的地方。

在我对异性肤浅的认知里，在这种天生就属于雌性动物的购物天堂里，甚至连宠物用品店里的母狗装都要比公狗服多上十倍，他们应该只有两个地方可以去。一个就是对关桥这种吃货有着致命吸引力的日料餐厅。另一个就是许峦峰唯一会去的地方：假如我在一楼逛CK内衣，他就会在星巴克喝一杯星冰乐；假如我在三楼逛H&M，他就会在COSTA买一杯香草拿铁。总之，咖啡厅就是许峦峰默认的试衣等候间。

"袁媛，你老公呢？都会去什么牌子？"我试图从袁媛这里丰富一下我的认知，可是失败了。她从牙齿缝里挤出两个字，淘宝。

何似带着我们绕了一圈之后，终于踏入了他的"领地"。一间灯光比隔壁左右调低了至少八个度的深沉品牌。

我在杂志上见过这个牌子，它和exception同属一家公司，被业内设计师喻为"性冷淡"风格的始祖。这里的衣服从设计款式到搭配颜色都很挑人，这么说吧，要是穿在小沈阳身上，那么你会怀疑他马上就要出演男版《丑女无敌》，就是穿在林志颖这个鲜肉脸大叔心的国民偶像身上，恐怕也是一场灾难。

我曾经在这偷偷地给许峦峰买过一条裤子，结果他在视频里穿着这条小腿对他来说包裹得太过严格，而裤裆又垮得太过明显，硬生生把他的身高拉低了一半的哈伦裤感动地对我说，这一定是你亲手做的吧，我还记得我小时候穿的开裆裤都是我妈亲手挖的洞。

在何似迅速挑了几件新款钻进试衣间之后，袁媛像个挑剔媳妇厨艺的刻薄婆婆一样，一边扒拉着衣架上的各种用蕾丝、棉麻、锦纶、真丝等复杂面料裁剪而成的成衣，一边发出啧啧的声音，眉头皱得往上倒十罐精华都填不平。

可是，当何似从试衣间走出来的时候，我们都惊呆了。

袁媛甚至拿起画册上的男模对着他比画了一下，结论是，他比男模穿着还要赏心悦目。

"这个妖孽！"我咬牙切齿地赞叹。

袁媛则愤怒地转过了身，正如我每次试穿那些V领或者大露背的晚礼服一样，她不能接受比她身材还要火辣的人，尤其还是个男的。

袁媛坐在角落的沙发里开始给她老公打电话，我听到"人家"两个字就自动屏蔽了她。

就在我认真地帮他参考究竟是白色更衬肤色，还是黑色更能彰显他"名模气质"时，一个女人牵着一个满身朋克风的男人走了进来。女人对我微笑了一下，我有一瞬间甚至以为她认错了人。

直到她开口跟我打招呼，"西盈，你好久没回家吃饭了，我爸妈都很想你。"

何似敏感地看了我们一眼。后来他问我，你们是亲戚吗，还是闺蜜？麻烦转告她，她男友这么粗犷的风格就不要硬往那件马甲里面塞了，我看着都快要窒息了。

我微笑着晃动手指，"不，别误会。我跟她是亲姐妹。对，同父同母。"

"那为什么是'她爸妈'？"

我不知道说什么了。

我想起第一次去北京，是个冬天。

许峦峰听完我口齿不清地讲完整个匪夷所思的遭遇后，把不知道是冻得发抖还是哭得抽搐的十九岁的我紧紧裹在单薄的被子里，整个晚上不断地轻轻拍打着我的背，频率比心跳稍微慢一个节拍。

那个时候我觉得整个世界都在不断萎缩，许许多多属于我的东西就像我脸颊上快速蒸发的眼泪一样，无声地消弭了。

直到现在，我甚至都没办法跟其他人解释，这盆煮开了的黑狗血究竟是怎么一盆泼到了我头上。

何似买了单，我们三个人便朝跟席一朵约定的餐厅走。

她嚷嚷了整整一个星期要吃海底捞，我们好不容易在这个周末订到位置，她却失约了。

电话不通，微信不回，好像人间蒸发一样，搞得我们心里都有点毛毛的。最后菜快要上齐的时候，袁媛的电话响了，就算隔着话筒的距离，都能感觉到曹总那边排山倒海的愤怒，"回公司，就现在！"

紧接着，我们每个人的手机都挨个响起了来自海那边的召唤。

## ○五

我们一路骂骂咧咧地回到公司。准确地说是我一个人在抱怨，何似刚来没几天暂时还不能做到感同身受，袁媛则用一副"过来人"的姿态安慰我，不就是在你周末逛街的时候喊你回来开个会吗，我还试过被她从被窝里拽出来开视频会议呢。

你老公当时也在床上？那边呢，她老公也在床上？何似好像亲眼目睹了当时的场景，笑得不怀好意。

我瞬间听懂了，忍不住发出一阵啧啧，难怪曹总坚持不懈地挖了你四年。

袁媛的脸像被火烧着了，每次我们开玩笑只要带上她老公，她就会毫无还手之力，她越这样我们越怀疑哪怕只是我们胡编的情节，她也会一字不漏地脑补一遍，然后成功地给自己点了一把火。

能够在三十三岁这样的年纪还像少女一样爱着最初的爱人，我很羡慕。

我们等了大概一个半小时，其间袁媛又给一朵打了三个电话，可都没接通。不过曹总已经联系上公司另外项目组的文案，边接电话边用眼神通知我们速速进会议室就位。

周朝和其他人早就在里面了，投影仪已经准备就绪，曹总挂了电话走进来打开电脑，巨大的幕布上就立刻显现出"第十九届全国糖酒会启动倒计时"字样。

近几年来，糖酒会影响力不容小觑，光是参会企业达数千家，商品达数万种，专业观众突破三十万人次，每年成交额超过二百亿元人民币。

历届糖酒会滕旭公司都会以最新研发的保健酒系列和传统清香型白酒，占据半壁江山，举办这种展会对他们来说就像是科比在"汤姆熊"玩投篮游戏一样，闭着眼睛都能进。

这次他们却决定了交给我们来做。

从会议一开始曹总的表情就庄严得如同天安门上空迎风招展的五星红旗。她把目光投向袁媛，"作为项目负责人，在时间这么紧凑的前提下，你有什么好的建议？"

何止是紧凑，投胎都没这么急。

袁媛像被针扎到一样抬起头，表情瞬息万变。"呃，我觉得……是这样……可能前期我会需要一些资料，比如他们之前历届糖酒会的方案之类……"

曹总垂了垂眼睛，嘴角不自觉地往下撇了撇，接着举目望向何似。"何似，你觉得呢？"

所有人的目光跟着一起扫过去。我莫名替他捏了一把汗。就在我用惴惴不安的目光紧盯住他时，他动了动手指，圆珠笔就像玩杂要一样在他手背上滚过一圈。

"我在网上搜过他们之前举办的展会形式，都是正儿八经，千篇一律，"他微笑着说，"我想这次可以结合滕旭周年庆搞个party，跟国博中心的人商量一下，在二楼给滕旭预留出五百平的场地应该不难。"

曹总推了推眼镜，"明天我要看见方案。"然后转向我，"设计图也是。"

"至于其他人具体细节的分工，何似你来安排。"曹总关上笔记本，打开手机，在通讯录里滑了滑，然后把屏幕递到袁媛面前，"这家的小炒还不错，你帮大家点几个菜吧。"

我怀疑自己听错了。

我下意识看了袁媛一眼，她低下头专心致志地抄写着那个只有八位数的座机号码，然后合上速写本起身出去了。

就跟曹总让她去准备合同或者标书一样，没有任何区别。

我打车回到家已经是半夜十二点半，小区里的路灯早熄了，只留下楼顶侧面的方形射灯彻夜亮着，把头顶的夜空照得遥远而安宁。

每次加完班从浑浊的办公室里走出来站在四下无人的街道上，我都有种再世为人的恍惚感。

起初，因为惊悚片看得太多太杂，以至于我总担心"山村老尸"和"电锯杀人狂"结伴出现在电梯里，或者攀升至25楼的一分多钟里，电梯门忽然打开，外面站着个《寂静岭》里的女护士对我说，欢迎光临。

不过加班的次数多了，我也就不怕了——电梯镜子里的这个双眼浮肿，唇色苍白，常年绑着马尾的人，她比贞子可怕多了。

我洗完澡已经凌晨一点半，电脑上Face Time的呼叫铃声像催命一样响起来。

何似那张精美得像一枚待拆封的礼物一样的脸，占满了整个屏幕。他言简意赅地通知我，设计图滕旭那边不太满意，"重做，对，他说的是重做。"

我揉了揉眼睛，幽怨地看着他。但很快我就意识到自己的不专业，他并不是袁媛，不是我可以随意撒娇吐槽的对象。于是我想起了一朵。

等到电话接通那一秒，我才猛地想起已经一整天没有她消息的事情。"喂，"她的声音听起来跟好几天没吃饭了一样，虚弱无力。

"你跑到哪里去了？你知不知道我们今天都被叫回去加班，而且现在我还要重新修改设计图，我真的好想死！"

我像往常一样抱怨道。

我刚进公司的时候就听说了，席一朵被副总誉为"禾邑的负能量"。每次加班溜得最快的都是她，每次发奖金，最锱铢必较的也是她，她会要求财务精确到净利润小数点金额的后两位，就算是一块钱，也不肯放过。

"西盈，你有认识厉害的律师吗？"

我愣了一下，"哪方面的？"

"夫妻财产分割。"她声音冰冷得就像电脑客服。

"……我帮你问问。"

"好。"

我隐隐感觉不对劲，但也没时间多想，在离上班时间还剩下两小时的时候，我把设计图发到了何似的邮箱里。而就在我准备关掉电脑，眯上一小会儿的时候，他回复的邮件咻的一声飞了出来。

"perfect。"

我心满意足地晕死在床上了。

早上七点。这是一天中泾渭分明的起始线。大多数人会在这个时候吃早餐，或者在赶往工作的路上。

当你以为自己已经很早的时候，永远有人比你更早。

长江边上，摄影师正在捕捉清晨的第一缕强而有力的阳光，因为他正在努力试图完美地展现出许峦峰所说的"细弱而壮美"。

穿着单薄旗袍的女主角在深秋清晨的江边上冻得瑟瑟发抖。她已经喝下了好几杯热咖啡，现在她再次捂着小腹冲进了洗手间。

水温很低，她把手放在水龙头下冲了一小会，就忍不住要拿到烘干机下面。然而，她犹豫了一会，然后又把手放在水龙头下面冲了好几分钟才出来。

许峦峰在摄像机后面吃早餐。他穿着黑色长袖tee，鼻子上架着墨镜，脸上有青色的胡茬。没人看见他的目光像敏锐的扫描仪一样盯着画面来来回回地看，那双眼睛布满了血丝，事实上有好几个瞬间，他都感觉到一阵阵的刺痛，好像下一秒他就要瞎了。

忽然，他感觉脸上一凉。

林桐语正握着纸巾，弯着腰站在他面前，刚刚替他擦掉嘴角残余的一点油星。

"手这么凉。"许峦峰握了握她寒冰一样纤细的手指，转身叫助手去买咖啡，然后把自己的外套递给她，"拿去披着。"

江风把林桐语的头发吹得凌乱不堪，她把头也一起蒙在外套下面，看起来像个阿拉伯人。她把自己裹在许峦峰宽松的外套里，深深吸了一口气，整个人很快就温暖了起来。

被咬了一口的苹果形状的logo心平气和地发着光。

屏幕后面是何似那张精致得无懈可击的脸，以至于周围来来往往的工人们都忍不住多看两眼。

镜头如果以何似为中心进行无限扩充和拉远，你就会发现他其实置身在一个巨大的尘土漫天的展会中心里。每一小队人马都各自在早已划分好的区域里像蚂蚁一样忙碌着。但是就在三个小时前，这里还大门紧闭，空无一人。

"二楼？搞个party？这位先生您一定还没睡醒吧。"在凌晨四点钟接到何似电话的展会中心助理忍不住打了个呵欠，整个人都在"是老娘在做噩梦，还是这个人在做梦"的混沌里。

何似在电话这头冷静地微笑一下，"李小姐，如果您现在还不赶紧找人过来给我开门的话，那么贵公司就会错失长达三个月的机场候机厅出入口的两个黄金广告位，并且是免费的。"

说完何似就挂掉了电话，因此他并没有听见从李小姐那边传来的一阵噼里啪啦的起床声，在何似说完最后一个字的那一刻，她整个人都像是被解除封印的孙悟空一样，恨不得就地来几个后空翻。

袁媛坐在地铁上，两眼无神地喝着豆浆。

在这一个半月的时间里她几乎每天都在加班做方案，一再跟各大媒体对接档期和档位，就连睡觉，她梦见的都是密密麻麻的排期表。上面表示档期的小圆点像星星一样眨着眼睛，一会儿蹦到这一格，一会儿跳到另外一栏，全都在调皮地对袁媛喊，"来抓我呀。"

她觉得自己精神开始衰弱。

有一度，她难以控制地对沈瑞既崇拜又愤恨的心理，因为这个人的要求实在太多了，而且太专业。他不仅对其他竞品所采用的媒体和广告位如数家珍，还对新媒体CPM（千人成本）研究颇深，让袁媛这个在广告行业里滚打了快十年的广告人感到汗颜。

每次收到石磊转发过来的沈瑞的邮件，她都有种以前在学校考试后快要发成绩单的心情。

从很小的时候开始她就非常非常在乎外界对自己的评语，开始是亲戚，然后是老师，接着是领导、老板。她甚至觉得自己就是依赖着别人一个奖励的眼神或者一句称赞的评语而活下来的。

因此，她可以狠狠心熬夜做题到半夜，上课时因为忍不住打瞌睡而把自己的大腿掐成紫红色，也可以扔下发烧到39.5℃的老公回到公司加班。当然，事后她一定会在床上或者其他什么场所狠狠地安慰他。

在被曹衣衣招入麾下一年半的时间里，她在很多猝不及防而匪夷所思的时刻接到过曹总的电话。她甚至为此设置一个专门铃声，每次"哈！利！路！亚！"这个铿锵有力的旋律响起时，不管她在做什么，身处何地，都会立刻像即将奔赴前线的消防战士一样精神抖擞，视死如归。

比如现在，电话忽然响了起来。这个魔性的手机铃声像迎头浇下来的热开水一样，振奋了周围一大圈还在昏昏欲睡的旅客。

"沈总那边你不用去了，新加坡航空总部发了点资料，你去他们分部取一下。"

"……"袁媛有些愕然，一时之间不知道该说什么。

"有什么问题吗？"曹总开始不耐烦。

"没有！"

挂了电话，袁媛没有丝毫犹豫，在车门即将关掉的瞬间跳了出去。

席一朵站在法院外面已经半个小时，她背着装着各种证明材料的包包，犹豫了很久也不知道该如何迈进去。

一辆黑色小车从她身边驶过，然后在重来了两把以后，才勉强把车子停好，下车前，里面的人重重地按了一下喇叭。

一朵应声回头，就看见那个从车子里钻出来的人。

他们已经很久没见了，她甚至都想不起来具体有多久，甚至也想不起来上一次看见他的脸是什么时候；也许是从朋友微博上看见他和别人的结婚照的时候，也许是在删除电脑里所有垃圾文件的时候。

"怎么，不敢进啊？"他挑衅地朝她笑了笑。跟以前一样，眼角眉梢都透着意气风发。

以前，这是他最吸引她的地方。她在大学里跟他相识的时候，她就决定一定要拿下他。结果，他们很顺利地一毕业就结婚了，也很顺利地就离婚了。

顺利到那时他们根本没有理清关于财产分配的问题。

而现在，他把她告上了法庭，为了当时装修新房的二十万。

一朵接到传单的时候，整个人都像是被抽空了。她一再通过百度和找朋友鉴定这个文件的真实性，她甚至怀疑他是为了想吃回头草而跟自己开了一个天大的玩笑。

结果她被现实狠狠抽了一个耳光。她觉得自己被抽得都要耳鸣了，根本听不见其他任何声音。

她终于挪开步子走了进去。

离婚时她还并没有这种感觉，那时她只觉得自己的爱情死掉了，幸福也死掉了。可是现在，她觉得自己前半生，彻底完结了。

〇六

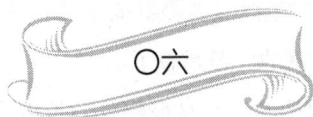

一直到十点半，我才恋恋不舍地睁开眼睛。第一时间翻看了一下手机。很好，屏幕就像一望无垠的雪域，干净得令人赏心悦目，并没有类似"未接来电"这种污点存在。

我起床后打了辆车来到会展中心的大楼旁，对于一个只有平面设计和少许Flash动画制作经验的设计师来说，室内设计和布景对我来说还是很有难度的。

况且，在曹总每个月给我发放的薪水里并不包括这一栏，于是我心安理得地钻进了隔壁的咖啡屋。

自从上班之后，我最开心的事情就是翘班。

一走进这间咖啡店我就知道老板一定是个游手好闲、以挥霍为乐的富家子，里面的桌子排列得全无章法，毫无私人空间可言。很有可能你明明是跟女朋友来喝个咖啡，但因为这种混乱的座位排序方式，会让你看起来跟隔壁的女生更像是一对。

我犹豫了好久才挑了一个角落坐下来。因为其他位置都零零散散坐着人，不知道是不是因为沙发太过柔软舒适了，他们中绝大多数都脱掉了鞋子，盘腿坐在上面。

伴随着舒缓慵懒，并且吐词不清的唱腔，这首日文或者英文歌曲像迷烟一样散布在空气里，每个人呼吸了几口这里的空气之后都会很自然地流露出昏昏欲睡或者飘飘欲仙的表情。

并且，有一个人真的已经睡着了。

我本以为自己挑选的已经是最隐秘的地方，没想到旁边这个人的位置，简直就像是整个咖啡厅的防空洞。

他把头埋在臂弯里，姿势看起来非常拘谨别扭，大概是因为他身上穿着正装的原因，每条衣线都笔直锋利得好像随时都会像暗器一样嵌入他的身体里，使他哪怕在睡眠的时候都保持着警醒和漠然。

我在柜子上拿了一本书来看，打算一直等到何似给我打电话催促再慢悠悠地走进去加入他。读到一半，手机忽然发出一阵饥饿的叹息声，才想起来昨晚忘记充电。就在我犹豫着不知道该不该回去取充电器的时候，一根熟悉的数据线像蛇一样延伸在桌面上。

它的另一端连接着那个人手臂下枕着的笔记本，属于手机这一头的插口则微微仰起头看着我。

犹豫了半分钟之后，我蹑手蹑脚地把手机插了上去。

送咖啡过来给我的店员目睹了整个作案过程，朝我调皮一笑，并没有打算拆穿我，我便心安理得地看起书来。

事实上我简直心花怒放，恨不得发个朋友圈，然后给自己点32个赞。要知道这是我平生第一次偷东西，虽然就偷了点电……但我终于体会到了偷窃的快感！

可我还没爽到两分钟，可怕的事情就发生了。

没错，我的手机响了起来。何似的名字像个幽灵一样浮在上面，就在我伸出手时，电话已经被另一只手轻轻拿起来，熟练地划开，然后放在刚刚从臂弯里抬起的耳朵旁边，声线平稳而理智地说了一声，喂。

在那个不到一秒钟的时间里，我脑海里炸开一个又一个弹幕："怎么办，完蛋了。""没事，这下我们扯平了，他说不定还会跟我道歉。""这个人看起来文质彬彬的，应该不会动手。""我要直接敲昏他，然后逃之夭夭吗？""何似这个杀千刀的……"就在我沉浸在仿佛置身外太空的失重感里时，那个人拿开手机看了一眼，然后转过脸来。

那张脸非常熟悉，但我又根本想不起来在哪见过。

他的视线看起来毫无情绪，连本应该的诧异或者是被莫名吵醒的愤怒都没有。他低头看了一眼手机，然后抬眼看了看我，好像已经打开天眼获知了一切真相。

他面无表情地把手机递给我。

在我接电话的一分钟里，他甚至没有直接把数据线给拔掉。

我速战速决地挂了电话，没有搭理何似的八卦问题。

"不好意思。"我从牙齿缝里挤出这几个字，尽量回避他的眼睛。

"看来你很习惯不问自取。"他挑了挑嘴角，笑容像他匕首般的眉毛一样犀利。但语气轻飘飘的，我分不清是真的生气还是玩笑似的讽刺。

直到他拔掉数据线起身要走，我才猛地记起他的脸。

"沈总？"

他回过头看我一眼，"上次赶上火车了吗？"

我激动得点点头，内心活动非常多，不知道该说请吃饭谢谢他，还是吐舌头卖个萌缓解两次的尴尬。初入职场的我对跟客户相处没什么经验，何况连袁媛听见沈瑞的名字都恨不得立正敬礼。

我还纠结着，他已经反客为主，"你今天不上班？"

"上啊，等会马上就去酒会现场。"我几乎快把这件事给忘了。

"那你和我一起，正好给我指下路。"他拿着外套拎着电脑很利落地走在前面，过一会又回过头来，"你认识路吗？"

这个上午我感觉自尊受到了一万点伤害。

沈瑞跟着导航指引，顺利开到会展中心门口。

说实在的，当我走进会展中心二楼的那一刻，我简直有点儿想膜拜何似。

他在短短半天的时间里，就搞定了场地，并且亲自让人布置出了这么一个足以媲美五星级酒店咖啡室的滕旭新品展示馆。

真皮沙发、水晶烟灰缸和移动茶几，整个布置跟他整个人浑然一体，毫无破绽。他先看见我，然后才瞟到沈瑞身上，"你们怎么在一起？"

我装傻，"谁？"

何似立刻笑了笑，"西盈，我给你介绍一下，这位就是滕旭集团的沈总。"

我装作什么都听不懂的样子，朝他展露出一个礼貌而得体的微笑。

晚上曹总亲自开车载我们去附近的酒楼吃饭。其间她不断地赞美着沈瑞的年轻有为和气质卓群，并一边窥测着他上位之后的项目动向，以寻求合作商机。

她眼神在超薄眼镜片后面闪着精明的光，语调柔和而舒缓，就像电台里悦耳漂亮的声线，介于矜持和讨好之间，进退得宜。

沈瑞看起来有些意兴阑珊，他若有所思的样子是"拒人千里"的另一种婉转表达。

差不多曹总的每句搭话都被他以一个字或者一个词语终结之后，她的笑容开始有些僵硬，我甚至能从她脑门上看见细密的汗珠。

我忍不住和何似对视一眼，而我惊喜地从他目光里看出了跟我内心一样的小蘑菇云。

其实我们暗地里并非不敬佩曹总，她一个4S店出身的销售经理能爬到现在的位置，并且连续五年来使公司销售总额保持在每年10%左右的增长率。难怪董事长对她另眼相看，即使在她怀孕生孩子那段时间也没有把她的位置交给别人。

可是我们同样抱着还未被社会打磨掉的清高，总是忍不住在这种时候冷眼看着她讨好客户，她总能在简单的商务沟通里加入恰到好处的浓情蜜意，只不过唯一不同的是，她对每个客户都是用同样的一套说辞，连声线语调的重叠度都高达90%。

在失去了袁媛和一朵的掩护下，我吃了生命中最艰难的一顿饭。因为曹总自作主张地给我们每个人点了一份这里的招牌牛排，而我不吃牛肉。

我艰难地吞咽着每一块被我切得跟果丹皮差不多薄的牛肉片，其间还被何似调侃："你跟这头牛什么仇，什么怨？"

趁曹总去洗手间的时候（其实以我对她的了解，她应该是偷偷去买单了，她认为当着客户的面买单非常没有礼貌，而这些原本是属于袁媛的工作），而我瞅准机会从包里掏出一枚保鲜袋，然后把几乎没动的整块牛排扔了进去。然后我看了看何似面前那块恨不得连骨髓都掏出来吃掉的骨头架子叹了口气，忍不住把目光瞟向了对面的盘子。

"沈总，您吃饱了吗？"我盯着他面前的半只血淋淋的牛排问。

沈瑞伸出手，轻轻把盘子推到我面前，纯白的衬衫袖口上面有颗水晶纽扣像星光一样闪了一下。

我忙不迭地把他盘子里剩下的那半块牛排叉进袋子里，然后用纸巾包裹着放进包里。整个动作一气呵成，就像练习了上百次。事实上，我几乎每天都在干着这样的事，打包一切可以打包的肉类给公司附近的流浪狗。

"所以你家到底几口人？"

何似牙尖嘴利地问出这句话的时候，我似乎看到沈瑞也微笑了一下，但是等我望向他的时候，他已经面无表情地起身和正朝这边走过来的曹总告别。

"这么短时间内就让你们做出展会的效果预览，辛苦了。这次糖酒会，我很期待。"

曹总舒心地笑着，握着他的手说了很多恭敬有礼的话，不过沈瑞很快就把手抽了出去，并坚定不移地推脱了曹总要开车亲自送他去酒店的盛情。

"不麻烦曹总，让西盈送我就行。"

我完全能够理解沈瑞想要摆脱曹总的心情，他说这话时我连连附和，以至于曹总看我一眼，眼镜片又闪过一丝精光。

我知道曹总在想什么。以往我每次被她带上出席这种应酬都表现得礼貌而僵硬，滴酒不沾，也不懂讨好客户，这次我居然肯主动送沈瑞，她一定万分欣慰，感觉我终于开了窍。

"那好吧，我跟何似也确实还有点事要回公司一趟。沈总，我们酒会见。"

磨蹭的告别之后，我钻进了沈瑞的副驾驶。

让一个女孩送一个年轻男人回酒店，在踏入职场前我从没想过这样的情形会在自己身上上演。但是看看袁媛就知道，像这种没完没了的饭桌应酬，简直是这一行甚至全社会的默认规则。在讨好与被讨好之间，在曲意逢迎和虚与委蛇之间，这些生意人成交了一个又一个合同，打破一个又一个的原则。

气氛似乎有些凝固，我没话找话，"沈总酒量好吗？"

他腾出空来看我一眼，"你想喝酒？"

我连忙摆手，"我酒精过敏，就是随口问问。听说你们公司员工在入职前都要记录下自己的真实酒量，是不是真的？"

"要是我说，我根本不算是滕旭的正式员工，你会怎么想？"

沈瑞不知怎么就把车子开到了P市最繁华的美食街，这条原本宽阔通畅的马路被违章停放的车辆挤得只剩下一条缝。

沈瑞说这句话时，就在这条缝里缓慢地爬行着。我凝视了他足足两分钟，确定他并没有跟我开玩笑。

他也没必要跟我一个小设计说笑。

可是我没有问下去。

就像他说这句话前，也相信我不会转身就八卦给曹总。

这种没来由的默契让我觉得挺有意思。

"你在车上等我一会。"说完沈瑞就把车停在路边，钥匙却还留在车里。源源不断的暖气争先恐后地往我脸上扑，我忍不住看了一眼手机，光秃秃的，没有任何消息。

大约过了五分钟，身后传来一阵尖锐的鸣笛声。紧接着，有人敲窗户。

我犹豫了一会，摇下车窗，问他干什么。

那个人气急败坏地冲我嚷了一会，我才从他满嘴的脏话里分辨出的意思是好狗不挡道，让我挪挪车。虽然我有驾照，但像路虎这种大车我没碰过，恐怕连刹车都踩不够，于是我让他等等，我朋友马上就回来。

说完我关上车窗，准备给沈瑞打个电话。

可我还没翻开通讯录，车门就唰地一下被人打开，刚才冲我嚷嚷的男人直接坐进了驾驶舱，按下手刹，脚下猛一踩油门，像开飞机一样冲出去，但又反应很快地立刻踩下刹车，才没有直接撞上前面的帕萨特。

比起惊吓，更多是愤怒。作为一个良家少女却无端被人轻薄的愤怒。我使出全身力气冲他吼，"谁允许你上来的！给我滚！"

他闷声开车，根本不把我放眼里。我气得整个人都要炸了，也不知道哪来的勇气就扑上去跟他抢方向盘。

"想死啊你！"那人使劲想把我扯开，脚下一用力，就听见轰的一声，直接追了前面那辆保时捷。

那人一看出事了，狠狠骂了句脏话就要开门跑，我拼命抱住他的胳膊，挣扎间还不忘用下巴疯狂地按喇叭，谢天谢地，沈瑞及时赶了回来。

他沉默地把那个人给揍了。

揍得非常非常解恨。

等警察来的时候，我已经挂着泪花，弱风扶柳般地在沈瑞怀里哭诉，警察叔叔，他抢我们的车，还动手打我。

做完笔录，我们去了医院。那人进了局子。

其实我没多大事，是沈瑞非要坚持做个详细检查。结果第二天才能出，我不愿意住院观察，医生也说初步看来没有必要。他才作罢。

重新回到车子里，他指着操作盘上的按钮，"这里是锁车键，下次记住按它。"

我心虚地点点头。忽然有点儿愧疚，要是我有点常识，也不至于惹出这么多麻烦。

就在我快要从喉咙里吐出对不起的时候，他发动了车子，"想不想吃点什么？你晚上应该也没吃饱吧。"

他不提还好，突如其来的饥饿感一下子就把我的矜持打倒了。

我们又回到那条街上吃宵夜。

我照例把吃不完的肉类打包，在之前还特地找服务员要一杯开水，扔进去涮涮再捞起来。

"你对狗比对人有耐心多了。"沈瑞耐心十足地看着我做这些大多数人都不太能理解的事情。

不过很快我就知道了他如此善解人意的原因。开车送我去公园喂流浪狗时，沈瑞告诉我他当兵时也喂养过军犬，他说狗比人类忠诚得多。

他蹲在草地上，面孔模糊得像蒙上一层雾。

十二点前他把我送回了家，临下车前他叮嘱我，明天要记得去拿报告，如果有什么事要打电话给他。

我对他说再见，他回答我晚安。

第二天我刚到公司，袁媛已经像是被激活的电脑程序一样高速地运转着。

这让我想起我最初进公司的那一个礼拜。我和她还有一朵在被派往滕旭出差的路上，曹总忽然打电话给袁媛，质问她为什么客户反馈说没能如期在当天的报纸上见到自己的广告，甚至在自己根本没验证的前提下，说出了让她引咎辞职这样的话。

　　不过事后证明，是因为版面的实际尺寸太小，客户根本没有找到，才搞出这么大的乌龙。

　　从那以后袁媛把报纸广告版面的尺寸背得滚瓜烂熟，并且能够用精准的参照物对比让客户了解报纸出刊后的实际面积。

　　在职场中关于"努力"这种东西就像是一个永远望不到尽头的黑洞，再多汗水也能被顷刻吸纳，再多个通宵夜晚也能被一抹朝阳轻易掀过。当你觉得自己已经足够努力，努力得快要死了的时候，永远有人比你更加用力。

　　会议室里的灯光惨白惨白地打在每个人的脸上，所有人看起来都像是冰冷的机器。唯一不同的是，何似被安装上了微笑按钮。他在解释关于用公司在机场代理的两个黄金广告位去交换国博会展中心的场地时，稍微点了几下按钮，屏幕上就显示出来自公司最大的户外媒体客户，也是长年累月霸占着机场那两个广告位的金主，亲自发来的邮件确认函。

　　每当他们拉上我一个设计来参加这种资源整合、利益共享、尔虞我诈、波诡云谲的商务会议，我就会由衷地觉得脑仁疼。

　　于是我轻轻地跟袁媛说了句，我去下洗手间，就迅速逃离了这个宛如手术室一样压抑的空间。

　　我回到位置上，喝了口水，顺便舒展了一下筋骨，并且习惯性地拿起手机看了看，祈祷今晚不用加班。

就在这时，一条短信跃入屏幕。

"许峦峰"三个字像火柴一样，划亮了。

我明显感觉到呼吸有一些困难，就像十四岁那年第一次收到来自异性的情书一样，我打开那个皱巴巴的纸团，只看见密密麻麻的钢笔字中间画了一个巨大的血红色爱心，整个人就像电流通过一样，每个细胞都控制不住地颤抖起来。

我想，不管我多少次赌咒发誓不再见许峦峰，又或者是我装作冷淡疏离，仿佛随时都能够全身而退的样子，都无法掩饰我灵魂深处对他的依赖。

我划开短信详情，是他一贯不容拒绝的口吻。

"我来接你下班。"

# ○七

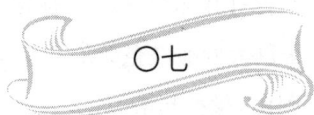

这一条短信让我觉得下班前的三十分钟格外漫长。

我走到袁媛身边称赞她那架新买的粉红色眼镜框，让她的目光不管什么时候看上去都楚楚动人，好像随时都要嘟着嘴说出：老板，这份合同无论您签与不签，我就在这里，不离也不弃。

接着又走到何似身边问他有没有带粉饼借我补一补妆。

"其实，西盈，我觉得你每天最好看的时候就是快要下班前。因为这个时候你脸上早晨刷得过多的散粉就会被汗水和油光浸润，浑然一体，就像是快要融化，但还未融化的，刚刚被人舔了一口的香草冰淇淋一样，光滑白皙，温婉动人……"

"我错了。"我举起双手打断他，低眉顺眼地回到自己的座位上，扔了一颗薄荷糖到嘴里。

我决定晚一点再走。

可是直到五点四十五分，其他人都丝毫没有要下班的样子，我只好愤怒而飞快地打了卡，跑下楼梯。

就在我四下张望的时候，电话响了，"我在你十一点钟方向。"

我透过旁边铁栏看见一辆白色的小车,他一手拿着烟,冲我扬了扬下巴。

"怎么不开进去等我?"我系好安全带问出这句话的时候,觉得自己特别虚伪,用席一朵的话来说,就是心机婊,要是她在的话,肯定会戳着我的脑门啧啧地教训我,得了便宜还卖乖。

是的,我压根不想让同事知道我有人接,尤其这个人跟我根本没有实质性的关系。当我脑补到"地下情人"这四个字的时候,把自己吓了一跳。

车子已经发动了,许峦峰专心致志地看着前方,目光都没有往我身上撇一下,他好像没听见我说话似的,只问我有没有推荐的餐厅,他最近几天都在吃剧组的盒饭,吃得舌头都快绿了。

"是吗?我看看。"我笑着转头看着他。

前方的路口适时亮起了红灯,他踩下刹车,侧过身来捧住我的脸,毫不客气地把舌头伸进我的嘴里。

不管我们曾有过多少次这样的亲吻,我总是无一例外地笨拙和不知所措,只能被动着任由他温柔侵入,横扫千军。

不知道为什么,我总觉得许峦峰每次亲吻我都带着一股决绝的狠劲。虽然他并不会弄疼我,但他紧绷的背部线条,甚至捧住我脸的姿态,都让我觉得他好像使出了全身所有的力气,总是让我有种末日来临前战栗的错觉。

正是这种孤注一掷的气质吸引了我,让我觉得随时都会跟他一起毁灭,好像我们都是没有脚的鸟,只能彼此拥抱一路俯冲。

绿灯亮起来,他腾出一只手来握着我,皱了皱眉,"又瘦了。"

我把头靠在他的肩膀上,目光就开始变得涣散起来。他身上好像有一股独有的，对我才有效的安眠分子，无论什么时候，无论过了多久，我只要再次回到他的身边就会卸下日积月累的疲惫，旁若无人地睡过去。

整座高架桥拥堵得就像一条流光溢彩的长河，红色的灯光就像在血液里浸泡过的星星，我在半梦半醒之间睁开眼睛看见桥下无数刹车尾灯时，心里就莫名升腾出一种没办法说出来的感伤。

就好像是童年时代，刚看完了一集动画片，窗外夜色低低地压下来，想起作业还差一大半，但新学期即将到来的那种灵魂深处的无措与惶然。

"这次你会在P市待多久？"我一动不动地靠在他肩上问。

"没准，还剩下几场戏，拍完就转下一站。"

我没有再说话。这些年我们频繁地见面，频繁地分离，每一次都默契地根本不对下一次见面的时间做任何约定，就像我从不会把他当作男朋友介绍给我身边的人。

而他，我不知道他怎么想。尽管他经常会带我见他那些圈内的朋友，但正如众所周知，贵圈乱得很，一个男人带着一个女孩出席任何场合都不代表他们有着什么特别牢不可破的关系，更不代表某种承诺，那只是一种可有可无的点缀，或者是说礼节而已。

我带许峦峰去的是席一朵常去光顾的那条街。

她跟芬兰小男友闹分手的那段时间，沉迷于相亲，用她的话说是，充斥着赌博快感和丛林探险气质的现代都市人群减压的社交活动。

当然，她真正的目的并不是通过这种方式找一个男朋友，或者是老公。

她很乐于一边享受满桌精致昂贵的美食，一边听对面的男人从祖上三代开始介绍自己。

这些人如果以财富划分，大概可以分为三类。一种是年薪百万的资产阶级，他们大多年过半百，结过两三次婚，有四五个孩子。无论他们在孩子抚养费和给前妻的赡养费上多么地锱铢必较，当他们看见一朵那张浑然天成，毫无整容痕迹的素颜时，都会摆出十二分的诚恳，向她阐述自己是如何的渴望真爱和婚姻，渴望白头到老的忠贞。

一般这个时候，一朵都会盯住他们身上某个品牌配饰不放。比如，"你手上这个腕表挺漂亮的，送给我当见面礼吧"又或者是"你爱马仕的手包还不错，我正好想换一个"之类，涵养稍好的会笑笑，然后放下买单的钱离开，涵养不太好的脸色立刻就冷下来大声地喊："服务员，买单"。

另一种，是那些好不容易考上名牌大学，成功进入一间外企或者国企，被称为"经济适用男"的族群。他们往往穿着笔挺的西装，拿着最新款的手机，一落座就习惯性地把手机、钱包还有车钥匙，一并扔在桌面上，拿出百分百谈判的姿态，像做PPT一样对自己进行swat分析，然后把从初恋开始到上一任女友的优缺点全都扒拉个遍；再告诉一朵，他就是想找个单纯的女孩子，能在事业上帮助他最好，但如果不能，至少能在生活上当一个贤内助。"要知道，我现在正是事业上升期，像什么做家务带孩子这些鸡零狗碎的事情，是不可以占用我太多的脑流量的。"

此时我们的一朵就会叉起一颗水果沙拉里面的蜜桃块，赞同地点了点头，"那你为什么和前女友分手？她不是挺符合你的要求吗？"

年轻的男人沉吟了一下，"嗯，她是还不错。不过她家人口实在太多了，上次她带着弟弟妹妹来我家，跟日本鬼子进村似的，差点把我妈闹得高血压。"他捂住心口，表情好像心肌炎发作了一样，"我给她机会了，但我没想到，她竟然选了她家那群小崽子们。"

　　一朵差点一口饭喷出来，她张着嘴半天不知道该说什么，只好默默地拿过菜单，又加了几样菜……

　　剩下的一类是高危职业族群，听说他们每个人殉职后，家属能够得到的抚恤金足够家属挥金如土度过半生。也正因为如此，一朵一直也拎不清这些人究竟是干吗的。

　　但他们无一例外少言寡语，眼神像九重天上修炼了几千年的神佛一样悲悯空洞。一朵觉得随便点个檀香，她就脱口唱出《般若波罗蜜多心经》了。

　　在对方表示，任何无关于家庭、职业和私人生活的问题，他都可以回答的时候，一朵往红油滚滚的汤锅里下了好几片特级肥牛卷，笑眯眯地说，"你应该忌杀生吧？要不要帮你叫份青菜？"

　　对方终于露出了一丝痛苦的表情。

　　而我和许峦峰此刻就在簌簌疯狂涮肉的这间以新鲜的食材、周到的服务，以及昂贵的人均消费而著称的火锅店里。

　　一朵对这里的味道盛赞不已，她说，就算对面坐着的是个和尚，并且即将成为她的老公，她也能面不改色，风卷残云地先吃上至少三小时。

　　"是还不错。"许峦峰吃得有点漫不经心。

　　"这叫还不错？你能不能别这么刻薄！"我吃得不亦乐乎，就差把自己的舌头扔进去涮两下，然后直接吞进肚子里。

他宠溺地看着我，就像以往很多次半夜我吵着肚子饿，他都会爬起来用他蹩脚的厨艺给我做宵夜，看着我毫不介意地狼吞虎咽时，眉眼里洋溢着发自内心的满足。

就在我们渐入佳境时，一个服务员微笑着走了过来，手里端着几瓶颜色鲜艳的Rio，"今天是我们老板的结婚纪念日，凡到场的情侣只要当场接吻一分钟，我们就免费赠送一瓶酒，不知道两位有兴趣吗？"

她问的是"两位有兴趣吗"，而不是"两位是情侣吗"。

我默默在心里为她点了个赞。

就在我带着一种"骑虎难下"的心态打算跟许峦峰名正言顺地接个吻时，他朝服务员摆了摆手。

"那么，打扰了。"服务员有点尴尬地看了我一眼，然后头也不回地走掉。

许峦峰丝毫没有留意到我表情的变化，自顾自地捞起两块快要煮化了的土豆放进我碗里。

我啪一下甩开筷子，"饱了。"

他抽出一张纸巾递给我，"还有这么多，要打包吗？"

我懒得理他，抓起包起身就走出了餐厅。风一扑，泪水就涌到了眼梢。我用最快的速度绕到马路上，抬手就要打车。

就在离我最近的一辆空车缓缓驶过来的时候，许峦峰一把把我拉了回去。"你干嘛呢，不等我买单就往外冲，你想吃霸王餐啊你？"

我扬了扬被他握住的手腕，"别他妈动手动脚的。"

他像是没听清楚我说什么一样，有些迷惑地看着我，好像是怀疑自己是不是幻听了。在我们过去相亲相爱，抑或是冷漠疏离的时光里，我从来没有这样跟他说过话。

血液不断往上涌，它们叫嚣着，激烈地撞击着我仅存的理智。我在电光石火间，仿佛过电影一样回忆起过去这些年里，我孤身一人搭飞机的场景。有时候是早晨鸡都没睡醒的时候，有时候是半夜鬼都打呼噜的时候，我拖着巨大的橙黄色行李箱，像流浪狗一样朝有他的地方奔赴过去。从不拒绝，毫不怠慢。

他未婚，我未嫁，可是我们就跟偷情的狗男女没分别。

"为什么？"泪光滤镜下的许峦峰特别好看，好看得让我心痛。"在陌生人面前接个吻你都不敢？许峦峰，这些年我算什么，你养的宠物吗？"

我尽量语调温和，避免引来一些令人难堪的围观。

他的脸色变得难看，变得坚硬，尤其在他松开我手腕的一瞬间，我就后悔了。

他低下头目光深沉地望着我，"那你呢，西盈，在你心里我算什么？刚才我没有去你公司楼下等你，你问问自己，真的生气吗，还是你根本就舒了一口气，不用害怕被同事看见，不用费心撒谎为我们的关系下个定义。"

"你被恋人抛弃，被家人忽视，才想起来拉我当临时避风港，还是，我只是你用来报复关桥的工具？"

我没想到他会提起这个名字，而且还在这个名字前面毫不留情地加上了"报复"两个字。

以前他从没提起过，因为他知道这两个字就像是能够精准地对我放出箭矢的声控装置。任何时候，任何人说出来，都会让我的心脏上毫无预警地多两个窟窿。

不过现在里面已经没有鲜血流出来了，流出来的只是日积月累腐烂的，带着腥臭气息的毒液，它们变成我喉咙里呼之欲出的恶毒。

"是啊，许峦峰，我从没爱过你。我怎么会爱上一个工具呢。"放狠话是我人生中为数不多的技能之一，伤人伤己总是我们年轻时候玩得最得心应手的游戏。

不知道我们彼此这样在大街上冷静地对峙了多久，他终于扔掉手里的烟蒂，走过来想要拉我的手。但他停了停，最后轻轻扯了扯我的袖子，"走吧，我送你回家。"

这一次，我没有再反抗。我把自己扔进副驾驶里，调低靠背，腿蜷在椅子上，背靠着他，假装自己睡着了。

我又想起了那些闪闪发亮，色泽温暖的往事。

有一年冬天，他经济状况很拮据，还是照例给我买了头等舱的机票。我们挤在没有暖气供应的地下室房间里，冷得就像两只快要僵掉的仓鼠。他不断地烧开水，灌热水袋，充暖手宝，放了一圈围着我，把我冻得跟冰块一样的脚放进怀里。

还有一次，他一个小电影得了一个小奖，他上台领奖发言时，目光一直看着我的方向，看得我脸都红了，最后我实在不好意思，跑离了会场。他领完奖，追出来把厚厚一沓钞票放进我手心里。

车停了下来，我心里已经被这些酸涩温暖的情绪胀满了，我一点都不生气了，我也不想再说那些让他难堪的话。可是我不知道该说点什么。

在黑沉沉的死寂里，我听见了他叹息般的声音，西盈，我不会再来纠缠你了。

# 〇八

　　十二月的P市正式进入一年中最冷的季节。

　　南方特有的湿冷像瘟疫一样无孔不入，侵蚀着这个城市里的每个角落。

　　不管你是穿着棉服、羊毛大衣还是羽绒服，这种寒冷都会从灵魂深处击垮你的意志，摧毁你的尊严。就算你是一匹来自北方的狼，在这里，也只能沦落成哆嗦的落水狗。

　　在这个只有我一个人出没的出租屋里，我做了整夜七零八落、波诡云谲的梦，时而吓得满头大汗，时而笑得花枝招展，最后梦见了何似被沈瑞殴打，促使我在惊吓中醒了过来，想起今天是周五，工作日！

　　就算是把动力强劲的飞利浦 HX9362 放进嘴里，也没能拯救我被周公拽进深渊里的灵魂。

　　我甚至不知道自己是怎么到公司的。

　　自从上次滕旭糖酒会策展方案基本上敲定以后，何似大部分时间都在盯着我和席一朵，还有周朝做广告推送的工作，其实他根本不需要这么大费周章。每年糖酒会都像是国际明星出街一样，用不着通知媒体，他们的采访团队就会争先恐后地涌上来。连新闻通稿都不用出，那些妙笔生花的记者们自然会极尽阿谀奉承之能事。

但当我们如约到达会议室，何似严肃地宣布了一大波正在靠近的工作量。

"首先，我很抱歉现在才告诉你们，但因为合同里一些保密原则，也是为了防止同行间的恶意竞争，这次滕旭将会在糖酒会推出一个新的定制系列，这也会成为滕旭公司紧接着全国铺市行动中最重要的关节。因此，在这接下来的一周内，我要让滕旭在各大媒体上都见到这套系列即将在糖酒会亮相的广告。"

"你们还有什么要问的吗？"何似拿着一摞厚厚的文件夹，扬了扬眉毛。

我们摇摇头，表情比狼牙山五壮士还要凝重。

何似环顾一圈，才发现少了点什么，"袁媛呢？"

"一大早就跟曹总出差了，好像是拓展新客户。"周朝回答他。

我跟席一朵飞快地对视一眼，彼此瞬间明白对方跟自己一样敏锐地捕捉到了某种信息。然后不动声色地各自回到座位上开始奋战。

事实上是席一朵在奋战，我则扎着乱蓬蓬的马尾假装自己已经睡着了，或者是死了。唯一的区别是我睁着眼睛，但瞳孔已经失去了焦距。

何似端着一杯雀巢速溶咖啡走到我面前，他用"西盈，我需要你的帮忙"作为开头，但我完全没理会他，甚至连眼睛都没眨一下。他无奈地耸耸肩，"好吧，我这就告诉香奈儿专柜的BA，那些分时系列精华小样留给他自己涂脚吧。"

我唰地一下站起来，抢过他手里的咖啡："他的脚趾头已经嫩得跟豆腐一样了，就别再用香奈儿摧残它了，还是让我代劳吧。"

何似满意地笑了一下，把不知道从哪变出来的U盘递给我。"资料一共有二十多个G，你先熟悉一下。"

我嘴角抽动了一下："何似，你去死吧，你死了我们还是朋友。"

吃午饭的时候，我跟席一朵都没什么胃口。

这是我来公司后第一次没有和袁媛一起吃午饭，而且我们猜想现在她大概也没什么心情吃午饭。

最初曹总之所以千方百计地把袁媛从上海的4A广告公司挖过来，就是为了拿下滕旭这块肥肉。当时禾邑正处于转型阶段，急需一个像滕旭这样实力雄厚的集团公司打个开门红。袁媛就跟开荒牛一样吭哧吭哧地干了三年，结果等到快要收获的时候，半路杀出个何似。

现在摆明了滕旭的项目没袁媛份了，又让她去开拓新的旅游行业，此刻就跟着曹总在某个穷山恶水里考察。

不过，职场里本来也就没什么公平可言。

所有的打抱不平、群情激奋，只是电视剧里用来衬托女主玛丽苏的玩意。现实里，谁也都心知肚明，谁也都不动声色。

一句话，要么忍，要么滚。

残酷吗？一点也不。弱肉强食，适者生存。许峦峰说过他最喜欢看动物频道，犀牛围攻老虎，松鼠单挑眼镜蛇之类。动物世界里依然保存着近乎残忍血腥的单纯敞亮。不像人类，看似柔弱无害，其实每个眼神里面都淬了毒，恨不得分分钟从背后射杀你。

一朵拿起筷子搅了搅洗碗水一样的菜花汤，两眼发直。

我猜想她应该是担心官司的事情，不过我前几天已经通过朋友介绍了个据说打财产官司很有经验的律师。她不说，我也不想多问。

我们随便吃了两口就步行回到了公司。

到了楼下，一朵走得好好地，突然站住了。我疑惑地转过头去看她，她的脸唰地一下苍白，像见了鬼一样整个人都怔住了。

我吓坏了，以为她哪里不舒服。

就在我紧张地握住她冰凉的手，问她发生什么事时，却被不知道哪里来的力道推开了，然后我就听见一声响亮的巴掌伴随着一朵哭得都变了调的尖叫声，几乎同时刺穿了我的耳膜。

一个比一朵足足高出两个头的男人捏着一朵的脖子，恶狠狠地说："明明是老子告你，你居然贼喊抓贼，倒打一耙！我看你他妈是骨头又痒了是吧！"

他揪住一朵的头发，扬手又要打下去。不过这次，当他的手快要砸到一朵脸上的时候，他被来自后脑勺的剧痛袭击了。

我的手机同时应声落在他脚边，屏幕成了一地细碎的玻璃渣滓。

到了公安局我才知道这个西装革履、人模狗样的男人是席一朵的老公。准确地说，是前任老公。

他跟受害者似的，指着我鼻子跟警察哭诉，"您看看，就是这个女的给我砸的，那么大个手机，我非脑震荡了不可。"

警察瞄了我一眼，又看了看席一朵肿得跟馒头似的左脸，不耐烦地挥挥手，"行了，你就别恶人先告状了。两姑娘加起来都不是你对手，再说是谁先去人家公司挑事的？你要是非要告，咱也可以给你立案。"

最后当然是不了了之。我和一朵分别被警察叔叔教育了一番。

尤其是我，他一连说我运气好，要是砸太阳穴上，他一命呜呼，我就成了蓄意杀人。

吓得我签名的时候手都哆嗦了。

许峦峰看见我出来，脸色难看得就跟他是被我砸碎的手机似的。"上车，先送你同事去医院。"

"不用了。"一朵把我推到许峦峰身边，"我没事，我就想一个人待会。西盈，你手机钱我会赔给你。谢谢你们。"

我实在不放心一朵一个人回去，可是许峦峰一把拉住我。

回到车上，我忍了又忍，还是说了声，谢谢。

虽然我的家就在本市，但是我根本不知道可以打给谁。听说我那个亲姐姐要结婚了，我爸妈忙得跟他们自己结婚似的，前前后后地张罗，把我的生日都忘了。

而我那一个子宫里面蹦出来的姐姐，我们都当对方是透明的。甚至，我很怀疑，我们彼此都默认了一件事，那就是前二十年，爸妈是我的；后面二十年，我也没资格跟她抢。

最让我沮丧的是，大概连我爸妈也是这么想的。

我心事重重地盯着前方，完全没有留意到许峦峰听见这两个字时脸上一晃而过的不自然。

他把车开到营业厅，给我买新的手机，补卡，全程都像我们第一次见面那样，拒绝我任何时候掏出来的纸钞或者银行卡。他稍微一皱眉，我就不敢跟他争。只能乖乖地等着他搞定一切。

手机刚一开机，一个陌生的号码就打了进来。

我接起来有点茫然地喂了一声，对方的声音就像潘多拉盒子一样开启了。

"西盈,我是姗姗。"

我跟这个八百年没有联系的老同学寒暄了一会,她终于切入正题。

"下个月是我儿子一岁生日宴,你说什么都要来。想当年,你跟关桥分手以后就连我们这些老同学都没再联系过,同学聚会不参加,连我的婚礼你都没来。真够绝的你。

"西盈,实话跟你说吧,我儿子轩轩先天性心脏病,能活多久,谁也不知道。我想给他办个热闹的生日宴。"

说起来真的挺巧,今天我把一朵老公给打了以后,去派出所的路上我也想起了姗姗。高中的时候,她为了保护我,跟隔壁职高的女汉子打架,差点划伤脸。我哭得死去活来,好像毁容的是我一样。

时间过得太快,快得我来不及回看。

"日子定在什么时候?"

"下个月18号。"

挂了电话,我有些低落。姗姗曾是我最要好的女友之一,我却因为关桥的事情迁怒于她。现在她遭遇了人生中最不幸的事情之一,我只是答应去看看她,她竟然对我说谢谢。

我哪有资格收下她这句谢谢。

明天就是周末了。

半空中那个毛茸茸的巨大蛋黄就像是长了霉一样,粘在上面不肯下来。

它像是孙猴子拔毛一样把自己周身那些发了霉的小绒毛随意地往路上投掷,每一个沾到的人,都一副消沉的样子。

比如一朵。她跟我们分别后,独自一个人漫无目的地走在路上，其实她根本不知道自己想要去哪。或者其实她哪都不想去。

她抬头看了看夕阳，觉得自己就像它一样，人生中最美好的时光已经永远地沉没了。在她三十岁生日快要到来前夕，她拥有的是一个因家庭暴力而离婚的前任老公和为她的终身大事操了老心的父母。她只身来到P市工作，一部分也是因为不愿意在眼前让父母心烦，被邻居说闲话。

她不知道自己走了多久，胃一阵阵地抽搐。这时她电话响了，她盯着上面的名字看了很久，目光才渐渐聚焦。

她像握住全世界仅存的一点光亮一样握住手机，尽量让自己声音听起来平稳自然，"老曾，你那边天亮了？"

而在夕阳的另一面，袁媛和曹总在山间的农家菜馆里喝得面红耳赤。

负责营销板块的副总对袁媛的豪爽非常满意，他的手搭在袁媛的肩膀上，一个劲地跟曹总客套，"强将手下无弱兵，袁经理前途无量。"

袁媛笑得脸都僵了。她敬完一个又一个的领导，站都站不稳了，还被副总又灌了两杯。

她好不容易找了个借口去厕所间洗了一把脸。

这间景区虽然号称4A级，但卫生环境很差，公厕里随处可见蜘蛛网，还有格子间里残留下来的排泄物发出的阵阵气味。

夕阳的余晖夹杂着无数飞尘从石窗里透进来。

她的脸在逆光里看起来格外光滑模糊。她洗干净手，然后毫不犹豫地把食指放进了自己的喉咙里。

五分钟后，她两只手用力地撑在水池边沿上。

不知道是不是用力过猛的原因，她的脸上有一些病态的潮红。眼泪就像开了闸的水龙头一样掉个不停。

又过了五分钟，她的呼吸才慢慢平稳下来。

她给家里打了个电话，"妈，麻烦您让宝宝接下电话吧。我知道他还说不了几个字，我就是想听听他的声音，行吗。"

当对方问你到底怎么了的时候，袁媛不作声了。直到她听见儿子在那边咿咿呀呀的玩闹声，她才拿开了电话，哽咽着哭了一会。

进去之前，她犹豫着又打出了一个电话。但是这次对方很久都没有接。她看了眼快要消失的夕阳余晖，又看了看手表，这个时间他应该刚下班才对。也许是加班了吧。

她拍了拍自己的脸，重新露出职业化而具有亲和力的微笑，走进了包间里。

没人看清楚余韵犹存的光线是怎样在一瞬间被黑暗所吞噬的，仿佛一眨眼的时间，每个人身边的灯光都不约而同地亮了起来。它们代替太阳赋予了这个世界崭新的，也更加冷酷的光明。

它们隔着玻璃罩子把人们脸上的喜怒哀乐照得无所遁形，并且毫无怜悯。

我就是在这样的路灯下跟许峦峰告别的。

他甚至没有离开车子，只是把窗户摇下来，皱着眉头对我说，"以后在外面别跟人动手，尤其是你这样体重跟人家体温差不多数字的。有事记得报警。"

"好。"

"那我先走了。晚上还有场夜戏。"

"嗯。"

他还想说什么，但最终把窗户摇了上去，慢慢地滑出了小区。

我站在原地很久，久到我简直忘记了自己还要回家。

天气已经很冷了，但还是有飞蛾的存在。它拼命而茫然地围着路灯飞了很久，有种飞蛾扑火的架势。可惜有些飞蛾就是这么蠢，连火和灯丝都分不清，撞得头破血流，却自以为很深情。

## 〇九

1月18号，除了刚巧是个别人可以睡到自然醒，而我们只能加班到手抽筋的周末之外，没什么值得纪念和雀跃的。

对许多人来说，它只是平凡无奇的数字军团里其中一个，是P市惨无人道的漫长冬日里的一片雪花，一口热气。

但对于另外一些人而言，那是他们的世界末日，或者是他们余生的倒计时。

早在一个月前，我就向曹总请好假。我在陈述请假理由的时候甚至红了眼眶。我只要一想到姗姗抱着她的宝宝独自垂泪的样子就觉得五脏六腑都被透明而柔韧的蚕丝捆在了一起，它们哆嗦着，沉默着，就像待宰的羔羊。

我其实很怕见到姗姗。但我知道自己必须去。

没人能拒绝一个心碎的母亲为即将离世的孩子举办的最后一个party。

尽管，它看起来更像是一个，哀悼会。

解除焦虑最好的方式就是把它分享出去。这个处事原则是我在和许峦峰厮混在一起的时候学到的。每当我在吃饱喝足的状态下依然眉头紧锁，他就会滑到我身边来，用一种干了一辈子刑侦的老警察审问犯人的语气问我，说吧，碰上什么事了。

在他温暖结实的怀抱里，或者电话那头磁性而平滑的嗓音中，我总是会不自觉就畅所欲言，尽情倾诉自己所面临的一切状况，甚至像祥林嫂一样喋喋不休。

无论是室友间的不和，还是小社团里幼稚的尔虞我诈，尽管他混迹社会多年，对这些事早已成熟和厌倦，却从来不会给我所遭遇的事情打上一个"就这么点事吗"的标签。

他总是能够设身处地地理解我，开解我，为我出谋划策（当然是出一些我当时的人生阅历和智商能够做到的），然后我就心甘情愿，怡然自得地在他的温柔和耐心里沉溺下去，坚信着世界上没有他解决不了的事情，没有他处理不了的难题。就算当时的我在离他千里之外的地方，我也坚信就算我出了意外，他也能第一时间知道并赶到我身边来。

可是自从那天从警察局回来分别之后，他就如他所说，再也没有来"纠缠"过我。

我把手机屏幕打开，又关掉。反复几次以后，我终于站起身朝袁媛走过去，以"假如你有个朋友的儿子刚生下来没多久就快死了，该怎么安慰她"为开头。

袁媛还没开口，那边一朵的声音已经翻墙过来："能怎么安慰，送她一打老公呗。或者给她老公送点补品。"

何似端着咖啡慢悠悠地走过来："你也可以生一个送给她。"

周朝站在玻璃门外面，看上去正要敲门进来的样子，但因为听见了刚刚的对话，他缩回了手，一脸尴尬地退回了自己的座位上。

我只好把目光投向袁媛，"你觉得呢？"

在这个办公室里，只有袁媛和曹总有小孩，我相信只有当了妈的人才能了解姗姗此刻最需要的是什么。

不过，我当然不会愚蠢地拿这个问题去折磨曹总——我做人还是有底线的。

袁媛上下白了我两眼，"给她四个字，节哀顺变。"

"可是我听说，她不仅请了我们这帮高中同学，还有小学同学、大学同学，甚至她老公的同学、同事。她公公婆婆的老同事，假如他们的老同学或者老战友什么的还健在的话，我相信她也会挨个打电话邀请他们。"

我说完这些话顿时感觉有些后背发凉。一朵抬起她那张便秘了两三天的大便脸，翻开了一个巨大的白眼："她请这么多人去干什么？集体殉葬吗？"

何似和袁媛同时朝她伸出了赞叹的大拇指，而我忽然有一种想要报警的冲动。

"其实我觉得刚刚会上还有很多工作没有安排妥当，不如我今天……"我刚想说点什么，就被何似这个不要脸的打断了，他打开抽屉拿了两枚创可贴递给我，"放心，发生任何事我们也不会打电话打扰你。"

我走出办公楼老远依然能听见席一朵邪魅猖狂的大笑声。我怀疑她气门都要爆裂了。

事实上，自从一朵上次被她前夫揍了以后，她整个人精神状态好了很多……就像是打通了任督二脉的新晋武林高手，马上就要爬上华山跟东邪西毒一决雌雄。

对此，我不知道究竟是喜是悲。这件事她没告诉袁媛，我自然也没说。她谎称吃坏了肚子在家休息了一个礼拜才来上班。曹总着急得差点去砸她家的门，周朝这边的媒体计划在逐一投放的过程中，经常需要根据媒体调性修改文案，一朵不在他就跟文科生解奥数题一样抓瞎。据说，他才来公司不到一个月，已经成功减掉14斤。

一朵来上班后听说了这件事，当场就走过去安慰他："周朝，相信我，你身体里面囚禁着一个瘦弱而闷骚的文案男。他正期待着被你解救！"

她看起来状态不错，反而我比较像被人殴打的那一个。整个月来我都心神不宁，坐立不安。以前我不是没和许峦峰玩过冷暴力，我经常在闹情绪时故意不接听他的电话，甚至把手机调成静音，然后在闲暇的空隙里看着他的名字一遍遍地亮起来，再一遍遍地暗下去。就算我大发慈悲地接起来，也会用从冰柜最底层刚拿出来的声音对他说，有事吗。然后听见他一遍遍地跟我道歉，求和，讲笑话，耍贫嘴……

那个时候，我毫不吝惜地践踏着，消耗着，属于我们之间微妙而真实的感情，却毫不自知。直到现在，我终于再次验证了那句歌词，"没什么能够永垂不朽"。

我抵达酒店的时候，二楼贵宾厅里已经聚满了人。但是，我仍然在第一眼就看见了那个背影。

是的，我过去好几年的梦境里一直出现的背影。

我知道他总有一天会以这样的实体出现在我的生命里。毕竟世界这样小。

不过，在这场重逢之前，让我们先把时间拨回到一个半小时以前。

一个半小时之前，关桥从长达二十多个小时的航班上降落，并被等候已久的司机接往参加姗姗儿子周岁宴的路上。

车里的暖气很足，关桥忍不住脱下了外套。

他把头扭向窗外，很快被高架桥另一边的巨幅广告语吸引住了目光。

——据说50%在P市的人，都不是P市人。你，来P市几年了？

——致你在这里奋斗过的青春。

不管是在这座城市打拼的人，还是生活在这里的人都忍不住在这个颇为煽情的地产广告下驻足，然后默默计算着自己的价值与房产价格增幅是否成正比。

虽然听起来有些可笑，房产和青春，物质与感情，不知道什么时候开始被一些人画上了等号。

关桥眯着眼睛，长时间飞行让他看起来有一些疲惫。

"关先生，要不要先回酒店休息一下。"司机忍不住开口问他。

"不用。直接去桃南路。"关桥停了停，然后从后视镜里看着司机说，"余师傅，您还是喊我关桥就好。"

"好的。"老余略微尴尬地笑了笑。其实他自己也是费了好一番心理建设才能这么开口称呼关桥的。因为一直以来，他都有些看不起他。或者说是，不齿，更准确一点。

老余还记得许多年前，他第一次见到关桥，是在赵倩生日那天晚上。狂欢party直到凌晨才结束，要不是赵倩那个身为学校系主任的母亲一个劲地催促她，恐怕她还要玩个通宵。

老余开车去接她，车子驶入酒店停车场时，明亮的大灯把两个在黑暗中纠缠的身影照得一目了然。

男生惊恐地挡住自己的脸，一边推开一个劲往自己脸上凑的女孩子。她转过头来看了一眼，然后拉着男生往车子这边走过来。

老余连忙熄灯下车，拉开车门，赵倩先把关桥推了进去。

车开到半路时，赵倩说想吐，让他开去湖边。

三月，湖边的垂柳正长得分外茂盛。赵倩只穿了一件露背的小礼服，蕾丝将她少女线条包裹得婀娜妥帖，在月光和水光的映衬下，显得更加匀称姣好。

她吐得差不多了，接过一直陪在身边的老余手上的纸巾和水，笑着说，余叔叔，我有点饿了，你能帮我去买个宵夜吗。

老余当时并不知道这句话代表着什么意思，他答应着就去了。他怕她等急了，甚至专程打了出租车去最近的大排档。

等他回来的时候，车门紧闭着，似乎空无一人，但里面偏偏传来暧昧不明的动静。

至今他回想起当时的一幕内心都震动不已。他不知道要不要告诉赵倩的父母，也就是自己的老板。可是他只要稍微脑补一下，假如是自己女儿……就觉得整个人都快爆炸了。

于是，他选择了沉默。

他当然没有权利教训赵倩，他也没有立场对关桥表现出不齿或者敌意，他唯一能做的就是沉默。

他曾以为大小姐很快就对这个小崽子腻烦，他一直默默地等着那一天。可惜，却等来了他们双双出国的消息。

老余觉得自己就像个忠心耿耿、鞠躬尽瘁的臣子，却只能眼睁睁看着君王被小人迷惑，把大好河山拱手相让。

每当想到这，他就会不可抑制地恼怒起来。

"余师傅，就停在这吧。我自己走进去。谢谢你。"

关桥刚转过身，他就迫不及待地发动了车子。

这时，余师傅看见迎面过来的出租车上走下来一个非常眼熟的女孩子。他稍微回忆了一下，很快就想起来，这个女孩子，曾被关桥不止一次地跟踪过。

一〇

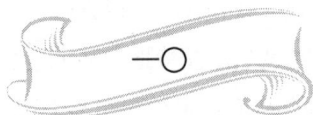

　　姗姗穿着一条黑色的中袖连衣裙，表面一层勾勒着繁复的蕾丝花纹，它们从衣服的领口处宛如鱼鳞般一圈圈地荡漾开来。这样的打扮让她整个人看起来像是一尾垂死挣扎的鱼。

　　她的眼睛，让我想起《萤火虫之墓》里面的萤火。命运制造的困苦就像举着雪亮镰刀的死神，狰狞地笑着走过来试图替你修一下眉毛，或者刮刮胡子。等到火光终于逐渐微弱下来之后，那被烧毁的房屋、土地都呈现出一种近似灰烬的颜色。

　　——那就是我在姗姗眼睛里看见的东西。

　　干燥的，快要裂开的，无法抑制的悲痛。

　　然而，她的嘴角却是笑着的。

　　她说，西盈，你能来我特别开心。

　　在她示意下，宴会厅里左右两面的窗帘"噌"地一下被放了下来。

　　刚才还热闹非凡的宴会厅一下子就安静得像个墓室。

　　姗姗踩着她的鱼嘴高跟鞋，拿起话筒，说："首先非常感谢各位亲朋好友、老同学们、街坊邻居的到来。谢谢你们来参加晓晓，就是我儿子的周岁生日宴。也许今天，是我们彼此最后一次相聚在一起。"

她稍微顿了顿，握着话筒的手指更加用力了一些。她抬起头，继续说道："所以，不管待会我说了什么，请你们都不要打断我。"

接下来，她喋喋不休地述说着自己这二十多年做过的各种不太磊落的事情。从她借过前男友钱的直到分手也没还，到她谎报了给婆婆生日礼物的价格，以及小时候偷窃的饼干。

诸如此类，人性里最平凡无奇的自私和卑劣，她像梳理自己的头发丝一样悉数拎出来。一桩桩、一件件，听得宾客们都忍不住打起了呵欠。

最后她说，她还有一个很对不起的朋友，是陆西盈。

天还没有完全黑下来。

黑暗就像一只正在吐丝的蚕，一丝丝一缕缕地包裹住光明。

我浑浑噩噩地走在街上，脑海里一直浮现刚刚姗姗向我道歉时所描绘的那个场景。那一天姗姗正巧去妇科找她姨妈吃晚饭，听见手术室门口的阿姨喊了一声"陆西盈"，然后关桥搀扶着系主任的千金走了进去。

我不知道那张写着我名字的化验单最后是怎么落在了系主任的手上，但关桥一定是知道的。

姗姗握着话筒一遍遍地朝我们这些宾客鞠躬，直到她的家人忍无可忍地冲上台去。我们才知道她之所以会做出这么匪夷所思的事，是因为她坚信宝宝的病，是源于这些事，这是她所遭到的报应。于是她才会想到用这种方式"赎罪"。

我不知道这场闹剧是怎么结束的，最后姗姗似乎尖叫或者哭泣着被家人带走了。

我自始至终都没有见到那个快要不久于人世的孩子。

眼前逐渐清晰的只有关桥依然停留在七年前的那张脸。

我知道他会来。

我记得知乎上有一条问题是这样的，"分手之后，过了很长时间终于能够坐在一起云淡风轻地聊天是一种什么感受？"

有个回答很文艺，说就像是离家多年，终于回家了。可也就是歇歇脚而已，后面还得接着走。

我对关桥完全没有这种感觉，七年不见，我对他只有陌生、愤怒，还有一点点的恨。

尤其当他一开口就跟我说对不起的时候，我简直有一剑封喉的冲动。

然而，我只是微笑着问他，"请问你有什么事吗？"

"西盈，我们能聊聊吗？"时隔这么多年，他那种招牌式的求和目光依然熟悉得让人惊心。

我毫不犹豫地转身就走，还没走出几步，他就追上来牵住了我的手腕。

整个动作一气呵成，没有丝毫的生疏和怠慢。

很多年前我们每次吵架，我转身就走的瞬间，他一定会毫不犹豫捉住我的手腕，霸道地把我扯到他怀里。

那时我们才十五岁，平凡无奇的生活无比渴望命运的波澜。因此我们总会有意无意地制造着，或者是杜撰着各种会让彼此黯然神伤的桥段。我们试探着、窥测着彼此对对方的感情，对自己的态度和真心。然后在每一次争吵、痛诉，而又和好的蹩脚桥段里享受着青春带来盛大而迷幻的欢愉。

就像现在一样。手心传来他的温度，就好像又回到十五岁那年，因为吵架，彼此又还没有手机之类的通信工具，他只好来我家

~80~

找我，敲门三下，然后在我爸妈打开门时飞快离开。直到半个小时后，我借口买钢笔出门，刚走下楼梯他就从角落里钻出来牵住我的手。对我说，他很想我。

他的眼睛湿漉漉的，微微有些发红。每次他露出这种表情，我就会忍不住缴械投降，在酸胀而满足的情绪里对这段感情更笃定几分。

那时我们大概都没想到许多年之后，当我们再次重逢，我会歇斯底里甩开他的手，用放大的音量带着惊恐的语气说："我不认识你，你不要再跟着我，不然我就报警了！"

说着我趁关桥上前来解释时用力把包朝他摔过去。紧接着，我几乎是哭喊着朝路人求助，我说你们谁能帮我报个警，这人我不认识，真不认识，他肯定是个人贩子。

也许是我表演得太过走心，也可能是我把台词太过歇斯底里，一些路人开始停下脚步。在我不断地哭喊中，关桥的辩解也开始显得力不从心。最后，他看见真有人掏出手机拍照了，他才终于后退两步，说了声，对不起，我认错人了。

他确实认错人了，我已经不是那个被他开口哄一哄，就会破涕而笑的小女孩。毕竟我也是跟许大导演混过的，已经从偶像派晋级到了演技派。

我不自觉地把目光牢牢地锁在他的背影上，我想要看到他的痛苦、懊悔、绝望，我想要在他身上看见他对当年那个自己深深的鄙夷。

不能否认的是，即使这些年我伪装得再天衣无缝，也无法摆脱那些他跪在我面前求我原谅的梦境。

我打从心底里诅咒他有朝一日后悔莫及。可是当他流露出后悔的姿态，我又很害怕。

假如他真后悔当初那么对我，那我跟自己暗暗较劲的七年，又算什么？

就在我盯得眼眶生疼时，袁媛在离我不到二十米的地方冲我挥着手。

刚才我完全沉浸在自导自演的那场戏里，根本没注意到这条流光溢彩的街道旁有好几间并排的露天西餐厅。

而袁媛正陪同沈瑞在其中一间吃着晚餐。

"这么好的演技做设计师太屈才了。"沈瑞冲我笑了一下。

那天晚上沈瑞看起来心情很好，就连刚才我自编自导自演的闹剧也给予了一个，呃，不算差的评价。

在袁媛不断地追问下，我只好浅尝辄止地告诉她，那个人是我劈了腿的初恋，我只是想让他知道，我陆西盈的字典里没有原谅，只有把贱人变成遗像。

袁媛听完后盯了我几秒："没看出来，你还挺无情的。"

我一把夺过她面前刚上来的甜品，笑嘻嘻地回敬："不敢当。"

沈瑞不理会我们斗嘴，他喝了一口咖啡，开始认真地浏览邮件，我偷偷看了他一眼，侧过身小声问袁媛："你们怎么会在一起？"

袁媛答非所问："这里的牛排很好吃。"

自从她换上这幅桃红色树脂边框眼镜，整个人的表情就显得很魔性。笑起来，你会觉得她满面桃花；怒起来，你会觉得她眼眶通红，悲愤交加；而调侃人的时候，看起来就特别像怡红院的妈妈桑。

袁媛约了装修公司看设计图，七点半不到就先走了。这段时间她正在忙着装修房子，每个月工资一到账，她就会一头扎进建材市场。

剩下我和沈瑞两个人，气氛顿时冷下来。

我不知道跟他说什么，刚才那种玩笑开得确实过分了些。可是不知道为什么现在我面对沈瑞，已经不完全把他当作一个高高在上，需要跟着曹总一起跪舔的客户头头，而是一个普通的男人。

不，应该是个比普通男人要好看一些的男人。

就在我努力想要从脑海里翻出一些谈资来缓解尴尬的时候，他先发制人，"你还没走啊，那就跟我去个地方。"

说完他把手机往口袋里一扔，走到电梯前按了下行键。

在下地下停车场的电梯里，我满脑子都在重播："你还没走啊，还没走啊，走啊……"

强迫症果然很要命。

直到沈瑞停好车，从电梯上来，我才知道他带我来的是商场，就是上次何似带我们去的那家。

"你要买东西？"问完才觉得这个问题挺傻的。

他也不回答我，径自走向自己熟悉的男装品牌，拿起感兴趣的外套、衬衫和西裤，回头发来问询的目光。我像个小助理一样一一替他搭配好，完了他直接刷卡。

"你就不怕我搭得乱七八糟？"

"喜欢狗的女生眼光都不会太差。"

我忍不住笑起来，几个小时前的沉郁一扫而空。

走到首饰专柜时，他突然停下来，"把你的手借给我用一下。"

我还没明白什么意思，他已经伸出手来握住我的手，并且是以十指相扣的姿势。握了一会就放开，"你的手指比她还要细。"

"她？"

沈瑞点点头，"我前任女友。下周末生日，你帮我参考下，送什么好呢？"

"要是求和的话，当然最好是钻戒。"我刚朝钻戒柜台迈出步去，就被他皱着眉头一把拉回来。"你这么热衷当月老？"

我站在原地不动了。

他轻轻叹口气，把我推到一排手链面前。"选一个。"

"最便宜的。"我咬牙切齿地说。

没想到沈瑞欣然同意，"麻烦拿个最便宜的。"

我试戴了一下竟然还不赖。果然品牌摆在那，再便宜的也不会差。

沈瑞心满意足地满载而归。两手空空的我显得有点落寞，他好像一眼就看穿我的心事，"下周末我请你吃饭。"

我狐疑地望他一眼，"下周末不是你前度生日？"

"对啊，你和我一起去。意大利餐，你应该喜欢。"

"呃，这算加班吗？过后可以调休吗？"一切从领导口中冒出的"周末"字眼都让我异常敏感。

沈瑞好笑又生气地敲了一下我脑袋，"难道我们只是赤裸裸的工作关系吗？"

我很想反问他，难道不是吗。

但我没敢说，刚才那一下敲得并不轻。

沈瑞刚送我回到家就接到妈妈打来的电话，她先是支支吾吾地跟我寒暄了一阵，我快要不耐烦了才切入正题。

"你姐姐办婚礼你知道吧？"

"呵，"我忍不住嗤了一声，"你们把广告都打到我小区的楼盘电梯里了，全市有几个人不知道啊。"

这片小区的开发商是我爸的朋友，我当初住过来只象征性地收了点房租。而姐姐那个对象，也就是我未来姐夫也是开发商的合作伙伴，也住在我这栋楼上。但我们从没见过面。

"既然知道，那你准备红包了吗？"

"……"我一时有些语塞，坦白回答："没有。"

"我就知道你没把你姐姐的婚事放在心里，"妈妈哼了一声，"我已经以你的名义包了一个给她，到时候你别说漏嘴就是了。还有，下周末你无论如何也给我把时间空出来。"

我还没反应过来，那边已经挂了。

从七年前开始我妈就变得很忙，好像在我身上多花一分钟都会觉得愧对姐姐。自从找回姐姐，他们就把全部事业投入到拯救姐姐，改造姐姐，把她一个农村长大，中专技校毕业的姑娘包装成为一个足以和姐夫那种身份匹配的女人。

所以这七年姐姐过得就跟七岁的小学生似的，弹钢琴、学国画、练古筝、上外语培训班。我爸甚至花了重金托人给她弄了个跟我一样的大学文凭，还是能在网上查到的那种。

为此我异常愤怒，甚至跟我爸大吵一架。吵完以后觉得特别没意思，就是那天我决定自己搬出来。

令人丧气的是也没人对此表示反对。相反，在安顿好我之后，他们兴冲冲地重新装修了我的房间，对姐姐愿意搬回来这件事情感恩戴德，恨不得把她当成住在疗养院的奶奶般讨好侍奉。

杂乱的思绪在我脑海里横冲直撞，我心不在焉地刷了一夜微博，窗外晨曦慢慢涌进来，整个人像被秋风穿透了，身心悲凉。

我原本打算在糖酒会这天当面跟沈瑞说周末临时有事，不能赴约，没想到他根本没有出席。

由何似亲自主持新品发布会。为了给自己人捧场，曹总在前一天宣布公司所有员工都不得缺席，就算当天没有工作的岗位，都要盛装参与，当好一个热烈的观众，并及时拍照上传至自己的朋友圈。

就在我兢兢业业地用手机P图时，袁媛神秘兮兮地把我拉到一边，"西盈，下周你不用上班了。"

"公司要倒闭了？"我痛心疾首地看着她，"给我发多少遣散费？"

袁媛怔了一下，在空中朝我扇了两下，"想得美你！"

其实是上次她们去景区出差颇有成效，这次回来没多久对方的合同就寄了过来。

"下周一我们跟专家顾问团一起去景区考察，当天晚上就赶回来直接进入酒店开始封闭做方案。"

"要多久？"

"我们只有一周时间。"

"谁带队？"

袁媛扶了扶眼镜，"我。"

我想了想又问，"公司除了咱俩之外，还有谁？"

"还有席一朵。"

我两眼一黑，扑倒在她身上。

对于这个项目，私下里我很赞同席一朵的看法。

她坐在咖啡厅的沙发上，两腿一盘，打坐似的闭上眼睛："这就是个坑。"

"只有你，"她眼风停在袁媛身上，"还当香饽饽似的接过来，卖命到自己出面去找沈瑞套关系。不坑你坑谁？"

话还没说完，袁媛脸色就一点点沉下去，笑容像蜡一样凝在脸上。

"是，你精明！可我要是跟你一样，没结婚、没孩子，还有个随时能带我出国的男朋友，我至于明知是坑也要跳吗？"

袁媛越说越激动，"你们都知道我还要装修，养孩子，开年就打算把孩子接过来跟我一起生活，你们以为我每天加班加得挺积极吗？那是因为我回家也只有一个人，我宁可和你们在一起，也不想回家对着四面墙。"

本来我听着挺心酸，但是，"什么叫宁可跟我们在一起？"

我说，袁媛你好好解释下这句话。

袁媛这才稍稍缓和下来，不过又换席一朵沉默了。

她一开口，我顿时有种今天出门没看皇历的感觉。

一朵是用"袁媛，你觉得我真的精明吗"作为开头的。

我以为袁媛早就和我一样知道她离过婚的事情，原来她是第一次听说。接着一朵又说前夫要跟她打官司收回当时装修新房的二十万，还有，她的芬兰留学小男友父母根本不同意他们的婚事，现在他们每天聊天话题都在分手和结婚之间，随机滚动。

我夹在这两个负能量爆棚的女人之间，只好把自己姐姐那点破事说出来安慰一下她们。结果说着说着，自己也有点低落。

总之这是一个很悲伤的晚上。三个智商不在一条水平线的女人，各有各的哀愁。

她俩最后几乎是互相搀扶着离开我家的，袁媛临走前还不忘帮我把门口的垃圾带下去。

所谓贴心的朋友就是这样，帮忙扔个垃圾胜过登门时扛一箱水果。

我窝在床上上下浏览微信朋友圈，形形色色的生活场景被美颜后搬上屏幕，看上去每个人的生活都闪闪发亮无懈可击。就连一朵也刚刚转发了一个笑话，袁媛在下面笑眯眯地点了赞。

没人知道我们刚刚几乎哭成一团，感觉人生处处都是坑，寸步也难行。

手指最终滑到了许峦峰的头像上。

他的相册空空如也，就在我望着那一条横杠和空白发呆时，一个来电闯了进来。

是沈瑞。看清楚这两个字，我立刻一个鲤鱼打挺坐起来。

"沈总，你好。"

"现在几点？"他语气听起来挺认真的。

我茫然地拿开手机，看了看屏幕，回答他，"二十二点十七分。"

"下班时间，我不是沈总。"他语气缓和了一些，"这么晚，没打扰你吧。"

我脑海里瞬间浮现出曹总在他面前卑躬屈膝的样子，连忙说，"没有，没有。"

"我是想跟你说关于下周末的约会。"出于莫名其妙的心虚，他还没说完，我已经等不及打断他，"对，我正想跟您说这件事，下周末我可能去不了了。"

"为什么？"

"我姐结婚，而且还有可能要加班。今天刚接到的任务，要去酒店封闭做方案。"我没来由地紧张，所以语速非常快。

那边半天没吭声，我还以为他是没听清。

"你姐姐……是第一次结婚吗？"原来他在组织语言，我一下子就听出他的用意。"你的意思是，生日会在晚上？"

"嗯，至于封闭做方案。不管他们把你关哪，我也有办法把你弄出来。"沈瑞说了句晚安就挂了。

我拿着手机久久没回过神，仿佛话筒边燃起了一丝火星，整个精神系统莫名亢奋了起来。

———

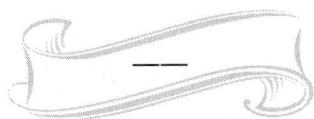

这次由袁媛带队的新客户是旅游项目，其大Boss志向之高远，野心之雄壮，用他原话说就是"要把俺们这里一棵草一抔土都包装成圣土圣草圣水！要让所有游客都掏钱来买一捧走！"

事实上，跟着专家团队去考察的当天我们就哭了。

除了曾有伟人在此诞生，在对外的广告上被称为"圣地"之外，这里简直贫瘠冷清得令人发指。

我特别想不通，就这么一个破公园，怎么就被曹总当成了香饽饽，还出动禾邑头牌策划团队？这也就算了，还从著名的C大里请了一组教授考察团。

尤其是那位以营销学课程座无虚席著称的于教授，总龇着一口龅牙，笑起来脸上每一条皱纹都显得深不可测，让人看了就浑身不舒服。

偏偏他还特别乐意跟我套近乎。在来这的大巴车上，我嘟囔一句真冷，他就热情地招呼我坐到与他并排的副驾驶座上，说那边正对着暖气口。

原本出发前，曹总就叮嘱过袁媛，这次考察以于教授为主，我们必须做好一切配合工作。我顺他的意坐过去，他便像讲课一样滔滔不绝地给我科普林徽因的情史，关于她跟徐志摩还有梁思成那些纠缠不清的陈年往事。

他声情并茂地给我讲述了林徽因坦白告诉梁思成自己同时爱上了他和另一个男人金岳霖时，梁思成的痛苦而伟大的包容，以及金岳霖在得知她这番话之后默默爱了她一生的旷世痴情。

于教授越说越激动，简直难掩心中的感慨（说嫉妒得心血直涌大概更恰当些），起初我还礼貌性地附和两句，到后来我简直觉得自己快要得上尴尬癌了，好在沈瑞的电话像及时雨一样拨进来，我握着手机就像通关密码似的，毫不犹豫接了起来。

他似乎心情不错，他喜欢的那间餐厅最近研发了新菜，老板盛情约他试菜。于是他打来询问晚上是不是有空。

我借机假装信号不太好，一边"喂喂喂"，一边逃离了教授身边，后排座位是冷，也总比坐在一个随时都要自燃的咸湿老男人身边好得多。

我躲在最后排通完电话，回到席一朵身边。她睡得正酣，仔细听还能听见此起彼伏的小呼噜。

袁媛从前面回过头来："你怎么回来了？"

我白她一眼："明知故问，别告诉我你没听见。"

她笑起来，继续火上浇油："那天曹总把介绍我们团队的PPT给于教授看，他就对你获奖的那几幅画赞赏有加，当时就说有机会要跟你好好地聊。"

"聊个蛋！"我忍不住爆粗口。可是一出口我就后悔了，说不定他真能跟我聊聊蛋……

下了车，我们在对方接待人员的带领下进了文化园，一路开车兼步行，目光所及，除了成片的树就是几间年久失修的祠堂，和一座被称之为山的土堆子。

于教授连同他身后的专家团一路上都兴致勃勃，堪比郊游，层出不穷的溢美之词源源不断地从他和他身后的专家们嘴里冒出来，哄得对方大Boss心花怒放，差点就要留下我们吃晚饭。

"曹总究竟是怎么跟这个旅游景区接上头的？"从洗手间出来，我忍不住问袁媛。

她看了我一眼，警惕地压低了声音："西西，你可别小看这个项目，其实这是董事长在背后牵的线，曹总也紧张得不得了，虽然她对你们宣称我是项目负责人，但暗地里她跟我说这个项目是她跟我一起带。言下之意就是，这个项目要是成了，我没得提成，要是黄了，大概我就得卷铺盖走人。"

我愣了一下："没这么严重吧？"

她耸耸肩，转向席一朵："朵朵你觉得呢？"

我们三个里面席一朵是在禾邑时间最长的人，也是我们之中公认最了解曹总的。但她也有点犹豫，觉得曹总不至于那么绝情。

袁媛不置可否，只扔下一句，你们都还太嫩。

天擦黑的时候，我们才马不停蹄地往回赶。在高速上的休息站才停下来随便吃了点东西，于教授又对我不吃牛肉这件事调侃了一番，"那你以后老公挺幸福，吃点草就行。多好养。"

我边吃菜边皮笑肉不笑地反驳："于老师，生活不只是吃饭和睡觉吧。"

他大概没想到我会顶撞他，若有所思地看了我一眼，便进入工作环节。

就着油腻腻的小桌开完会我才发现已经八点了，这意味着能在十二点前抵达酒店都算是谢天谢地。

上了车，我给沈瑞发了条短信，他没回。

抵达酒店已经是半夜一点，其中两名考察团成员一个执意回家住，另一个女硕士说还有工作要连夜赶往外地，于是空出一间房。

席一朵说啥也不肯再多挪一步，袁媛住得远，而且独居，这么晚也不太安全，于是我自告奋勇提出单独回家去，第二天再来汇合。

没想到我刚目送他们进酒店大堂没多久，就被身后的车灯闪了一下。

沈瑞开门走下来，接过我手上的包和笔记本，并为我打开了车门。

我坐在柔软的羊毛坐垫上，看见穿着焦糖色羊绒大衣的他从车头绕过去，酒店门口的广告灯打在他身上，好像一切寒冷都被融化了。

我试探地问他，"你是不是等了很久？"

"你说呢。"他发动车子，目光笔直地看着路，声音听起来很不悦。

道歉的话还没出口，他已经拿起我的手放在了暖气口上。

我有点吃惊地转头看他，本能地想要抽回手。没想到他好像早就猜到我的意图，稍稍加重了力道，眉头微皱地看了我一眼，好像是在警告我，别乱动。

我顿时有点哭笑不得，"乱动"的人明明是他好不好。

"要不要吃宵夜？"

"好啊。"尽管我心里很清楚明天一早我还要六点起床洗头，化妆，奔赴酒店，开始长达一周左右的项目闭关。

但现在这一刻，我却愿意把一切抛诸脑后。

因此，当沈瑞提醒我睡觉之前不应该吃油腻的肠粉时，我白他一眼："你闭嘴。"

说完之后我自己先吓了一跳，刚夹上的一截蒸藕应声落地。

我窥探了一下他的脸色，好像并没有不悦才放下心来。

又忍不住有些感慨，才入职半年多而已，我也逐渐成为跟袁媛一样时时都记挂着揣测"圣意"。

自从上次重遇关桥，尽管我用那种方式彻底切断我们之间的一切联络，将他置于那种莫名的尴尬境地。但心里的确没有行动上那样洒脱。

特别是关桥当时带着几分不解和委屈的背影，后来又几次在梦里出现，我才终于明白，生离其实和死别差不多，都是往后生命里的查无此人。

无论我怎样怀念曾经的骄傲跋扈，我行我素，到如今，我也成了一个有职位等级概念，懂得留心看人脸色的职场人。

想到这，我又忍不住开始官方寒暄，"沈总，你这段时间一直都在P市吗？"

这次他没有立刻纠正我，勒令我喊他的名字，大概是清楚我根本改不掉。

"嗯，打算在P市成立分公司。"他放下杯子对我微笑，"你考虑一下到时候过来帮我。"

"我很贵的。"我故意拉长音节，得意地朝他微笑。

气氛旋即又放松下来，我才想起问他，怎么知道我们入住的酒店。

"这间酒店有我的股份，当时我让小石送了几张券给你们曹总，但她一直没用。眼看就快到期了，所以我猜她应该正好用上。"

这句话要是被席一朵听到，她肯定甘拜下风，把最了解曹总的宝座拱手相让。

吃完夜宵，沈瑞送我回家，车子慢慢滑到小区楼下，我没邀请他上去坐坐，他也没有提出送我上楼。

这点和许峦峰一样。

这三个字跳出来时，我才猛地想起我已经很久没有跟他联系。又或者说，他也很久没有再跟我联络。

七年，就像一场漫长的梦境一样从我们生命里划过去了。

我检查了一下所有社交工具，都没有许峦峰的消息。虽然他的头像几乎日日都亮着，但就像石碑一样，仿佛只是为了让我悼念而已。又或者我这样的女生只是他众多女伴中的一个。

这么想，心脏还是会莫名发紧。

我忍不住拨通了沈瑞的电话，问他到了没。虽然我不知道他在P市是不是有房子，或者还是住酒店。

他回我，到了，正要洗澡。

原本我应该礼貌而及时地收线，可是不知道为什么，我并没有挂断的意思，他也非常耐心地陪我聊了一会。

我说我不打算去姐姐的婚礼，晚上直接陪他去生日会。他问这样会不会不太好。

我想也没想就告诉他，我跟我亲生姐姐分别二十年，除了血缘，毫无感情。

他沉默了一会，说你应该庆幸，至少前二十年他们没有亏待你。

当时我并不懂他语气里暗藏的怅然，只是呆呆地看着窗外沉寂于黑夜的高楼，很多个无所事事的夜晚我都会熬到凌晨才肯睡，然后看着窗外零星的灯火，这时才会觉得终于大家都一样，到时间就会熄灯，并没有哪一盏灯会为你一直亮着。

现在我住的这间房子是奶奶留下来的，原本被父母用来出租，但自从他们听说我的出租房出了安全事故，正好这边的租客到期，就让我住了过来。

其实理智起来，我确实不该对他们有任何怨怼，天下无不是的父母。他们现在对姐姐充满亏欠，甚至于面对姐姐一句玩笑似的质问，倘若真的那么关心她的行踪，一心一意地寻找她，又怎么会在两年后就有了我，他们也痛如锥心，小心翼翼地道歉解释。

我忍了又忍，才终于把指甲掐进肉里，而不是在她脸上划开两道血印。

我对沈瑞说，可是我恨她。

他沉默了一会，大概是调整了一下握电话的姿势，他说，我知道。

毫无预兆的，滚烫的泪珠砸在取暖器上。

那晚我睡得出乎意料的安稳。

而睡梦里的我并不知道，当沈瑞挂了电话之后，他原本宁和的思绪也被彻底地打乱了。他打开钱包，翻到最底层，里面有一张很小的大头照。

那不是我们初中时最流行的大头贴，而是一张带着钢印蓝底的证件照。

里面的女人蓄着短发，虽然并没有在笑，但她嘴角微微上扬，是一副天然的良善面孔。

但，这张脸留给沈瑞最后的印象是她决绝的笑容。

沈瑞闭着眼睛任凭整个人陷入浴缸里，他觉得这个世界上有很多很多美好事物就像这水里的泡沫一样，看起来像云朵一样浪漫柔软，却触手就破。

第二天一早我刚到酒店（……莫名有种转行了的即视感），就看到曹总的车正停在楼下。

他们都在于教授那间总统套房里开会，我犹豫了一下决定假装自己并不知道这件事情，默默地掏出备用房卡去席一朵她们房间上网。

然而让人愤怒的是，他们的会议直接持续到了中午，并且在一点左右他们直接成群结队地去楼下餐厅吃饭了，并没有人回房间拿个包什么的，似乎也更没有人在意我究竟有没有来，或者是不是在公司。

这种失落感一下子把我勒得有点儿窒息。

我失魂落魄地从房间里走出来，正在苦苦思索要不要自己去找点吃的，还是厚着脸皮给她们打个电话。

这时叮地一下，电梯门打开，一张熟悉的脸闯入眼帘。

我张张嘴，脑袋像宕机了一样无法反应。

那张属于许峦峰的帅气的英挺的脸，几乎贴在另一个满脸酡红，唇色鲜艳得好像就要滴下来的女人上。

并且他的手还搂着对方的腰。

一股浓烈的酒气扑面而来。

我本能地后退了两步。

　　然后站定不动，以为他会对我说什么，但又很害怕他开口，我一直怀着这种复杂的心情，一直到他们目不斜视地从我身边走过去。

　　是的，他们从我身边走了过去。

　　我以为许峦峰至少会回一回头。可是回头的人是他身边那个微醺的女人，她看了我一眼，然后把脑袋蹭到许峦峰的肩上。

　　我心里只冒出两个字。

　　"狗男女！"

　　不要纠正我的算术，我当时满脑子想的是拉开窗帘，朝他们嘶吼，现在才大中午，外面阳光灿烂，你们用得着这么迫不及待吗？

　　可是冬日的薄阳只能虚弱无力地告诉我，阳光之下无新事。

　　不知道过了多久，电梯又响了，何似娇喘着从里面钻出来，看见我特别诧异，一开口还是万年的毒蛇语气："你在这干吗，等我开房啊？"

　　这句话就像是压死骆驼的最后一根稻草。

　　我只记得我条件反射似的扬起了手，后面就不太清楚了。

　　不过据何似回忆，他话音刚落，我就以迅雷不及掩耳之势，劈手给了他一个耳光。

　　打完以后我就头也不回地进了电梯。

　　他原话是，"我当时就差点吓哭了！"而我没敢告诉他，我一直在电梯里，上上下下，下下上上，直到曹总和于教授他们走进来，我才立刻挂上一副笑脸，"我找你们很久了。"

　　记得我初来禾邑，同事们都觉得我不合群。叫我参加集体活动就跟割我肉似的，就连公司一年一度的旅行讨论会上，当副总也就是易董公开的情人，提出去爬山的时候，大家只彼时交换一下自带密码的目光表示不满。只有我冲口而出，爬山有什么意思，听说去年和前年都是爬山，今年不能来点新意吗。

副总大概从没遭受过员工如此"忤逆"，当时就冷着脸问我，那你觉得什么才算有新意呢?

当时所有人都齐刷刷地向我投来赞赏而同情的目光，我却以为是鼓励和期待。

那时我毫无畏惧，觉得工作遍地都是，根本不在意。况且我心里总是想，反正在P市混不下去就能去北京投奔许峦峰。

我看见过一句话，生命里有没有这样一个人，他不是你的合法伴侣，也不是你的血缘至亲，却永远不会让你遭遇走投无路。

当时我心里浮凸的面孔便是许峦峰。

我不知道他什么时候变成我的信仰，让独自生活后每个停电夜晚里，当脑海里所有恐怖影像都变成尖锐的幻觉向我袭来时，我只要听见他的声音，就像是被孙悟空的光圈环绕。

可是现在，孙悟空跟白骨精开了房!

童话里都是骗人的。

我怀着满腔悲伤像木偶一样跟他们一起继续开了两个小时会。

下午做了一会手绘的景区地图，就又到了吃饭时间。

我正式进入职场以后才发现这世界上的饭局简直多得令人发指。何似特地从公司带来滕旭新出的保健酒，据说单瓶价格就足够买一只Gucci的钱包。

以至于我觉得自己要是不喝一口都对不起Gucci，当我喝下两口的时候，于教授简直对我刮目相看，叹为观止。

他时不时拍两下我肩膀，说他年轻的时候也喜欢水墨，书法写得也很牛叉，又说把我收为关门弟子。

他旁边两个如今已经开了数家分公司的某某总监，就立刻接话说，干吗关门啊，这不太好吧，总要给别人留点机会。

当时我没听懂他话里的意思，只知道他一说完，大家就嘻嘻哈哈笑作一团，我也在酒精作用下觉得一切事物都挺美好，仿佛自带了磨皮功能并上了星光笔刷。

听说最后我是被袁媛扶回去的，席一朵请假打官司糟心得很，没空理我。何似负责送曹总回家，临走时替曹总转告袁媛，这几天她有空就会过来，让我们一定要盯着于教授团队把方案做得完美无缺。

并让何似交给袁媛一大笔现金备用，但凡不太苛刻的要求都尽量满足，毕竟于教授是董事长请来的朋友，也是这次项目能否拿下的关键。

何似说完这些，袁媛已经听得有点不耐烦："你什么时候当上总助的，我怎么不知道？"

我挂在她脖子上，口齿不清地问："谁是种猪？什么品种？"

可以想象何似的表情有多难看，不过事后我请他一顿海底捞作为补偿，当然是后话了。

袁媛拽着我进电梯，在门快要关闭的前一秒，一只手伸了进来，"麻烦等等。"

那张脸一映入眼帘，我就几乎哭着嚎起来，"这个酒店就不能多装几部电梯吗！！！凭什么这么欺负人！！！"

听说嚎到一半，我就立刻报复了酒店……电梯。

袁媛说我哇啦啦吐得满电梯都是，她跟许峦峰两个人根本没有下脚的地。

"吐完你就睡着了，我还以为你晕了呢，就那样直挺挺地倒下来。要不是许峦峰及时接住你，我掐指一算，你应该会直接跌进自己的呕吐物里，并且是脸先着地。"

"然后呢？"我惊恐万分，稍微脑补了一下那个场景都觉得生不如死。

袁媛白我一眼："然后他就把你抱回了床上，又出去给你买了醒酒的药让我喂你吃。"

我打断她："这些都不是重点，重点是你怎么会认识许峦峰。"

袁媛一副"你瞧不起谁"的表情："拜托，老娘好歹以前也是在奥迪待过的，那时我们拍了个微电影，导演就是他。"

我才知道原来他已经出名到这种程度，真是受到了惊吓。

但其实在一起那些年我不是没脑补过他一片成名，我就教他说，一定不能对外公开我们的关系，我不想吃个臭豆腐都要被狗仔偷拍。重点是，我不想遛个狗还花一小时化个妆。

脑补得最凶猛的时候，我还打算在网上买个墨镜，镜片一定要够大，这样才不会容易被认出来。

要不是我们走到这一步，我还不知道原来我曾经对他有过那么多憧憬，那么多关于未来的期待，简直恨不得把自己和他的生命缝合成一体，无论谁想要离开，另一个都会感觉到被撕扯的痛意。

现在我终于感觉到了。

我的头疼得好像随时都会炸开。

可是别说好像了，就算真的炸开，我也还是要去开会。

已经过去了两天时间，于教授才磨磨蹭蹭地把方案框架划分出来，在一番分配安排以后，竟然将其中最重要也最核心的部分交给了袁媛。

"这是整个方案里的核心部分，恐怕我和目前公司团队是做不了的，"袁媛顿了顿，"而且正因为我们都没有相关的项目经验，易董和曹总才会请您过来组建专家团队，帮助我们拿下这个任务。"

是个人都能听出来这话里的意思明摆着就是，要是我们自己能做，那还有你们屁事。

我也不知道于教授是真不懂还是装糊涂，他依然把这部分丢给了袁媛，还让她别谦虚，安慰她肯定行。

气得袁媛一回房就破口大骂，"你知道曹总给了他多少钱吗？都够老子一次性付清房款的了！竟然还有脸把方案分我一半，简直是臭不要脸！"

认识袁媛这么久，这还是我第一次听她说脏话。

她骂完以后连夜给席一朵打了个电话，让她下午就回来酒店上班："你要再请假，以后也别来了。"

我猜袁媛是真着急了，要不也不会撂出这么狠的话。

她刚进去洗澡，席一朵的电话也追了过来，问我到底怎么回事，我原原本本地讲了一遍，她一句话没说就把电话挂了。

下午一点席一朵就敲响了房间的门，但我们打开门，先看到的却是曹总的脸。

她问了袁媛开会详细的情况，两人又在旁边谋划了一会，就一起去了于教授的房间。

我连忙把门关上，问席一朵怎么回事。

果然她上午接完电话就气炸了，但她很聪明地没有立刻跟袁媛发作，而是把事情告诉了曹总。袁媛向来不敢给曹总找麻烦，工作上个人承受力又很强，所以大多数只会压榨自己和下属。席一朵已经被财产分割的案子弄得心力交瘁，不想再替她分担这种莫须有的压力。

"对了，你官司怎么样了？"我问。

"路漫漫其修远兮。"席一朵张开双臂把自己扔进软绵绵的双人床里。"听说你昨晚喝酒了，是个导演抱你回来的？"

我白她一眼："袁媛告诉你的？"

席一朵两眼放光："不知道了吧？她看起来是禁欲系主任，其实女人哪有不爱好八卦的，就连副总是易董小三的事情都是曹总给我八出来，只不过她也就是没点名道姓而已。"

我表示无法想象。在我的认知里曹总就是个working machine。

哪怕她躺在手术台上生孩子，也会一边用力，一边看PPT，一手捏紧床单，另一只手还要做笔记。

就在席一朵八卦细胞泛滥，缠着我问许峦峰跟我到底什么关系的时候，曹总和袁媛回来了。

曹总成功地把那部分核心方案又抛回给了于教授。但以防万一，她还是交代席一朵配合袁媛，还有我一起也能拿出一份自己的方案，防止意外。

等送走曹总，就轮到席一朵炸毛了。

不过炸毛归炸毛，事情还得照做。

在目前还并没有我这个设计卵事，我戴上耳机一边重温《死神来了》，一边拼命地回忆昨天自己在许峦峰面前究竟会有多丑，多丢脸。

他大概很失望吧，我竟然把自己搞成这副鬼样子。以前他最讨厌我喝酒，除了知道我会酒精过敏，还有一个重要的原因就是他觉得女孩子在外面喝酒显得很不自重，没教养，总之不是良家女孩能干出来的事。那时我还觉得他保守又老土，结果转眼就大中午的带着人开房了。

世风日下，人心不古。

不知道为什么，相对于把许峦峰捉奸在电梯，我却远没有在学校礼堂里亲眼看见关桥握着话筒对别人表白的那种万念俱灰。

虽然时隔多年，我依然清晰地记得当时的心境，就像整个人被剥离了血肉，只剩下一具白骨，在熊熊烈火里不断炙烤，直到感觉不到痛苦，好像已经变成了一把灰。

连同眼睛的世界也都是一片焦黑的幻景，就像寂静岭里面的"里"世界，所有一切建筑或者生物都不过是烧成灰烬的碳土。

而我现在就像怎么烧也烧不坏的孙悟空，我觉得自己总算有些进步。至少，不再不堪一击。

或者相比于当年我跟关桥的划清界限，连哪怕多说一句话的机会都不给他，现在我却忍不住给自己希望，也许他会来找我解释那天电梯里的事，也许他会打一通电话叮嘱我以后不要再为工作的应酬喝酒。我甚至想象他昨晚抱我回来时的眼神，一定充满无奈和痛苦。

我才发现，我无法接受许峦峰的冰冷漠视，就像我无法接受爸妈为操办姐姐的婚事而几乎忘记了还有我这个小女儿。

我可以接受分手后各自生活，也确定背叛之后再无原谅。

但我却没办法彻底把许峦峰或者父母从生命里划去，就像人的左手没办法砍断自己的右手。

接下来的几天我们过得比较苦逼，除了每天早晚两场会议，下午时间则用来做方案以外，我们已经连续在酒店餐厅吃了十几顿饭，几乎每道菜都被点了两三遍，当然燕窝翅肚除外，我简直闭着眼睛就能把菜单给背出来。

在距离提案还剩下最后一天的时候，曹总决定亲自验收一下他们的成果。

结果不看还好，一打开PPT简直惨不忍睹。

于教授不愧是教授，整页整页地照本宣科，尤其是核心的营销策略板块，浅显得惨不忍睹，连我一个设计都能看出满篇的敷衍，曹总急得连忙给易董打电话。

完了又打开袁媛的第二份方案，毕竟是专业广告人做的东西，面上还过得去，但若真要追究，也十分不合格。

"看来只能靠易董跟对方商量把提案延期，这份方案必须让于教授重做。"

"至于你们也不用在这待着了，袁媛你跟于教授说一声，吃饭什么的都记在公司账上，你就不负责在这给他们点菜买水果了，都回公司正常上班。"

说真的，曹总这段话让我想起1949年天安门城楼上那段演讲。我有种翻身农奴做主人的感觉。

回到公司我感觉整个人都好了，看食堂阿姨也觉得亲切了很多。

很快就到周末，毫无意外地加了班。

快要六点时我接到沈瑞的短信，他已经等在楼下。可我刚要下班，于教授就上来了。

曹总出于礼貌，表示要先一起去吃了晚饭再谈方案的事情，于是我理所应当被拽上一起去吃饭。

下楼时，于教授又把话题转到我身上，夸我设计的新LOGO很有感觉，又说让我给他们重新设计一套VI系统。我一边在心里骂他傻逼，一边笑笑并不接话，直到到了楼下，曹总不经意地说了句，"西盈，要不你去坐于教授的车，你们顺便聊聊。"

我不可思议地看了她一眼，假如她目光与我对视的话，一定感受到我灵魂深处的那句，我操！

不过她没有，或者假装没有。

就在我即将踏出那屈辱的一步时，沈瑞不知道什么时候走到我身边，拉着我胳膊就往他车子方向走过去。丝毫没有在意拼命从车窗探出脑袋跟他打招呼的曹总。

我忍不住回头看了一眼，怀疑她的脖子都要脱臼了。

直到沈瑞把车子发动好几十米，我才惊魂未定地问，"这下我真的要被开除了吧？"

谁知沈瑞欢快一笑，"那不正好，她上午开除你，你下午就去滕旭分公司报到。"

我白他一眼。就在这样的忐忑里跟着他来到party现场，我甚至来不及去换套衣服。

但他说没关系，并把我的手挽在他胳膊上，进入了酒店中央，最喧闹的所在。

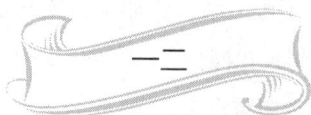

整个晚上我都惊魂未定，根本无心陪沈瑞好好享受这场生日宴。

尽管在这之前我还打算多拍点照片好回去跟袁媛和一朵八卦，可是我现在根本不敢去看被沈瑞强行静音的手机。

我已经能够预见到明天上班曹总说的第一句话就是，你到我办公室来一下。

就在我苦苦思索该怎么向曹总解释沈瑞为什么会突然出现，并带我离开时，沈瑞端着两杯酒朝我走过来，微微皱起眉头，"你就算心里再不乐意，也不用做出一副好像被我绑架的表情，行么？"

我完全没注意到这些，被他这么一说，我赶紧拿起手机划开自拍镜头当镜子照了照，一面缓和气氛地笑，"嘿嘿，哪有你说的那么夸张。"

我揉了揉自己的脸，尽量让肌肉放松一些……

忽然听见咔嚓一声，沈瑞把脸凑到我旁边并且毫无预兆地按下快门，然后点开微信把照片发送给他自己。

"你要是还为怎么跟曹衣衣交代担心，我这就把照片给她发过去。如何啊？"他眯着看我，像只修炼千年的老狐狸。

我镇静地瞥他一眼，"好的。"

沈瑞被我反将一军，表情略尴尬，掩饰着把手里的酒一饮而尽，等到我反应过来，他已经仰头喝下第二杯。

"你喝了酒怎么开车啊？"这个人怎么连这点常识都没有，是不是被司机伺候惯了？

也许是喝得有些急，沈瑞的脖子和脸上都泛出点点红痕，眼角的笑意又深了几分，他伸出一只手搭在我的肩上，"这样你明天就有跟曹总解释的理由咯。"

我定定地看了他半晌，他疑惑地抬起手在我眼前晃了晃，"你看什么呢？"

然而就在这一分钟里，我眼睁睁看着他脖子上的红痕慢慢浮凸起来，在他整张脸变成猪头之前，我用最快的速度把他拽出宴会厅。

"呃？"他愣了一下，然后松开我的手，表情不大自然地问，"难道我现在喝红酒也过敏了？"

我真是服了这个人。

送沈瑞去医院的时候，我坐在驾驶舱里再度毫无预兆地想起了许峦峰。

他总说女孩子怎么能不会开车呢，于是拿到一小笔导演费时就匆匆带我买了辆小车，并且亲自教我。

那辆车最后被我碰擦得不成车型，可是许峦峰说，总有一辆车被你蹂躏消耗，才能让你学会如何驾驶和爱惜下一辆。就像人生一样，总有人被你伤害，或把伤害施加于你，你才知道如何规避和珍惜。

可是他不知道真正学会开车之后，我再也不敢把油门踩过100，也不敢再超车抢道，甚至坐在副驾驶里也会因为盯着路况而心惊胆寒。

原来就算知道了深浅，懂得了避让，换来的也只是小心翼翼，如履薄冰。

就像我在他身边的时候一样。

"西盈，绿灯了。"沈瑞小声提醒我，后面的车已经不耐烦地猛按喇叭。

我侧过头看他一眼，然后靠边停了下来。

"把安全带系上。"

"可是医院马上就到了。"

我懒得跟他继续争，直接俯下身帮他扣上了安全带。等我抬起头，忽然觉得他目光怪怪的，看得我全身不自在。

还好医院很快就到了，他输液的时候我找了手机里缓存的电影给他看。

是许峦峰很喜欢的喜剧《假结婚》和《宿醉》，我本以为这么热门的电影沈瑞肯定看过了，没想到他连听都没听过，看得津津有味。

这样的时间医院里已经没什么人，我拿着两个一次性杯子接着热水，思绪却不知不觉飘到远方。等我回过神来，杯子里面的水已经溢出来，我吹了吹烫红的手指，暂时忍住了疼痛，假装一切都没发生地回到病房里。

手机被扔在床边，沈瑞已经睡着了。

我这才放心大胆地吹了吹烫红的手指，没想到他一下子睁开眼睛："怎么回事？"

我故意伸出手，"喏，给你打水烫的。"

其实我当时只是私心想借此机会让他小内疚一下，以后不要让我改八百遍设计图。

没想到他毫不怜香惜玉地别过头去，"如果我不是你们的大客户，你今天还会站在这陪我输液吗？"

我愣愣地看着他，完全不知道他这把无名火是怎么烧起来的。

我干笑两声，打着圆场说："你不会是烧糊涂了吧？"

没想到他冷冰冰地回了我一句，大概是吧。

好不容易僵持到半夜十一点，他打完吊针，我送他到酒店楼下，正想说点什么，他却先一步开口："车子你先开回家吧，反正我这两天用不到。"

说完就头也不回地跳下车，很快就消失在大堂里。

回去的路上我一直反复响起他在医院那句莫名其妙的话，要不因为他是公司的大客户，曹总怎么会眼睁睁看着他就这样把我带走，搞得她在于教授面前没面子，这难道有什么问题吗？

我有些气馁地趴在方向盘上，这时副驾驶位的手机屏幕忽然亮起来，一行字跃然其上。

"你睡了吗？我想跟你说说话。"

即使许峦峰的名字已经被我从联系人名单里删掉了，但我还是能一眼就认出这串烂熟于心的数字。

我划开手机，却看见在这之前他还发了一条短信，内容是："七年了，给你当了这么久的避风港，我早就已经习惯了，也不想再去深究，这些年你究竟是爱上我，还是舍不下跟关桥之间的最后一丝联系。关桥回国了，想必你们已经见过面了。"

这条短信应该是在沈瑞看电影时正好跳了出来。

他没有故意偷看，却正好看到了全部内容。

被自己的客户无意间两次窥探到个人隐私，我以后还有什么脸面对人家啊。

我凝望着苍天，然而苍天忽然提醒了我，好像重点并不是这个。

许峦峰很少会在我没有回复的情况下再追加一条短信，我猜想他应该是很想知道我跟关桥再见面之后，发生了什么。

可我并不想让他如愿。

七年了，连这点默契都没有，什么事都要我说出口，还有什么意义。

我赌气地按下关机键，停好车回家睡觉。

结果因为关机的原因，闹钟也忘了上，这直接导致第二天上班我就华丽丽地迟到了。

周一早上例行晨会，这个时候迟到等于啪啪地打自己的脸。就在我犹豫着到底要不要进去的时候，何似脸色很不好看地从我身后走过去。

我暗自庆幸终于拉上了个垫背的，结果何似走进会议室第一件事就是把一张A4纸甩在桌上。

"曹总，这是我的辞职信。"

A4纸上黑体加粗的三个字清晰可见，曹总好像早就预料到一样，从容地收了起来，顺便让行政现在就去给何似办手续。

我借机回到自己的座位上，顺顺利利地开完了早会。除了在我汇报上周工作时，因为有些畏惧曹总的目光而打了几次结以外，一切都很正常。

但是刚出会议室我就被袁媛和一朵左右夹攻到了一楼厕所……我只好举手投降，我知道你们想问什么，不过，答案肯定要让你们这两只八卦精失望了。

我明明是一本正经地告诉她们，其实昨天沈瑞就是因为有酒局才找个人帮忙代驾而已，一朵已经叫起来，"哦，就你是人，我们都不会开车还是不是人？"

袁媛也两眼放光："那天的情形看起来明明更像是英雄救美吧。"

想到那天我就没来由地心虚："曹总是不是很生气？"

一朵反问我："你说呢？"

我幽幽地叹了口气，觉得自己接下来有一段时间日子应该都不会很好过。

一朵又追问了我一些细节，企图满足她自己不切实际的八卦猜想。

可我却更关心何似突然辞职的事情。我转头看向袁媛，才发现她已经发了小半天的呆。

"你知道何似辞职的内幕吗？该不会是被你逼走的吧？"

袁媛冷哼着耸耸肩："你也太看得起我了。他是收了客户的回扣被曹总逮了个正着。"

一朵惊呼一声："他怎么干出这么蠢的事？现在曹总正器重他，说不定马上又要升职，他至于为那么点蝇头小利丢了工作吗？"

我忍不住拽了一下她的袖子，她大概也意识到自己说错话，打着圆场说："哎呀，走了就算了，以后我们还是跟着袁媛混。"

袁媛笑了一下："跟景区那边的合作马上就要开始了，我有信心能让他们今年的门票总收入提升50%。"

我已经很久没看见袁媛这样自信的神情了，仔细想想好像是从何似来了以后就很少见过。

想当初曹总几乎一边倒地全盘信任何似，以至于同是项目负责人的袁媛简直黯然失色，她那段时间应该很痛苦吧。

想到这，我不由得多看了她两眼。

这阵子袁媛憔悴了很多，也许是工作上的挫败让她对自己也有些疏于打理，今天穿的及踝靴居然露出半截白色袜子，虽然这件事已经在一天之内被席一朵吐槽了四次，但也没能让袁媛感到羞耻。用她的话说就是，整间办公室颜值最高的异性刚刚都已经离职了，用不着那么精致。

下午项目部紧急召开会议，于教授那边的年度规划方案基本上跟对方达成口头协议，就剩下具体合作方式还有待商议。不过曹总急于抓住这个客户以得到对方集团旗下所有旅游景区整体广告代理权，决定在合同尚在走流程的前提下，先做一些事让对方感受到我们的诚意。

"下周，我们禾邑总公司那边将会承办一场P市最大春季车展，到时候我们会帮景区也设一个展位，大家讨论一下怎么跟车展融合在一起？"

曹总话音落了半晌，也没人接话。我现在只要一面对曹总就会想起那天晚上沈瑞找我所谓的"代驾"的事，于是灵感勃发，毛遂自荐地开了口："我觉得自驾游是两者之间结合最好的点，景区离P市自驾快的话只需三小时，到时候我们可以跟承办方联系一下，让他们在抽奖环节里加入景区门票券作为奖品。这对景区那边来说也不算什么，如果能够整合他们周边的温泉酒店应该就更有吸引力。"

我一口气说了这么一大串，自己都有点惊讶。

还好曹总频频点头，笑眯眯地夸赞："这是个很好的建议，袁媛呢，你们还有什么别的意见没？"

袁媛双手交握，垂着眼似乎在走神。一朵拍了她一下，她才抬起头："西盈刚刚的想法挺好的，我是在想要是现场能加放景区宣传片效果会更好。"

曹总满意地点点头："嗯，那你们尽快形成方案，跟上车展那边的媒体广告步伐，顺便跟景区联系一下，看看他们还有没有别的要求。"

其实对于他们那种三两步就逛完了，再也不想逛第二遍的小景区来说，有这种路演机会别提附加要求了，简直要乐晕了好吗。

果然袁媛打完电话，转告我们，对方负责营销的95年小鲜肉开心得连声道谢，说马上就回去统计能够提供的奖品赞助。

于是吃过午饭我们就愉快地忙碌起来，毕竟相对酒这些我们女生完全爱不起来的项目，旅游怎么都会更能激发灵感。

我也跟袁媛一起想了一些，诸如让人穿古装发景区传单，或者在大舞台上表演一段仿古小话剧什么的。正讨论得兴奋，桌上的座机忽然响了，我心里咯噔一下，该来的还是来了。

曹总喊我去她办公室。

噩梦成真。

我忐忑地敲了敲曹总办公室的门，"您找我？"

"进来吧，"她放下手上的工作，冲我微笑一下，"把门关上。"

我深吸一口气，轻轻带上门。

然后沉重地坐在她对面的椅子上。

曹总两手随意地交叠在一起，摆出一副轻松的姿态："嗯，我叫你来主要是想跟你说一件事。"

我点点头，已经做好了各种心理准备。

哪怕她用"我们这里不是给你们结交未婚男性的相亲场所"这

种句子，我都能忍得住……

　　"我跟董事长商量过了，庄公文化园这个项目，打算交给你来负责。"她看出我脸上呼之欲出的震惊，安抚我说，"我们都知道你不是专业策划出身，也没有做过项目负责人的工作，我们允许你犯错，也会尽全力来配合你。"

　　我很想问一句那袁媛呢，可是又觉得这个问题很幼稚。

　　我出去之前，曹总及时地补充了一句："你也把袁媛叫进来一下。"

　　这等于让一只鸡去喊另一只鸡，喂，黄鼠狼喊你去拜年。

　　我完全没明白曹总突如其然地安排究竟是什么用意，不过袁媛从办公室出来面色如常，好像并没有什么令她失望的事情发生。

　　直到下班的时候，她在Q上传给我一份打包文件。

　　里面是景区项目的全部资料，还有对方负责人的联系方式等。唯独没有她下午花了三个小时就做好的这次联合车展的路演方案。

一三

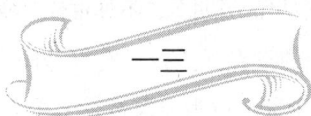

曹总给我的准备时间并不多，再加上袁媛虽然表面是全力配合的样子，大多时候却在静静地炒股，时不时跟一朵私下讨论，基本上没怎么听我这边商量到时候的人员分工问题。

"其实这个活动挺简单的，你去网上随便就能下载一篇类似的，改改就能用。"袁媛拍拍我的肩，鼓励道，"你完全OK的。"

其实重点根本就不在写方案上，而是跟对方的沟通。我习惯用图案设计表达想法，根本不善辞令，尤其面对的都是营销副总和总经理级别的人。曹总虽然指派我做负责人，但在职位上根本不对等，导致我只要是跟对方沟通，都跟太监回禀皇帝似的，毫无对等沟通可言。

几次交锋下来，我满腹委屈，又不知道怎么发泄。

要是许峦峰在就好了，以前这种工作上的人际交往都是他帮我出谋划策，根本不用我费一点心，哪怕他在千里之外，只要我讲清楚整件事每个人的立场，他都能分析得分毫不差。

我每次夸他情商超群，他都很不以为意，说这只是一个作为导演的基本修养。

包括查找资料，分析利弊，甚至要求加薪时跟老板谈判的话术，无一不是许峦峰手把手地教给我。

与其说他是我手机里的男朋友，不如说他是我手机里的智囊团。

在我狭隘而单纯的世界观里，没有许峦峰摆不平的事。当接到我的求救电话时，他永远的口头禅都是，丫头，有我在。

光是这么简单的五个字，就能让在电话这头几欲落泪的我迅速镇静下来。

我在想要不要给他打个电话，就算我们再无成为恋人的可能，他也不至于见死不救。

电话接通过程里，我脑海里闪过无数句开场白，好缓和一下这么久没联络的生疏，可是在电话接通的那一瞬间，我感觉所有生疏的惶恐都到达冰点。

"喂，你找峦峰吗？他正在跟投资人开会，晚点我让他回过来好吗？"

这个声音，这个被允许随便接听他电话的人，这个一口一个"峦峰"叫得这么顺口的人，我用脚趾头都能猜到是谁。

"不用了，我没什么要紧事。就不打扰许导了。"

说完我狠狠扣上电话。

以我对许峦峰的了解，他根本不可能把电话交给别人保管。哪怕他在洗澡，手机都会放在毛巾架上播放奥斯卡获奖电影。

唯一的可能就是，他是故意的。

他在报复我。

我们之间有一个谁也没真正开口承诺过的默契。

那就是无论谁的身边先有了另一个人，那我们之间的关系就彻底结束。

绝不纠缠，永不打扰。

而我竟然在很多时候都觉得不会有这么一天。

在经历了关桥那样惨烈的背叛之后，在经历了父母近似抛弃地把全部的爱都当作补偿给了姐姐以后，我以为全世界，我所能依靠的还有一个许峦峰。

结果，什么都没有。

我行尸走肉般在办公室加班到深夜，直到曹总从办公室里出来看见我，我才如梦初醒地笑着回答她："第一次做项目有点儿紧张。"

她像首脑慰问基层员工一样，亲切鼓励了我两句，也先一步离开了。

我又对着电脑发了一会呆，觉得就算再对着电脑一整夜也不会有什么进展。

我缓步从楼梯走下来，整个园区并没有彻底熄灭，还有好几家公司的灯都亮着，看起来又会是很多人的不眠之夜。

我心情沉重地走在空旷的园区里，忽然感觉有些不对劲，一回头差点没吓一跳："沈总，你怎么会在这里？"

他无奈地挑挑眉："你说呢？"

"呃，不好意思，我今天没开车出来。"

"那我跟你回去拿。"

"啊？"

"怎么，不方便？"沈瑞盯得我有点心虚，虽然我也不知道这种情绪是从哪儿来的。

"方便方便。"我连忙摆手，意识到自己动作不大对，立刻又放了下来。

不过沈瑞对我这个蠢得有点失常的反应还是看出端倪，"怎么，曹衣衣说你了？"

"那倒没有。"

"那还有什么事？"沈瑞认真地追问起来，弄得我更心虚。

"呃，她好像是因为误会了我跟你之间的关系，为了讨好你，所以……"我停了一下，觉得似乎跟公司另外一个项目老总说公司内部的安排似乎有些不妥。

"所以？"

我脑袋转了一整圈，"没什么，只不过貌似曹总有培养我升职的意思。"我笑笑糊弄过去，其实也不算撒谎。

在广告公司，不做项目负责人难以晋升，而且提成也相对少很多。

"哦。"沈瑞微笑一下，"这么说，你应该请我吃饭。"

"想得美。"我干脆利落地拒绝了他。

沈瑞跟着我一起上了晚班公交，一路无话。

直到回到我家楼下拿到了他的车子，我才敲了敲车窗，等他降下窗户说了声，开车慢点。

他深不见底的眸子才闪过一丝绵软的光泽，顺便伸出手冲我挥了挥。

而那个动作，怎么看都像是他打算要揉揉我的头，却临时改变了主意。

随着车展时间逼近，我越发感觉到项目负责人的差事真不是那么好干的，光是和景区那边沟通具体事项就已经让我焦头烂额。

他们内部的员工上到总经理、部长，下到导游和售票员好像是分布在不同次元，彼此之间完全没有任何沟通，导致我常常同一件事需要确认四五遍，那几天其他部门的同事都以为我复读机上身。

我忍无可忍跟曹总反映过一次，却只得到她一句模棱两可的话"他们以前没做过营销，现在都是一群年轻人组建的新团队，难免需要磨合"，再就是笑眯眯地给了我一句"辛苦"的安抚。

除了一朵和周朝还能帮上点忙之外，袁媛基本上算是冷眼旁观。不过我也能理解，毕竟曹总这个安排多少会让她有点不爽。

想到这一切都是因沈瑞而起，我忍不住给他发了条短信，"托你的福，我忙得都快四脚朝天了。"外加两个愤怒表情。

发完我接着给景区营销部长打了第三个电话，她才在一顿慌乱中接听了，告诉我她确认好了，当天抽奖五名，景区门票加四星级温泉酒店三天两晚。

奖券将会直接快递给承办方。

我这才缓口气，又把一朵的广告文案和我的桁架效果图分别抄送他们五个人的邮箱，晚上八点才成功收到第五个人的确认邮件。

我重重喘口气，掏出手机看一眼时间，这才想起沈瑞一直没回我消息，忽然有点懊悔自己的草率。毕竟，人家是我们得罪不起的大客户。

我已经不记得这是从办公室出来的第几个深夜。

原本一朵和周朝都打算留下来陪我加班的，但都被我赶走了。一来，他们即使留下也是无尽虚耗的等待；二来，我不知道什么时候开始很享受独自在办公室敲打键盘的时光，这种感觉很充实很饱满，就像挂在枝头将熟未熟的果实。心思沉静如水，好像一切喧嚣都被隔绝在眼前15寸的屏幕之外。

不知道从什么时候开始我已经不再害怕黑暗。

是从第一次搬离爸妈，那个忽然停电，我却连尖叫都不敢的晚上。

是从窝在许峦峰怀里看完一部又一部号称吓死人不偿命的恐怖片后。

还是从我加班回去发现电梯坏了，舍弃了回去隔壁爸妈家住一晚的念头而固执地爬楼回家。

就在我坐在出租车上放空自己时，另一个人还留在安静得近乎坟冢的办公室里对着幽蓝屏幕，喝下第四杯咖啡。

滕旭公司楼群就像一座隐居的大学城，错落有致地坐落在H市以北的地界。听说在它更北的边际上将会修建机场，但滕旭因为噪音等问题还跟政府在交涉中，并没有最后定案。

不过因为周遭地势过于开阔平坦，总能看见飞机从天际滑翔而过。

每当加班的深夜里，窗外飘过一个忽闪忽闪的光点时，沈瑞就会忍不住停下手里的动作，站到窗边看一看。

就像现在一样。

沈瑞站在窗边，抬眼看着月亮旁边轻轻划过的一个闪耀的光点。

那个微小而柔弱的光点似乎牵动了这位滕旭公司目前最年轻的高层最久远的记忆，他颀长的身影被屋顶的射灯无限延长，好像一直伸到飞机降落的方向。

年轻的男人微微皱眉，嘴唇无意识地抿成一条锋利的线。

令人羡慕的长睫低垂着，在眼下撒下一片鸦色黑影。他自归国就接手滕旭酒业五大部门中排行第三的定制事业部，并且在短短一年时间里就并吞了新品研发部。

即使他的商业手腕和能力有目共睹，可总有那么些跳梁小丑在背后深挖他的身份背景。

果然，即使是只暂时浮出水面的冰山一角，也并没让人失望。

沈瑞和滕旭集团背后最大的股东沈淙之间有着千丝万缕的关系。

或者就是简单明了的"私生子"三个字更让人幸灾乐祸。

在滕旭总部里，中下层员工大多数都是来自H市的普通职员，甚至他们接受最高层的教育培训都是在滕旭，而高层却无一不是凭借自己一双手打下来的。

因此除了近两年都不景气的海外事业部和电商部，其他部门老大向来视沈瑞为空气。

好在他自己并不介意，毕竟谁也不是来搞基的。

两声清晰可辨的敲门声打破了房间的寂静，同时也把沈瑞的思绪拽到正常轨道。

随着一声"进来"推门而入的年轻男人，身上有一股清淡的古龙水味道，然而细细地闻起来，似乎又过于女性化，就像他身上过分阴柔的气息一样。

"沈总，抱歉让您失望了。"年轻人低着头，一脸自责地把一个档案袋放在桌上。

"你已经尽力了。"沈瑞拍拍他的肩膀以示安抚，顺手拿起档案袋，打开来看了看，嘴角便有了弧度，"他们所有客户资料你都收集全了？"

年轻人点点头，"本来我有很大机会接触到他们最新项目，也就是他们转型之后的第一个大客户，可惜……被袁经理盯得太死，我只好在她有所察觉之前利用吃客户回扣被曹总发现，而无奈请辞，以免让他们起疑，影响沈总的全盘计划。"

沈瑞点点头，"你做得已经超过我的预期了，何似。现在你可以选择回到定制部，也可以选择……回去泰国。去留你自己决定就好。"

何似终于抬起头，深深看了沈瑞一眼，"我想留在您身边……"

"早点回去休息吧。"

何似还想说什么，但最终还是咽了下去。他默默带上门，离开了这栋楼。

沈瑞握着档案袋许久，沉稳坚毅的目光深处隐隐透出一丝狠辣。然而很快就被手机屏幕上的回复提醒给抹去了。

他这才发现有一条来自陆西盈的未读短信。

读完之后他不由得牵起嘴角，顺带房间里冷色灯光都柔和了几分。

不一会儿他输入的信息就飞到了远在几百公里的陆西盈手机上。

他说，那干脆跳槽过来，沈某可是随时恭候陆小姐大驾。

一四

经过前期四脚朝天的准备，终于到了车展这天。

总公司那边这次算是花了大手笔，提前三个月就在P市所有主流媒体上预告，甚至车展上将要请到的顶级模特也每天在微博上发声表示非常期待。搞得网友们纷纷舔屏，表示就算搭地铁也要来一睹风采。

在铺天盖地的广告宣传下，当天早上八点半我们到现场布置时，就被现场早已积蓄的人流震惊了。

十名模特儿已经盛装以待，她们纷纷换上了华丽而性感的晚礼服，踩着纤细的"恨天高"在舞台的左下方边聊天边分吃一枚冰淇淋。

说是吃，其实她们是在分别和它拍照。

我怔怔地看着她们，就像看到了《来自星星的你》里面活生生的千颂伊，高挑美好的身材其实都是依靠对自己的虐待苦苦保持。

"我去，她们不冷吗？"席一朵凑过来尖叫一声，"这一个个的都是老寒腿预备队员呐。"

她边说边裹紧了自己的小西装，顺便摸了摸我身上这件，"早知道我也跟曹总说自己没有职业装了,让曹总也借一件3000元的西装给我穿!"

我立刻作势要脱下来,"我现在就可以跟你换的呀。"

席一朵愤怒地看我一眼,袁媛笑呵呵地走上来打量我一番,得出的结论居然是"没想到曹总还有这么瘦的时候"。

"一朵你就别自不量力了,万一你的胸把扣子绷掉了,一个月的午餐就没了。"

席一朵若有所思地点点头。这时候景区派过来的两位现场地推人员也到了,是两个93年的妹子。

虽然是第一次见面,但前期在QQ和微信上已经对接过很多次,所以对上名字以后,很快就熟稔起来。我给她们一一介绍了我们这边的工作人员,但说到袁经理时,她笑着补充了一句:"陆设计才是今天的活动负责人,你们有任何问题一定要第一时间跟她反映。"

声音不大不小,刚好周围所有人都能听到。

到了展位,两个姑娘就开始利落地摆放各种宣传单。席一朵上前去抚摸这些出自她笔下的宣传文字,郑重爱怜得就像在抚摸曾经花了大价钱买下来却已经过时,只能送到流浪猫狗救助站当过冬棉被的裙子一样。

虽然模特们九点钟已经开始热场,但真正高潮是在十点半。会场大量涌入了仿佛得知这里有现金红包的游客们,他们围着T台上的新款能源汽车,旋转,跳跃,欢呼,几乎每个角落都挤满了人,除了,我们的展位。

巨大的背景板和人形展架孤零零地站在我们旁边,看着人流对两个发传单的姑娘冷漠挥手,我感觉自己脸上就一个大写的尴尬。

席一朵在隔壁跟一个汽车销售侃得热火朝天，袁媛从一个小时前就在打电话，根本没有停下来的意思。两个小姑娘只好来问我，怎么办。

我心里呵呵一声，没人对你们的景区有兴趣，我能怎么办。

世界上最难的就是强迫一个人喜欢你啊。

当然，我肯定不能这么直接地敲碎她们脆弱的玻璃心，只好再三跑去跟主办方协调，让主持人再多念叨几次。

然而直到中午十二点半，两个姑娘连一张100元的代金券都没能送出去。

为了表示安慰和鼓励，我给她俩的工作餐多叫了两份鸡腿（为此席一朵差点把曹总借我的小西装撕成碎片）。

午饭过后，莫名开始刮妖风。

上午聚集起来的人气也散了一半。两点左右为跳广场舞热身的大爷大妈们都提前出来逛了逛，偶尔有两三个经过我们这里，两个姑娘也不太热情，毕竟他们连手机都没有，更别说扫二维码发朋友圈领现金券了。

这样的局面一直维持到一家三口朝我们走过来。

那个妈妈似乎对他们的景区还算有兴趣，尤其是在得知这些代金券可以叠加使用之后，脸上洋溢着占到便宜的小幸福。

她问两个小姑娘，假如她带上三个家庭共八个人一起去温泉酒店是否能够打对折。

两个小姑娘也很聪明，说假如她能写一篇不少于1000字的游记，和提供若干供他们做软文的照片，并且在游玩过程中分享地址和照片在朋友圈就可以考虑。

结果这位妈妈一一答应这些条件后，就热火朝天地给其他人打电话呼唤他们来扫码，两位小姑娘则把他们主管的电话号码递给我，哀求我去联系看看，是不是能把他们赞助给主办方的十个抽奖名额换三个出来，或者暗中操作一下，反正给谁都一样，这边八个人也算个小团购了，打完折还能赚一点，何乐不为。

可我有点犹豫，毕竟抽奖名额已经给到主办方，相当于用这些赞助才得到这个免费展位，这么一来，主办方的利益就……

可是小姑娘已经把电话拨通了放在我耳边，一边冲我眨眼，一边殷勤地跟那位妈妈讲，"这是我们陆主管，她打个电话肯定就能搞定，你们放心好了。"

我骑虎难下，只好接起来。起初这位负责营销的肖总监并不是很乐意，但在我指出他们这次给出的活动力度确实太小，且限期太短，不利于宣传效果时，他才斟酌着松了口，说他可以和主办方联系，抽掉三个名额，给到这边的三个家庭，到时候酒店也可以打个8折。

我挂掉电话便立刻向他们宣布喜讯。

但我没想到的是，被这位妈妈陆陆续续喊来的朋友里，竟然有两个熟悉的面孔，他们分别是我的亲姐姐和亲姐夫。

当然，我们没有彼此相认。

就在他们都在扫码，并填写个人资料时，其中一个小姑娘突然接到刚刚肖总监打来的电话。

刚刚跟我承诺的优惠，全部作废。

我整个人简直就是一个大写的懵逼。我按捺住怒火问长发姑娘，那你自己去跟客户解释。

她脸色也不怎么好看："刚刚是你跟她们承诺的，要去你去。"

我只好走到后台去问袁媛，这事怎么办。

她推了推眼镜，与其说她给了我一个答案，不如说扇过来一个耳光，她说："陆西盈，你好像才是今天活动和未来整个项目的负责人吧。这点事都搞不定吗？"

她戴着新买的近视眼镜，镜框和镜片都偏桃红色，这让整个人看起来气质有些奇怪，仿佛过气的名媛或者教导主任什么的。但在淡淡粉红光辉的映衬下，显得她双眼随时随地都像是要哭出来，非常楚楚动人。

我突然觉得我不认识她了。

她已经不是那个对我说，"你走吧，有什么事我来担着"的人。

或者说不知道从什么时候开始，她把我放在职场上的对立面。而我却以为，她依然是那个护短的主管。

我给那位妈妈道歉时几乎快要哭出来了。

她一脸生气地嘲讽我："我刚刚可是受了你的蛊惑才把这群朋友都叫来的。现在你让我下不来台，光道歉就行了？"

我忍着强烈的屈辱感问她："那你想要怎样？"

她却摆出一副泼妇架势："说好的事情就要算数，我不管你们领导为什么要变卦，既然你承诺了，就必须给我们！"

她用手指着我的脸："要不然，就别怪我们今天要砸场子。"

这时站在旁边一直没说话的直发姑娘突然站出来："这位大婶，谁给你许诺的你找谁。这个人又不是我们景区的，你找我们麻烦就是你不对了。"

席一朵终于按捺不住，冲上来推了她一把："说什么呢你，刚刚是谁非让西盈给你们总监打电话说情？你们总监出尔反尔凭什么让西盈背黑锅？"

我拽了拽她，示意她这个时候忍一忍，不要再火上浇油。可是真正往我泼油的是我亲姐姐。

她走到我面前，看似跟那个妈妈说话，其实目光一直与我对视着，她笑着说："都别吵了，这是我妹妹，亲的。"

自从我爸妈和她相认之后，这还是她第一次在公开场合，承认我是她妹妹。风很大，吹得人睁不开眼，但我还是清清楚楚从她目光里看见了不屑、冷淡，还有一点幸灾乐祸。

她大概跟这伙人提起过我，那位妈妈马上就笑开了，"哎哟，南悉，原来这就是你失散多年的亲妹妹，长得可没你好看啊。"

席一朵再次挣开我的手，冲了上去，一副要单挑的样子，"你是不是瞎？！"

结果，并没有单挑。

我们是群P，哦不，群殴。

这是我记忆中第二次打架。

第一次是在北京。我收到关桥发来的告别短信，他要跟教导主任的千金一起飞往遥远的大洋彼岸。我没哭，只是把手机砸了。我跟许峦峰说，我要喝酒。

于是他带我去酒吧，结果喝高了以后碰到三个对我吹口哨的男人，许峦峰二话没说就冲上去跟他们打成一团，嘴上却嚷着："关桥，你这个人渣！"

就是这句话一下子点燃了我心中战斗的小宇宙，我毫不犹豫地冲了进去，跟他们打成一团。

结果许峦峰挂了不少彩，我挨了一拳就晕过去了。

有了上次的教训，许峦峰特地给我办了张P市健身会所的VIP，电话督促我每周至少去待两小时。

虽然我看起来跟林黛玉似的，但跟女生动起手来总不会吃亏。

我已经记不清怎么把那个年轻的妈妈推倒在地了，因为整个混乱过程里，我唯一强烈的意识只有至少不能让爸妈知道我跟南悉动了手，所以一直有意避开她。

她大概也没想真的跟我动手，不过眼看自己这边就要吃亏，一怒之下，掏出小刀直接把我们展位的海报全划花了。

没多久保安过来扯开我们。曹总也不失时机地赶到了。她铁青着一张脸，深深地剜了我一眼，我也分不清她究竟是因为我惹了事而愤怒，还是为我身上她这件昂贵的西装被糟蹋得脏乱不堪而心痛。

总之，她迅速采取了应急措施。就是让袁媛顶替我完成接下来一天半的活动，并让我回公司闭门思过。

后来就算我已经不在这间公司，也大概永远不会再看见曹衣衣这个人。但只要想到这件事，就会一阵刺痛，恨不得扬手扇自己两个耳光。

我想，这应该是我职业生涯里做过最愚蠢、最自以为是的事情。

而除此之外，深深刺痛我自尊心的，还有曹总那句听起来轻描淡写的，西盈，这件衣服不用还给我了，你要是喜欢的话就自己留着吧。那时我拎着刚从干洗店拿到的纸袋子，感觉风都能轻易从我身体里穿过去。

我完全不记得自己是怎么走出会场的。

我让席一朵帮我请了假，回家洗了大约一个多小时的热水澡。可是这种像扎进皮肤里吸血的蚂蟥般的羞耻感无论如何也洗不掉。

我有很多事情想不清楚，不明白对方的出尔反尔，也不懂那两个看似年轻无邪的姑娘怎么就能把一切推得一干二净。

唯一笃信的是，假如换成袁媛，她一定不会让事情发展到这种地步。

她一定会控制好自己的情绪，不管发生任何事，她都会始终优雅地微笑着，哪怕对方迎头扔过来一个臭鸡蛋，她也会递过去一张纸巾，问客户需不需要再来一颗。

在这方面她跟曹总就像开在同一条枝蔓上的双生花，坚信客户永远都是对的。就算客户错了，认错的也应该是我们。

这就是我在禾邑学习到的最重要的法则。

总的来说，就是忘记尊严。

就像那句话，要想成功一是不要脸，二是坚持，三是坚持不要脸。

夜幕像窗帘一样被扯下来。很多白日的羞耻和不堪都逐渐被掩盖过去，世界好像回到婴儿的状态。我裹着浴巾坐在客厅里，握着手机想给谁打个电话说点什么，这时妈妈的电话打了进来，这是我第一次不敢接她的电话。我已经承受不起再一次的抛弃。

被伙伴抛弃，被家人抛弃，被爱人抛弃，被工作抛弃。

我把手机死死地捂在抱枕下面，铃声很快奄奄一息，然后彻底停止。

整个世界终于安静了，我发现自己无比渴望这种彻底的安静。一丝声音都没有，包括我自己的呼吸。

## 一五

接下来的两天对我来说太漫长了。

然而最漫长的是活动结束后所谓的"庆功宴"。其实根本没什么功劳可以值得庆祝，不过是第二天景区那边的肖总监正好来P市总部开会，曹总打算借此机会让我当面给肖总监道个歉。

我盯着曹衣衣看了很久，她疑惑而跳跃的眼神在镜片上翻出白光，用冰冷的口吻表达她极度不满："陆西盈，你有什么问题吗？"

我定定地问她："我做错了什么？"

曹衣衣像看外星人那样睁大眼睛，"你还没明白吗？就因为你没做错什么，我才让你道歉，这样对方才会觉得我们大度并且专业。这事确实是他们那边出尔反尔，但是又有什么关系呢。重点是我们需要这个客户，你明白吗？"她说完忍不住举起手揉了揉太阳穴，就好像一个金牌老师也教不好一个天资有限的智障儿。

那种羞耻感又像野草一样再次缠绕上来。在我窒息之前，艰难地挪出了后台，现在我要做的是立刻打辆车赶到P市最负盛名的小吃街，点一桌口味不重样的小龙虾。

晚上七点的雪休街就跟脑梗发作的病人一样，车辆如同凝固的血液横七竖八地堵成一团。

我看似悠闲地坐在二楼最靠近落地窗的桌子旁边，眼看着服务员利落地上菜：全味虾球、麻辣虾球、油焖大虾、清蒸虾、蟹脚面、凉皮、卤鸡爪，统统双份。

说不清为什么，看见这些食物安安静静低眉顺眼地摆在我眼前时，我感觉整个人莫名被治愈了一些。在我得知他们还在堵在会场那边艰难地朝这里移动时，我毫不犹豫地把每道菜都尝了一遍。

并且，在心里排练了一百遍这个被逼迫的，言不由衷的，道歉。

等到我终于能够笑眯眯地对那个比我还要小两岁的总监说出"抱歉"的时候，却得知他和曹总还在茶楼里跟人谈事，即便是其他人都已经到齐，谁也不敢动筷子。

对我来说，气氛挺尴尬的。特别是昨天我们在会场上演了一场群殴以后，我感觉自己就算是化了再精致的妆在他们面前也是脏的。

才一天半的时间，那两个姑娘就跟袁媛姐姐长妹妹短，简直比亲姐妹还亲。周朝则被袁媛派去买饮料，很快扛回一大箱啤酒和两瓶跟他手臂差不多粗的汽水。

等了差不多半小时，双方的"领导人"才姗姗来迟。曹衣衣走进来朝我说的第一句话就是，快加套餐具。

我还来不及反应，就看见了她背后的沈瑞。

毫不夸张地说，当时我唯一的反应并不是转过身去找餐具，而是看看窗户把手是不是打得开——是的，我已经在寻找逃生通道了。

经过一番客气后，大家纷纷落座。

曹衣衣频频举杯，整个场面温馨又和谐。沈瑞仿佛不认识我似的，并没有跟我有丝毫目光交汇。曹衣衣大概是碍于沈瑞在场，并没有主动提起道歉的事情。

直到——他们聊天时肖总监忽然蹦出一句："小陆，听说昨天那群闹事的客户里有一个是你姐姐？"

该来的还是来了。

我十分不舍地把已经咬开了壳的小龙虾吐出来，尽量让自己轻松地朝他点点头。顺便看清了他的模样，一个典型工科男，满脸的痘印暴露了他过早蓬勃的荷尔蒙，并能看出他是在结婚生子以后很快得到治愈。之前就听说过，他虽然很年轻，但已经是标准奶爸。

这时，他扬了扬肥厚的单眼皮，微笑着对我说："其实你要是直接开口说是你亲戚想要，我肯定会帮忙的。也不会弄得后来大家都尴尬。"

我深吸了一口气。

然后口腔里残留的辣椒汁就被吸进了气管里。我感觉整个脑子就像是一个正在爆炒辣椒籽的容器。我抑制不住地咳得肝肠寸断，像坏掉的水龙头一样不断涌出眼泪。

我极力克制着想说没事，但还是一句话都说不出来。只好摆摆手示意我去下洗手间。

打开水龙头漱了无数次口，但还是没有用。不过好在已经没人看着，我盯着镜子自己狼狈丑陋的样子终于俯下身去大哭起来。

窗外的薄暮就像是古代赐死嫔妃的三尺白绫，整个城市在这轻薄暮色的束缚下看起来快要断气了。

我从没这么实实在在地体会过"委屈"两个字，也从没这么觉得东北妞那句"有事别吵吵，直接动手"是一条多么粗暴的真理。

我不知道自己这样待了多久，剧烈的辣和被扼制住咽喉的窒息感才逐渐平息下来。席一朵"奉命"给我打了一通电话，我才想起还有一场饭局等着我。

我刚一出门就看见了站在女厕所门口的沈瑞。

他手上拿着一包刚从屈臣氏里买来的轻松熊纸巾，还有一小瓶益达口香糖。他深邃的目光里有清晰的担忧和关切，而这种温暖潮湿的眼神，我已经有很久很久都没有看见过了。

我奋力挤出了一个微笑，要不，你带我逃离犯罪现场吧。

就在他毫不犹豫抓住我手腕往外走的时候，我停了下来。

我们一前一后地回到了楼上的包厢里。

这顿饭很快就吃到尾声。没有人再追问我姐姐的事，也没有人再提起我，好像我从刚刚就已经不复存在。

回去的路上席一朵跟我讲起一件她刚到禾邑工作时的往事，她说有一天快到下班时间时，曹总匆匆忙忙地跟她说自己要去约见一个客户，可能会现场传资料回来给她做，让她等一等做完再下班。那时的她刚刚离婚，从工作五年的画报社跳槽过来，根本不敢随意得罪老板，所以连电话都不敢给曹总打一个。

直到晚上十一点半，曹总才回到办公室取东西，看见席一朵还诧异地问了一句："你还没回家吗？"

席一朵目瞪口呆，但丝毫没有发作。她说："相反我当时心里还挺开心的，觉得还好，总算没啥事可以安心地回家了。"

其实我们并不是没有尊严，也并不是不懂得分辨对错。只是在职场里，我们都有自己的身不由己。谁都想像"穿Prada的女魔头"一样趾高气扬，享受专门的电梯和噘噘嘴唇就能掀起一场风暴。

可是我们只是职场这个金字塔最底层的小蚂蚁，是这个复杂社会里的初等生。

而另一些看似站在职场金字塔略高一层的人，比如袁媛。她面对客户时永远自然得体，仿佛没有作为一个敏感女性的喜怒哀乐。她会想方设法满足上司或者客户提出的一切要求，有时候我和席一朵甚至会很邪恶地想，假如那天被教授轻薄的是她会怎样，是不是也能口若悬河地跟他从床上用品聊到最下饭的色情片。

她把肖峰送回酒店之后，疲惫地回到车子上坐了好一会，才让紧绷的身体和头脑松弛下来。她打开手机通话记录，往下拨，一直拨了几个回合，才找到最后一次跟她老公的通话记录。

是在一周前。

她按住他的名字，拨了出去。铃声响过三轮，那边才响起一个懒洋洋的声音。

"这么早就睡觉了吗？"袁媛本能地有些抱歉打扰他休息，她拿开手机看了看时间，发现只是九点而已。这跟他老公平时的生物钟并不相符。

那边像是困倦极了，隔了好几秒才回答她一声"嗯，没事我先挂了"。

袁媛还来不及说晚安，那边已经收了线。她本来酝酿了很多话跟他讲，包括这几天公司发生的一些变故，甚至她还打算跟他撒撒娇，以弥补她们长期分居的孤独。

但是她喉咙还是热的，手机已经凉了。

她打开微信，又找一个在加拿大的朋友订了几箱奶粉。然后又忍不住给她老公发了一条微信，"老公，我好想你。这个周末我去找你好吗？咱们好好过一会二人世界。"

尽管知道不会有回应，她还是心满意足地靠在驾驶座上微笑起来。如果她此刻掏出化妆镜看一看，会发现自己比平时面对客户时的笑容要真诚美好无数倍。

当然，在她发现自己美丽的同时，她也会发现，就在她刚刚送肖峰回去的酒店里，旋转门刚好走出两个人。一个满脸满足的男人和一个大半夜还戴着墨镜的女人。

他们一前一后，仿佛并不相识。

但假如观察得仔细一些，就会发现男人刚出门就从口袋掏出了一枚跟袁媛手腕上同款的情侣手表，上面刻着一个数字，是他们的结婚纪念日。

P市的夜晚非常美妙。它既有大都市的霓虹万丈，也有旧民居的万家灯火。尤其在我租房子的地段看得更加清楚。这边是耸立高楼，隔壁则是一大片干净破旧的小高层，墙壁已经被楼下一排烧烤摊熏得看不见原色，仿佛整个走道里都能闻到烟熏火燎的年代味。好几年前就传言说要拆，但始终雷声大雨点小，没什么动静。

我现在住的小区就是曾经从市中心最繁华的商业圈里拆出来的还建房。自从南悉被我爸妈上电视给找了回来，我就沦为了丧家犬，哦不，备受嫌弃的亲闺女。

这间房子写的是我奶奶的名字，照理说我应该把租金都给奶奶，可是她老人家现在在疗养院里，一会开开心心地给我糖吃，一会又把糖果全都收回去。她老记得我爸小时候吃太多糖而烂牙的往事，就想着把糖果都留给她唯一记得的孙女，也就是我。

掐指一算离南悉回到我家也已经有七年零五个月。有时候回想起来觉得上帝好像待我不薄，收回了男友同时给了我一个从天而降的姐姐。

这几年我不怎么在家，但也知道我爸妈把她宠上天，一副把自己老命全给她还嫌不够的样子。

她成天不工作睡到日上三竿，我妈不仅毫不嫌弃，还把早餐午饭都送到床边，就差给她倒洗脚水，或者像照顾植物人一样给她擦洗身子。

我爸偶尔会偷偷给我电话，问我钱够不够用，还说工资不够花的话就不要再给他们打房租。

每次听见电话那头压低了的声音里还伴着厕所的淋浴声，我就会忍不住心怀怨恨。

我想不明白为什么他们在对姐姐心怀愧疚的同时，认为我应该充满跟他们一样的情绪，仿佛那些年我所享受的父母之爱有一半都是从她那里夺来的。

这些年除了过年过节或者周末有必要的话，我会回去吃顿饭，维持这个已经畸形的家庭的幸福假象，其他时间他们从未踏足过这个房子一步。

可是就在这天晚上，我跟席一朵分手后打车到家楼下，远远就看见家里的灯居然亮着。

独居久了，再迟钝也会学会警觉。我站在楼下抬头仰望着，瞬间就打开了全身的防御系统。我想让物业的人陪我一起上去，但是又担心万一只是我忘记关灯，而物业人员又一时起了歹意……或者，我应该打个110，但很快就自我否决。

我左思右想，甚至脑补了小偷关上灯抱着我昂贵的苹果走下楼被我逮个正着的场景。

最后，我掏出手机通讯录，鬼使神差地拨通了沈瑞的电话。

我看着他的车子猛地刹在我面前时，居然有一种热泪盈眶的感觉。

在你需要的时候，那个人二话不说地赶来，这就是任何承诺都无法取代的郑重。

他陪着我上了电梯，甚至把我护在身后，轻轻地敲了门。

不知道为什么我已经一点都不紧张了，从进电梯的那一刻，我整个人已经放松下来，好像我们俩不是上去抓盗贼，只是一起回家而已。

然而，大门被平缓地打开了。

里面的人露着大光明，一边啃苹果，一边朝我微笑，"嗨，西盈妹妹，你怎么才回来。"

这下轮到我怒了，我拨开沈瑞一把推了过去，"你来我家干什么！"

她沉默地后退一步，好像在等什么，直到我听见一句熟悉的声音："西盈，我是不是太久没管教你，居然学会跟姐姐动手了！"

我朝里面一看，才发现我爸妈都在。妈妈冷着脸让南悉先坐下，爸爸这时也注意到我身边还有一个人，于是也客气地招呼他："这位是西盈的朋友吧，是喝茶还是饮料？"

沈瑞正说着不用，我妈再次开口了："今天我们要开家庭会议，不相干的人还是先离开一下比较好。"

我要是沈瑞听见这句话肯定会扭头就走，但是他没有。他依然很从容地站在原地，没有理会我妈妈，而是转过头来问我："西盈，需要我留下吗？"

我点了点头。

我妈狐疑地看我俩一眼，清了清喉咙便进入正题。

原来南悉婚后还一直住在我爸妈家。因为我爸妈全款给他俩买的婚房建到一半，开发商跑路了。而他们原来住的房子又让给了南悉老公的那个离婚后无处可去的亲姐姐。

爸妈的房子离南悉老公上班的地方太远，所以，他们打起我住的这间房的心思。

"那我住哪？"我问。

我爸连忙说："当然是回家住，你妈把你原来的房间都收拾出来了，今天我们就能帮忙给你搬一半东西回去。"

灯光下他们三个人脸上的表情出奇地相似，原来他们都已经计划好了，这次来不是跟我商量，而是通知我。

"那要是我不愿意呢？"我感觉到自己微微颤抖起来，也许沈瑞也感觉到了，他默默地牵住了我的手。

在我妈妈长达二十多年的印象里，我乖巧、顺从、听话、安静，很少反驳她的决定。所以在我表达反对意见时，她眉头迅速地拧到了一起，像没听清似的，"你再说一遍？"

"就算是房子不租了，你们也要至少给我几天时间搬家吧。现在已经晚上九点钟，你们打算让我去哪？"我眼睛已经湿了，但咬牙忍着不让液体落下来。

"不是说了回家住吗！"我妈吼起来。

我也毫不示弱地回敬她："我也说了，我不愿意！"

我妈气得左顾右看，我知道她在寻找揍我的工具。这不是她第一次揍我，印象中我被她揍得最狠的一次，是我贪玩走丢了两个小时。她找到我时发现我正一个人在玩滑梯，当时就脱掉皮靴狠狠打我。

现在她脚上只有拖鞋，她不会在外人面前脱鞋子，所以她在寻找别的什么工具。很快，她发现一枚衣架，顺手就打上来。

我已经准备好承受了，但被沈瑞拦住了。

我妈再泼辣也不会跟客人动手，她挥舞着衣架警告我："你不想回家住也可以，"她瞟了一眼沈瑞，"现在你翅膀硬了，我说话都不管用了，既然如此，我也懒得管你。下周一你姐姐姐夫会住进来。你自己看着办。"

我爸不落忍，也上来劝他："要不再想想别的办法。都是亲生的闺女，你干吗非要逼她呢？"

妈妈眼睛里闪过一丝愧疚，然而很快取而代之的就是决绝。她摆摆手，表示谁也都不用说了，她已经决定了。

没人知道，那个瞬间她想到的并不是跟我之间的母女之情，而是南悉回到家之后跟她的深谈中，问她的那句话。

南悉说，假如你真的像你说的那么痛苦，那么爱我，那么疼我，那么想念我，你怎么会又生了一个呢？

《加菲猫》里有一段是讲，加菲和欧迪无意中走失了，被卖到了宠物店。加菲很痛苦，担心主人会思念它成疾。但一个清晨，主人走进了宠物店，意外看见加菲，于是再次把它买了回去。明明是皆大欢喜的结局，观众却因为加菲站在落日里说的那句，"我永远不会问主人，为什么那天他会走进宠物店"而泪流满面。

南悉并没有加菲这样的隐忍天赋，她把生活最沉重的真相抛给妈妈，她无法承受，只能迁怒于我。

他们走后，沈瑞陪我坐了很久，我不说话，他也没有说。

眼泪终于如释重负地流下来，我只是突然很想就这样一直静止到地老天荒。

# 一六

席一朵端着牛肉粉闯进来的时候，沈瑞刚好从我的衣柜里钻出来，她吓得一口喷了出来。

幸运的是，沈瑞眼疾手快，顺手拉起一件衣服挡住了牛肉汁和细粉条。

不幸的是，他随手捞起来的，是我整个衣柜里最昂贵的真丝晚礼裙。

我只穿过它一次，是在许峦峰第一次获奖的晚宴上。

回忆只要被扯开一个哪怕蚂蚁大的小口子，我都会立刻深陷进去，于是我叹口气说扔掉吧。

席一朵和沈瑞同时愣了愣，然后两个人什么都没说地看着它被我随手塞进硕大的垃圾袋里。

"太可惜了啊。"我们大包小包地把家里的东西慢慢搬空，我把硕大的垃圾袋遗弃在垃圾桶旁边，席一朵忍不住嘟囔一句。要不是我拽着她上了车，她肯定会扑上去从里面捡出一大半来。

席一朵还没来之前，沈瑞看着我扔东西的架势也开玩笑说，要是滕旭总裁在裁员这件事上也能像我清空衣柜这么利落干脆毫不手软，滕旭也不会只是今天的样子。

这应该算是沈瑞第一次跟我聊到公司管理和决策人的处事原则。这样现实而沉重的职场话题，我一下子不知道该说点什么。在禾邑工作两年多以来，我感受最深刻只有七个字，职场不相信眼泪。

就像很多人都在问，为什么领导明明是个傻逼，他却依然在那个位置；为什么勤勤勉勉总不敌溜须拍马屁；为什么两面三刀总能战胜表里如一。

就像我不明白一向以专业和实力自居的曹衣衣，为什么能在客户面前表现得小心翼翼，低人一等，让我为本不应该负责的事情道歉。

当我问出这些问题时，沈瑞只是低低叹口气，然后轻轻把我揽进怀里。

还记得读书的时候，总对上班族的生活充满期待和惶恐，觉得工作是一件比高考还要困难的事情，与老板打交道是门比哲学还博大精深的学问。

但原来，离开了单纯天真的象牙塔，比工作更困难的事情是接触到全然不同的价值观，你突然理解了光怪陆离这个词，突然理解了电影说的生存规则，突然明白并不是非黑即白，突然发现职场没有赤诚，只有厮杀。

一下子接受这些，真的很难。

尤其是在这个节骨眼上，我还被扫地出门了。

席一朵听我讲完昨晚爸妈跟我谈判的经过，久久回不过神来，说她跟看天涯八卦的热帖似的，狗血四溅。

是啊！生活不就是一盆黑狗血吗？

就像现在，我们好不容易来到出租房却被告知他们从没把房子挂网上去过，而且房东也根本不姓陈。

我坐在麦当劳里，感觉到来自世界深深的恶意。

席一朵看了我一眼，目光有点复杂，我能猜到她想说什么，毫不犹豫地摆摆手："你男友下个月就回来了，我才不想去当电灯泡。"

她若有所思地点点头："说不定是炮灰也不一定。"

我没听懂她的话，沈瑞刚好端着吃的走过来，刚落座他就扬了扬手机："刚知道人事那边正在进行周末专场面试。"

我假装听不懂的样子。席一朵迅速反应过来，长长地"哦——"了一声，阴阳怪气地笑起来。

沈瑞被她笑得有点不自然，"咳，"他朝我扬扬眉，"试试吗？"

我不是没想过辞职，就在昨晚我还脑补了一万遍我冲进曹衣衣办公室把辞职信摔在她脸上的场景。可是还没跟前夫办理离婚手续就去相亲，这不太好吧。

然而席一朵比我表现得感兴趣得多，她的人生里向来都会有plan A和plan B，尤其是得知一年有十天探亲假，八天带薪年假，以及每年飞日本韩国意大利的旅游机会，就下定了决心。

沈瑞把我的行李寄放在酒店，两个小时后，我们就顺利抵达面试现场。因为有沈瑞的关照，我们轻而易举插了队。

虽然已经来过滕旭好几次，但这还是第一次觉得紧张。

而且万一要是初试就被刷掉岂不是很没面子？我握了握席一朵的手，想从她那里获得一些力量。没想到她的手比我还凉，转悠着眼珠跟我说，"这简直比等验孕棒显示几条杠还紧张啊！"

……

差不多等到下午面试才结束，真正进去以后就完全不紧张了，有点像高中入学时的外语面试，四位考官逐一提问，还好我也算对答如流，虽然没什么技巧，但就冲我这副"真诚脸"应该也能加几分。

唯一让我有点意外的是，当被问到婚姻状况和有无男友的时候，几个考官不约而同地笑了一下。

在得到我否定的答案之后，又如释重负地点点头。

总之，让人有点相亲大会面试现场的即视感。

由于外地面试人员都得到了一张免费的晚餐券和一笔回程路费，晚餐后沈瑞把我和席一朵送到火车站，一路上他也没问我面试如何，反而是席一朵像对答案似的反复跟他确认自己表现如何。

直到分别时，他才突然没头没脑地来了一句，他下周要去上海出差，等他回来的时候我们应该会收到初轮面试结果。

不知道为什么，忽然就种尘埃落定的踏实感。尤其他跟我说"那我走了噢"的时候，我心里忽然生出温柔的眷念来。

这个周末过得太漫长了。

我把自己扔在酒店房间的大床上，忽然有点儿恍惚。

周围的一切都是陌生的，唯一熟悉的只有行李。他们跟整间房的奢华格格不入。

但想到我马上就完成了人生中的第一次跳槽，就有点儿兴奋，忍不住把头裹在被子里滚了两下。

黑暗里，我莫名脑补了一下沈瑞在这张床上睡觉的样子。尽管知道哪怕这里没有人住，服务员也会每天更换一次床单被套，但还是忍不住脸红了起来。

就在这时床头的座机响了，吓得我赶紧端坐起来，直到听见传来的一声，"喂。"

"想我了？"我心情莫名好起来，忍不住想要跟他开玩笑。

"是啊。"他很配合地回问我，"你呢？"

我微笑着点了点头，想起他看不见，只好说："住在你房间里，想不想你都不行吧。"

"呵，"他轻笑一声，好像很满意的样子。

"对了"我终于想起来要问他，"面试的时候问婚姻状况我还能理解，为什么还要问有没有男友。难道这个也会影响到面试结果吗？"

"哦，那倒不会。"他咳了咳，"他们笑是因为又要来一个单身适龄女同事，这对一向阳盛阴衰的滕旭来说当然是很好的事。"

"那你觉得我会被录用吗？"我忍不住握紧了话筒。

"我又不是面试官。不过，"他顿了顿，"我对你有信心。"

我笑着威胁他："沈总，你可不能滥用职权。"

他一下子没反应过来，听懂之后笑出声来："我还以为你一直都没看出来呢。"

"没看出来什么？"

"我一直都在利用职权接近你啊。"他失笑说，"不过可惜，最先知道的不是当事人，反而是当事人的老板。"

曹总？

切，明摆着就是你故意透露出这种暧昧讯息给她的好吗？

当然，我没明说，毕竟我确实也因此得到一些受益。

末了，他郑重承诺，这次面试的事他绝不会干涉，一切都等人事那边最终结果。

挂了电话不久，门铃声响起来，一位女侍应生礼貌地微笑道：

"陆小姐，这是沈先生叮嘱送来的牛奶，请慢用，晚安。"

这大概是我一个多月来睡得最好的一次。

这张床真的是太舒服了，我整个人就像陷落在云层里。但是因为窗帘完全阻隔阳光的缘故，我的生物钟受到了迷惑，它渐渐苏醒的时候，已经是早上七点半。

我顾不上化妆，就是简单地洗漱了两下就往公司狂奔。

例行早会，我并没什么好说的，无非是陈述上个月的工作内容。

直到轮到袁媛发言，其中一句"由于部分同事的工作疏漏导致我们跟景区那边合作出现了一些问题，我正在着手弥补……"我听着就觉得不大对劲。

她推了推眼镜，继续说，"最后，我想说一下，以后这样需要团队配合的时候会有很多。希望以后在这种客户提供福利的活动里，我们在现场执行中不要再把自己的亲朋好友搅和进来。"

很好。我深深吸了一口气。

袁经理，这可是你自己撞上来的。我这一肚子委屈，差点就要打落牙齿和血吞了呢。

曹衣衣听完她的发言心领神会地长叹一声，但也没有表示赞同，公式化地询问了一句，"嗯，袁经理还有什么要补充的吗？"

她微笑着摇了摇头。

"你确定吗，袁经理？"我坐直了身体，转过头去看她，"上次展会上有个细节，我刚才忘记说了，以为你会补上。看来你是不是也给忘了？"

"什么细节？"她谨慎地看着我，满脸不耐烦和防备，"我听不懂你在说什么。"

"这次你在展会上跟你那个什么姐姐打起来已经让场面够难看的了，客户对我们的印象也跌到谷底，全都是我替你擦的屁股，你还想说什么啊你。"她激动地说了一大通，三分委屈，外加足足七分的理直气壮。

好像生怕自己一停下就会被我乘虚而入的样子。

袁媛是公司里少数几个知道我家庭状况的人之一，她知道南悉是我的死穴，不管任何时候我都对这个人这两个字避让三分。

因为我不想面对，不愿意面对。

她是想堵住我的嘴。可是啊，她越是这样，我越是忍不住。

"我想说，活动结束后主办方那边没被人抽走的两张海南双飞五天游，负责人说已经给到你手上，作为景区奖品赞助。你是不是把这事给忘了呀？"

"你说什么？"袁媛大概完全没想到会被我知道，一下子就心虚起来。

说实在的，她微微颤抖的目光真的有一瞬间让我有些心软。

可是下一秒，我更痛恨自己这样毫无原则的心软。

"我刚刚看见袁经理好像这周要请三天假，真的太巧了，那张双飞五天游的截止时间，刚好就是这周。"

袁媛垂下眼睛，接下来的时间里她僵硬得就像一条雪地里的蛇。

会议结束后，我在曹衣衣办公室里提出了辞职。理由当然是无懈可击的——"对不起曹总，我实在没办法继续跟袁经理共事。"

说完以后我就擅自离开了办公室，还细心地为他们掩上门。

其实我根本没看见袁媛亲手拿到奖券，只不过今天早上她手机不通，负责人只好打给我照例问一下获奖人的信息是否已被赞助方存档而已。

"我都是要走的人了，我原本真的不想这么做。"会后我在Q上跟席一朵讲，她了然地回答我，"嗯，我只是没想到袁媛会变成这样。"

谁知道呢。

我开始清空电脑上的私人文件，窗外明媚春光像溪水一样漫进来，想到马上就要离开这里，真是既轻松又惆怅。

我举起手机正想拍张照片留念，微信就跳出一则消息。

"沈瑞给你发送了图片消息"。

点开，是蓝得让人心醉的天空，飞机的尾翼划开云海，仿佛所有忧愁都被远走他乡。

我打开前置摄像头，忍不住回了一张自拍给他。

"看来昨晚睡得不错。"他说。

"托你那杯牛奶的福。"我回。

我犹豫了一会，还是决定等下班再发消息告诉他我已经提出离职的事情。

没想到曹衣衣她们一聊就是一中午，直到三点多袁媛才从她办公室出来，眼睛红得就像哭过一样。

哪怕正面撞见她也没有再看我一眼，是曹总亲自出来让我去楼下陪她买杯咖啡。

她去点单时我已经脑补了一万种可能，因为在我心里，当她要求我去给客户道歉的时候，我们之间已经无话可说。何况，她是老板我是员工，我们从来不曾亲密。

"今天的事我已经问过袁媛了，她确实拿了那两张旅游券没有报给景区和公司，她订了机票跟先生去。"

这些我都知道了，只是淡淡地点点头。

她接着说，"袁媛的婚姻出现了问题。"

我诧异地抬头看她一眼，下一秒又觉得很可笑。

我低头看了看手表，表示我不想再听下去。

曹衣衣喝了口咖啡，却没有要结束的意思，"西盈，其实在我心里一直都很喜欢你。我从你身上看见初入职场的自己。你勤奋、有担当，处事也比同龄人要稳重些。你刚进公司我对你就有很大的期许。"

"也许你对我的有些处理事情的方式并不认可，我也不会勉强你从心里认同，我只想让你知道，角色不一样，思考问题的出发点也不一样。你有你的委屈，我也有我的无奈，袁媛……也有她的情非得已。"

我安静地听着，她说得有些动情，也惹起我心绪起伏。

"辞职的事情我希望你再考虑一下。西盈，也许禾邑并不是最好的平台，但至少在这里你的才华不会被埋没，易董有多欣赏你，你也很清楚。我也一直认为，你是个有能量的人。"

说真的，有那么一刻我怀疑她是真诚的。

她还有四个月就要生产了，已经不是第一次做母亲的她多了几分从容淡然，即使孕味十足，职场女强人惯有的气势还是分毫未减。我突然想起袁媛曾经告诉我，曹衣衣是她的榜样，宠辱不惊，年薪百万。可我却由衷地觉得她每一处毛孔都透着算计，太累了。

到了下班时间我依然恍然地趴在座位上。

席一朵背着包过来找我，"还不走？"

"想再坐一会。"我有气无力地趴在办公桌上，盯着日历牌发呆。

这个日历牌是新年后第一天上班行政发的，不过我这个原本是袁媛的，但我特别喜欢上面的猫咪图案，于是任性地叫她让给我。她很爽快地就答应了。

第一次去滕旭出差，我就请假去北京找许峦峰，原本曹总是不会批准的，她却告诉我既然她一早就答应我，就会替我承担。

我曾经真的很庆幸，有这样一个部门领导。

我突然想起曹总下午说的话，"对了，你知道袁媛跟她老公出了什么问题吗？"

席一朵把包往我桌上一扔，自己也跟着屁股一抬坐了上去。"怎么？她跟她老公出了什么问题吗？"

席一朵摊摊手，"我哪知道这些，你知道袁媛从来都跟我们报喜不报忧。不过就算她再出任何问题，也不应该在会上说那些话吧，还好你跟她撕了，要不我都要气成内伤。"

我感激地看了她一眼，一冲动就做了个决定，"你不是想吃海底捞吗？走啊。"

"你请吗？"她欢天喜地地从桌子上蹦下来，在得到肯定答案之后激动得恨不得舔我两口。

席一朵生平没啥别的嗜好，也就是吃饭、剔牙，以及欺负她男友。但是自从她男友出国之后，这些兴趣就压缩成了一个"吃"。

就算不是周末，海底捞火锅生意也好得令人瞠目。我们拿号时服务员就给了我们一个热情而抱歉的笑容，"你们需要等大约一个半小时噢，不好意思，这边有免费擦鞋和做指甲，需要帮两位拿个号码吗？"

对于有便宜不占这种事是绝对颠覆席一朵三观的，于是大约二十分钟后我们饥肠辘辘地摊在沙发上任凭服务员鼓捣我们的手指甲。

一朵选了华丽而繁复的水晶贴钻指甲，我只选了咖啡色的甲油。也许是小时候有一段时间患上轻微自闭的缘故，到现在我也不是特别乐意陌生人或者不太熟悉的人触碰我。

在我印象里只有一个人给我剪过手指甲。

那天许峦峰原本要接的活临时被取消，他只好脱掉外套有些失落地坐在阳台上剪指甲。我过去逗他，给他念恐怖小说听。不知道怎么的，一只手就被他握在手里静静地帮我修剪起来。

他的手很粗粝，明明在阳光下，整个人却莫名有种被烈火炙烤后的坚硬。我见过他许多时候的大笑，叼着烟，跟人谈到深处会先笑起来，但眼睛里始终有一抹淡淡的冷。那种冷不是雪地里本来就有的冰冷，而是大火突然被浇灭的，冬日里被水浸透了的冷。

有时候我和他开玩笑，说你这个人真是冷。

他就会微笑着抱着我说，所以需要依赖你的体温存活。

那么多暧昧的、温暖的、真实的，彼此陪伴的时光。为什么都不足以换一个明朗的、清晰的、光明正大的情侣身份呢？

是我太执拗了吗？

大概是这件事慢慢在我心里淤积成了一个沉重的结，居然脱口而出，"你说一个男人不在明面上承认他和女生的关系是不是就不算真的重视她。"

席一朵显然已经快睡着了，冷不丁听我冒出一句，如梦初醒地白我一眼，"废话，当然是啊。"然而下一秒她又像是想起什么似的，诡异地笑道，"你说的这个男的就是沈总吧？"

"去死。"我随手推她一把，结果做指甲的小妹手一滑，直接蹭到席一朵额头上。

……

她尖叫着跑向了洗手间的方向，而我愣在原地一时还没想好究竟是等她回来一把掐死我，还是逃之夭夭。

十五分钟后我在服务员的指引下，来到刚刚收拾好的四人座上，我刚落座，就看见了熟人。

不能不说，血缘关系真是这个世界上最神奇的所在。

我亲爱的姐姐，她依偎在我亲爱的姐夫怀里，两个人笑容满面，像是在分享着人间最丰厚的喜悦。

而她的对面坐着我的两位双亲，他们喋喋不休地微笑着，直到眼睛里冒出泪花。

说真的，当时我脑子里就单曲重复着一首，"喔，我们是一家人，相亲相爱的一家人，有福就要同享……"

然而我的眼泪哗啦啦地流出来。

从头发丝到脚趾头仿佛一寸寸结了冰，我的血液随着流失的眼泪停止了，觉得自己好像变成了一个被插上吸管的空气压缩袋，瞬间干瘪了下去。

残存的理智让我大概能猜出来，南悉应该是怀孕了，正在和爸妈分享她的喜悦。

没有人通知我。我曾有一秒想要开口去问，为什么。

但那一秒过后，我想我再也不需要问什么。

等我平稳了呼吸，擦干眼泪默默离开位置时，大约只用了不到十分钟。

对我来说，却是已经把前二十年都舍弃了。

我脑海中凌乱地浮现出帧帧画面，甜蜜、委屈、温情、残忍，一并兜头袭来，以至于我完全忘记了席一朵的存在。

然而浑浑噩噩地走在大街上哭得摇摇欲坠的我并不知道，在刚刚短短几分钟里，从洗手间里走出来的席一朵一边擦着手一边在心里咒骂我的时候，余光却瞥见隔壁川菜店的一桌男女。

他们一伙人就像刚越狱成功的囚犯，毫不顾忌形象地大快朵颐。

其中一个边吃边脱衣服的眼镜男，连食物的热气完全糊住了镜片也丝毫没有影响他往嘴里塞东西的频率。

他们太过于沉浸在美食里，根本没有留意到席一朵是怎样阴沉着脸推门走进去，又是怎样移到他们旁边，抬起手狠狠地揪住了眼镜男的耳朵。

然后在一阵杀猪般的尖叫声中，两人疯狂地扭打起来。

## 一七

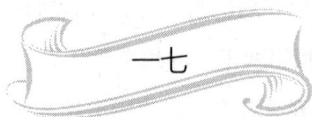

　　我已经不记得是怎么回到酒店里的。

　　第二天醒来时，我只看见床边多了几个空酒瓶。难怪头这么疼，我拍了拍自己的脑袋，拉开窗帘，阳光竟然有些刺眼。

　　我拿起手机想看看时间才发现不知道什么时候自动关机了，刚插上电，门铃就响起来。

　　"陆小姐，这是您的早餐。"客房阿姨慈爱地看了我一眼，补充道，"沈先生昨晚特地叮嘱我们，要是八点您还没出门就把早餐送上来，顺便转告您，手机不要充电了。好好休息一天。"

　　说完，她竟然自顾自地帮我把手机给拔掉了。

　　我有点好笑，"这也是沈先生让你这么做的？"

　　她点点头，然后礼貌地退了出去。

　　我盯着手机看了一会，才想起昨晚我不知道在叫了第几瓶酒后接到了他的电话。

　　好像是服务员跟他告状了。

　　头痛得厉害，我顾不上回忆，整个大脑神经已经被嗅觉占领了，这个白粥真是太香了，还有我爱吃的黄金包。

吃完早餐我又回到床上赖了一会，头已经不痛了，记忆也一点点恢复起来。

是了，我终于想起昨晚走在大街上我第一反应就是想要去酒吧，买醉。

说实在的，这已经不是我第一次有这个念头。

但之前都没有成功。一来我不想任何同伴见到我喝醉的样子，二来没有人陪同我很担心第二天酒醒发现自己躺在陌生地方，发现自己少了一颗肾或者别的什么。

总之，作为一个前怕狼后怕虎的三好学生，昨晚在那种万念俱灰的情况下，我还是给沈瑞打了个电话，嗯，问他知不知道哪家酒吧或者KTV安全一些，价格公道一些，适合一个人一醉天荒。

然后他告诉我，当然是酒店。

于是我很成功地被他劝回来，喝得酩酊大醉，翩翩欲仙，心满意足。

但我并没有想过翘班。

在打开电视机百无聊赖地切换过十几个频道之后，我突然感觉有点儿罪恶。

我火速插上电，开机。

果然满满的未接来电，全都是来自席一朵的。

我这才想起，昨晚我不告而别……

我迅速回了电话过去，那边过了很久才接起来，声音还压到低得不能再低，"西盈，曹总急召我们开会，你怎么不上班连手机都不开？"

"我……"

"你赶紧来公司，先这样。"说完席一朵就挂断了。

我有种不太好的预感，但还是收拾一下出了门。

等我赶到时会已经开完了，袁媛焦头烂额地从会议室里出来，冷不丁跟我撞了个正着，手里的文件顿时散落一地。

"真是添乱！"她不耐烦地吼了一句，然后弯下腰去捡。

我边道歉边帮忙，但她根本不领情。

我只好讪讪地回到座位上，直到席一朵搓着手满脸抱歉地过来。"西盈，你没事就好了，昨天我气疯了。你肯定打死也猜不到，曾嘉延回国了！但是他不仅没告诉我，还偷偷去吃鸡杂被我逮了个正着！"

我一边听着席一朵越来越激动的叙述，她是怎样像抓奸一样抓住了原本告诉她下个月才会回国的男朋友，又是怎样抓花了他的脸，以至于又要陪他去医院消毒从而完全将我抛诸脑后。

席一朵一边愤慨不已，一边抽出时间来跟我道歉，"西盈，你昨晚一定等了我很久吧，你也没给我打个电话，是不是气疯了？"

呵呵呵，我是气疯了，不过……

我决定还是不要解释了。

关于我亲姐姐，哦不，关于南悉这个人，从昨晚开始跟我再也没有关系。

"其实昨晚我突然头疼得厉害，等了一会没见你回来，就先回酒店睡觉了，幸好你也……不然道歉的就该是我了。"

"哦，那就好。"席一朵点点头，突然话锋一转，"你加进滕旭那个群了吗？"

"什么群？"

她把我拖到她电脑前，"就是这个啊，初试通过的新人群。"

"啊？"我连忙打开电脑，一下子紧张起来。

"你快看看有没有把你拖进去。"

我打开Q，一条消息跳出来，才终于松了口气。

"你赶紧通过验证，然后我要跟你分享另一件事，"席一朵压低了声音，"早上开会的时候袁媛告诉曹总滕旭那边还有一笔尾款还没结，曹总想趁此机会，再接下滕旭的一笔单子，通知袁媛、我还有你随时准备出差。而且我总觉得曹总话里好像是有点想要利用你和沈总关系的意思。"

我和沈瑞的关系？

电光火石间，我仿佛有点儿明白了什么。

但这种领悟却让我陷入前所未有的失落里。

"还有一件事，"席一朵看着我说，"今天开会前，我就递交了辞职报告。"

我喉咙一紧，"曹总怎么说？"

席一朵耸耸肩，"跟我想的一样，用合同压我呗。说什么辞职必须提前一个月。"

"那你怎么办？"

"我才不管那么多，大不了请假去滕旭上班。"席一朵自顾地补充了一句，"反正我有可能不会出国了。"

我忍不住皱眉，"就因为他提前回国没告诉你就要分手？"

席一朵摇摇头，"你先别问了。"

我只好闭嘴，毕竟我自己现在这个状况，实在没有多余的耐心去打听别人的感情走向。

第二天一早，我们就接到石经理要亲自过来一趟的消息。

与此同时，我和席一朵双双在群里公布的录取名单上看见自己的名字。

也就是说，作为我们未来部门领导的石经理已经确切地知道了这个消息。

而就在他到来之前，曹总婉转地叮嘱我们，不管最后是走是留，也不要对滕旭透露半分。

于是，就出现了会上谜之尴尬的局面……

曹总带领着我们请石经理还有另外一个小领导，席间，不断地打探未来新的合作项目，还表示我们今年整个团队都会集中精神为滕旭成立专项服务小组云云。

我和席一朵一开始很紧张，生怕石经理暴露我们。没想到他演技也很高超，跟曹总两个人一唱一和，搞得我和席一朵都有点怀疑，他是不是真的不知情。

直到袁媛在曹总的示意下上去敬酒，既然她带了头，我和席一朵总不能躲在领导后面，只好也跟上去。

只不过我杯子里装的是茶，反正我这种应酬场面向来宣称自己滴酒不沾，否则酒精过敏，后果不堪设想。在这一点上，曹总对我比对袁媛宽容得多。

倒是石经理有些诧异："西盈，你杯子里是什么？"

我以为他觉得我失礼，连忙解释："抱歉石经理，我不会喝酒，就以茶代酒了，我……先干为敬。"

说完我一口气喝光了，差点撑得喷出来。

石经理不大自然地笑了两下，也没有再追问。直到下午石经理他们要回去时才找了个借口让我单独过去，他从包里掏出一个小瓶子递给我。

"这是出发前沈总让我带给你的，"他抓抓脑袋，"是一瓶解酒药。可你刚刚说你根本不沾酒的啊。"

刹那间，好像有什么东西击中心脏。

还好石经理并没有察觉我的情绪，他笑嘻嘻地问我，"怎么样，刚刚我演技不错吧。不过，你们也应该提离职的事情了，不然入职手续会有点麻烦。"

呃，原来他根本不知道曹总也是"带妆出镜"。

大家果然棋逢对手，势均力敌。

告别石经理，我立刻给沈瑞打了个电话。

我也不知道为什么自己这么心急，就是条件反射地拨通了这个号码。可是接通之后，我又突然不知道说什么了。

他好像已经猜到我会打过去的样子，"喂"过以后，见我没动静，也不再说话。

我听见那边有敲击键盘的声音，似乎在处理工作。

为了不打扰他太久，我只好支支吾吾地开口，"那个，谢谢你。"

他轻笑了一下，"那你想怎么谢我？"

"不，"我摇摇头，"不是解酒药。"

"嗯？"

"沈瑞，滕旭会不会排斥办公室恋情？尤其是上下属关系……"话还没说完，我已经双颊发烫。

那边竟然还明知故问了一句，"陆小姐，你这不是在表白吧？"

"是啊，我是。"我笑起来，把手机用力地贴在发烫的脸上。

"那么，等我回来再回答你。"

# 一八

挂了电话之后，我删除了许峦峰的联系方式，扔掉了家里的钥匙。

回到酒店，我本想矫情地扔掉一些旧日回忆的物品。

然而，讽刺的是，什么都没有。

这些年许峦峰送我最多的礼物是飞机票、驾驶证，还有我偷偷收起来的，他用完的打火机。

这些年，我身上穿的、用的，几乎已经没有一件来自于父母。我已经忘记了有多久没和妈妈逛街。

总之，直到南悉出现，我才找到了多年来我们畸形家庭里的症结。

我突然觉得血缘也好，爱情也好，陪伴也好，再漫长的关系也抵不过流年。

收拾完简单的行李，又在网上看了看宿舍生活需要的生活用品。因为选择恐惧症发作的关系，迟迟不能做决定。

就这样不知道过了多久，胃开始抗议，门铃就响了。

居然及时送来晚餐，我心里一喜喊着"进来"，然而门外却没有动静。

我狐疑地看了一下猫眼，才发现是沈瑞站在门外。

他甚至还拖着行李箱。

"不是说明天才回来？"

"我提前结束了工作。"他走过来掰正我的肩膀，"下午电话的话，你可以再问我一遍了。"

这个人……得寸进尺！

"什么话啊，你不是听见了吗？直接说答案就好了。"我别过脸去，尽量不去看他的眼睛。

然而即便是这样，我的耳根已经控制不住地滚烫起来。

"陆西盈，你如果不能当着我的面再说一遍，我会以为你只是一时冲动。"他语声似乎有点泄气，又像是激将。我不太能分辨出来。

我被他认真的样子感染，也严肃起来，"要是我真的是一时冲动呢？"

他略略低头，目光沉甸甸地压下，"那我会努力，让这个'一时'变成一辈子。"

我的入职手续办理得格外顺利，原本离职这种事再正常不过，但我们去的刚好是长期客户那边，无论怎么看都有点儿"胳膊肘往外拐"的嫌疑。

尤其曹总上次还在饭桌上踌躇满志地跟石经理描绘未来的美好蓝图，结果一转眼客户最看重的员工其实早就被他们收入囊中。

曹总对此却一无所知，现在回头想想简直分分钟被自己尴尬哭。

席一朵是做好了最后一次挨骂准备的，可是最终不知道怎么的就委屈地哭了起来。

我们层层叠叠地守在办公室外偷听。席一朵被骂得委屈至极，忍不住细数了自己这些年对公司的付出。可是曹总丝毫没有心软，反而在她的哭诉中连连冷笑，"要不是当初看你离了婚又没工作，我不会一时心软用了你。我以为你会知恩图报，没想到你到头来这么摆我一道，你既然下决心要走，何必演这么一出。"

曹总说的虽然是气话，但听起来也确实很刺心。

席一朵哪里受得了，她哭得上气不接下气，怎么分辩都只觉得无力，只好默默退出来。

结果一下子退到还来不及躲开的副总身上，她听了半天也明白发生了什么，就干脆补充了一句，"这样，我今天就给你把字签了，明天你不用来了。"

说完拉上席一朵去办手续，袁媛也不失时机地补充了一句，"西盈，你顺便也把手续办了吧，免得又多一个'身在曹营心在汉的'。"

我毫不犹豫地照做了。

办完手续，席一朵擦干眼泪冲副总挥了挥手，"副总，祝你早日转正，成为真正的易董夫人。"

然后副总的脸就绿了。

再然后，副总就冲进去跟曹衣衣撕了起来。

所以啊，在任何时候都不要跟你的同事透露个人隐私。

这是我被袁媛在会上用南悉打击我时，第二次感慨这件事。

同事就是一种，共事时是闺蜜，翻脸时是仇敌的神奇生物。

3月29日，春暖花开。樱花开满整个滕旭，我和席一朵报到时，远远看见朝我走来的沈瑞。

他穿着浅蓝色的衬衫，烟灰色正装外套，刘海随意地撩在额头，嘴角挑起满意的笑。

他站在樱花树下面看了看手表，不知道为什么，他低头的瞬间，我仿佛看见一场积雪消融的温柔。

我的新生活，就要在这片樱花下开始了呢。

## 一九

　　我想了很久，还是决定告诉席一朵我已经和沈瑞在一起的事情。

　　她倒是没表现得多惊讶，反而有一些伤感。"我跟曾嘉延和好了，下个周末就去见他父母。要是见了面，他爸妈还不同意，我就认命了。"

　　"认命？"这个词我不太能理解。

　　"是啊，努力之后就要认命。"席一朵看着我，眸子里闪过一丝怅然。

　　自从跳槽到滕旭，我和席一朵被特意安排在一间宿舍，我就不由得把她当成了唯一的朋友，甚至是亲人。但凡事也不敢过于依赖，毕竟就算是最亲近的人，也未必会包容你一生。

　　滕旭的工作并不忙，相比较之下，也许是大企业的关系有很多流程和公式化的东西，让一向自由散漫的我不太习惯。

　　不过滕旭特别注重员工的自我学习和劳逸结合，常常会举办读书分享会和自愿下田劳作等业余活动，倒是让我有种过着隐士般无欲无求生活的错觉。

当然，真的只是错觉而已。

因为真正来到这里，融入其中才会发现滕旭内部斗争极其汹涌，丝毫不逊色于我所观摩的历史正剧。

只不过他们看起来更加文质彬彬，更加刀不血刃。

比如上周高层会议，轮到沈瑞汇报工作时，董事长咳嗽了几声，他正掏出手帕想要捂住嘴，谁料手一抖帕子就掉在地上。

沈瑞眼疾手快地帮他捡了起来。

当时大家并没觉得什么，沈瑞汇报完毕之后，董事长却意外地称赞了几句，这让向来嗅觉敏锐的高层负责人们都感到一丝不易捉摸的意味。

毕竟外界早有风传，互联网+的时代格局下，滕旭也将面临重大转型和在资本运营市场的战略调整。

总之，是个山雨欲来风满楼的敏感时期。

滕旭是以事业部为工作划分，沈瑞所在的这个部门也就是排行第三，并且刚刚吞并新品事业部的定制事业部。

如果说这个部门以前一直中规中矩，那么从沈瑞上任不到三个月就并入了新品事业部之后，上面两个老大就不可能不对他警惕起来了。

"这都谁告诉你的啊？"我压低声音问席一朵。

"当然是小石头。"她不无得意地扬扬眉，"你以为我真的是一时冲动才来滕旭的？我可是做好打算才来的，要是我跟曾嘉延能顺利结婚，我就待到他能带我出国。要是不能，滕旭也不失为一个找男友的好地方。这里三七开，男女比重严重失衡，我可以好好挑一挑。"

我不由得敬佩地看了席一朵一眼，她这个人看似大大咧咧不靠谱，却比我这个走哪算哪，随遇而安的人深谋远虑得多。

然而席一朵冷不丁又冒出一句，"我和你可不一样，你又没结过婚，长得顺眼，身材又好，还有沈总的保护，当然不会明白我这种二婚女的低人一等。"

"说什么呢你。"我心里一酸，不知道怎么安慰，只得打断她。

话说到这，她情绪也明显低下来，"要不，这周你陪我一起去吧。"

果然她还是忐忑的，即便做好了最坏的打算，在最后的审判面前还是很难做到宠辱不惊。

"好的。"我顺便掏出手机来给沈瑞发消息，想了想，还是用了半开玩笑的语气，"沈总，我这个周末要请个小假哦。"

"做什么？"对于这个官方称呼他纠正过太多次，最后干脆放弃了，尤其是他现在成为我名正言顺的领导之后。

"我要陪一朵回一趟P市。"我老老实实回答，"嗯，作为娘家人陪同她去见未来公婆。"

他大概很忙，过了半个小时才回我一个"好"字。

是我的错觉吗？自从确定关系之后，我跟沈瑞之间反而没有从前那样热络。

周六我和席一朵是坐动车回的P市。

一路上我们两个都出奇的安静，她看似百无聊赖地打着游戏，但我能感觉到她内心焦虑。至于我这么意兴阑珊的原因连自己都说不清，一边刷微博一边时不时打开微信看一眼，也不知道自己究竟在等什么。

不刷还好，一刷冷不丁看见热门话题里竟然有个自己熟悉的名字。

点进去确认，果然是她。

只不过话题不怎么讨喜：林桐语滚出娱乐圈。

我还没把所有骂她的热评都赞一遍，车就到站了。不过我心情好了很多，关于沈瑞一直没找我聊天的不快也完全抛诸脑后。

因为约的是晚饭，所以我们还有足足一下午的时间准备。其实一朵带了两套衣服，但还是执意去逛下商场，希望找到一条集美丽、大方、得体、贤惠、乖巧、知书达理，一看就能生出儿子的裙子……

差不多逛到商场人满为患，席一朵的手机才姗姗响起，才说了两句，她的眉头就皱起来，"你来接我一下不行吗？你知道现在这个时间有多难打车吗？"

那边不知道解释了什么，她只好咬着牙挂了电话，我们差不多花了一个小时才来到约好的餐厅。

是P市小有名气的一间烧烤店，门口挤满了人，我和席一朵好不容易才拨开人群找到坐在最里面等位的一家人。

曾嘉延见到我们的第一句话是，"哎呀，怎么这么晚才来。我爸妈已经等了你很久了。"

他身后的两位老人打扮还算体面，就因为太体面了，跟周遭喧闹的年轻人有些格格不入。初次见面他妈妈十分和蔼地站起来喊席一朵和我过去她的位子上挤一挤。不过她话音刚落，曾嘉延他爸就皱着眉头呵斥她，"你坐好吧，哪有长辈给他们让座的道理。"

一看这架势，我就知道今晚不会太好过。

这样尴尬地等了半小时，期间曾嘉延自顾自地玩手机，席一朵强忍着尴尬跟我有一搭没一搭地聊天，终于叫到了我们的号。

曾嘉延抢过菜单专心致志地开始点菜的时候，我开始理解席一朵为什么在抓到他提前回国之后怒不可遏地说，"我他妈还不如一盘鸡杂。"

现在我内心的OS是：何止啊，你也不如脆骨、牛筋、土豆、鸭舌、凤爪……

就在曾嘉延专心致志点菜时，曾妈妈开始发问了，"一朵啊，听说你爸妈都是公务员？"

席一朵有点紧张地理了理裙子，连平时最爱吃的烤排骨也暂时放了下来，"也不算啦，他们就是中石化的员工，现在双双退休在家，不过逢年过节，领导们还是会准时上门慰问。"

曾妈妈客气地笑笑，这时服务员正好端了饮料上来，席一朵立刻殷勤地替她斟满，正要伸手去拿曾爸爸的杯子，就听见他冷笑着抛出一句，他们一个月的退休金加起来有多少？

席一朵脸有点白，我连忙低头咬了一口土豆。

旁边那桌貌似同学聚会，气氛融洽热火朝天，就在我琢磨着怎么混进去的时候，曾爸爸又补充了一句，"其实要说正经的，像我们这种家庭不可能看上你。"

如果刚刚那句话是一记耳光，那么这句简直无异于在席一朵脸上吐了一口口水。

席一朵低着头不说话，刘海挡住了她的眼睛，我完全看不见她此时此刻的内心活动，只好在桌下愤怒地踹了曾嘉延一脚。

然而他居然毫无反应地挪了挪腿，连眉毛都没有抬一下。

我只好放下筷子，盯着曾爸爸说，"您大概不知道吧，最开始一朵根本不同意跟他交往，是您儿子可怜巴巴地在一朵家楼下苦等了一晚上，我很清楚地记得那天晚上的气温只有不到三度。"

"还有，"我接着说，语气加重，语速加快，丝毫不肯给他打断的机会，"一朵某天晚上跟他吵完架以后发了高烧，他当时心急得连鞋都没来得及穿，就连夜把一朵送进急诊室，连脚都割伤了都没发现。"

我几乎冷笑出声，"现在，一朵好不容易答应了曾嘉延的求婚，您居然轻飘飘地说出，压根看不上一朵这样的话，不觉得会让曾嘉延很为难吗？毕竟一朵是他深爱的女孩。"

老头子显然被我激怒了，眉头皱得都能挤出汗来，连声音都提高了八度，"这里有你说话的分吗？要么埋头吃，要么给我滚。"

咯吱——板凳硬生生从地板上划过，发生一阵尖锐的嘶鸣。

席一朵低着头站起身来，她说："叔叔，既然您这么看不起我，也看不起我的朋友，那我们就不必再谈下去了。"

她拉了我一把，对满脸为难的曾嘉延说："再见。"

我们走出来的时候，外面还排着很多人。空气里飘来不合时宜的浓烈花香，我回头看了看，曾嘉延果然没有追出来，忍不住在心里叹口气，然后对席一朵说，你想哭就哭出来好了。但她摇了摇头。

她说，我还没吃饱呢，哪有力气哭。

于是我们又去另一条街找了间小馆子，其实当时我心里还抱着一丝希望，我猜席一朵也是，她一直控制不住地看手机。

我选的是一间曾经被许峦峰夸赞过的寿司店，店面很小，也很少人排队。大概是因为它其貌不扬，价格却十分惊人。

一开始席一朵是拒绝的，直到我同意买单。

老板娘大概是比较闲，一边切寿司一边跟我们攀谈。

她问："你们是好朋友吧？

我："对啊。"

"那你们认识多久咯？"

我仔细想了想，"快两年了吧。"

老板娘转了转眼珠子，"哦，时间很短呀。要说我，和我的朋友们差不多都认识十几年了。"

这有什么好比的，我有点接不下去，倒是席一朵笑嘻嘻冒出一句，"那是因为我们年纪小！"

我立即补充道："就是！我们还不到二十岁呢！"

这下子，世界终于赢来了短暂的安宁。

直到我们相互搀扶着从寿司店走出来，席一朵的手机传来自动关机的声音，她才无限怅然地说了一句，"可是我已经快要三十了呢。"

我眼睛瞬间溢出泪水，没让她看见。

其实我一直知道那个晚上对席一朵来说，相当艰难。

那晚她辗转反侧，我也握着手机几乎一夜未眠。其间沈瑞只给我发了一条短信，问还顺利吗，我发了个摇头的表情，他就没再回复了。

而我打开微博，那个话题已经高居榜首。我一一浏览了林桐语的很多照片，所谓的整容前后，所谓的素颜妆后对比。虽然我一眼就看出PS痕迹，但还是忍不住回上一句，哎哟，真心丑哭。

我就是莫名其妙地讨厌这个人，我希望这个话题维持得再久一点，我希望她一败涂地，我希望她再也不要出现在许峦峰的身边。

而当我发现，我内心这一切阴郁恶毒的想法都源自嫉妒时，我感觉到莫大的恐惧和羞耻。

我觉得自己简直就是一摊烂泥，有一些死死地黏在许峦峰身上，另一些则飞溅到了沈瑞那边。

为此我忍不住又从床上爬起来去洗了个澡。等我裹着浴巾出来时，黑暗里传来席一朵抽泣的声音，我木然地退回到洗手间里，再次打开了水龙头。

我们买了第二天最早的动车票回滕旭，既然错过了长期饭票，就不要再错过免费的早餐。

我和席一朵总是不可避免地在这种事情上达成空前一致。

吃完早餐，再开完例会差不多又到了午饭时间。

席一朵一口气抢了三个火龙果回来，狼吞虎咽，跟吸血鬼似的。

石经理远远看见我们也走了过来，照例把自己盘子里的火龙果分了一枚给她。

"石经理你这也……"后面的话还没说完，就有人往我盘子里也放了一枚。

我一回头，发现居然是沈瑞。

"我不爱吃这个，你就当帮我个忙。"沈瑞朝我眨眨眼，然后在我旁边的位置坐下来。

我感觉有点不太自然，只能小声嘟囔说，"沈总，你这样好像是想让所有人知道我就是走后门进来的嘛，不然怎么可能刚进滕旭就跟您一桌吃饭？"

没想到沈瑞淡淡地回我一句，那又怎样。

"那又怎样？"我翻了个白眼，"同事会排挤我的好不好！我可不想变成八卦的风眼。"

沈瑞慢条斯理地吃着饭，根本不搭理我，直到吃完，他一手端着盘子，一手毫不避嫌地在我额头上点了一下。

"你太不了解滕旭了。"

差不多熟悉一周之后，我和席一朵这样的新人就需要参加内部培训。

这才知道滕旭不止有我们之前知道的白酒部、保健酒部、定制部，还有互联网和信息部。

虽然说起来只是私企，但在这里绝不可能出现高层直系亲属忝居高位的情况。

除了有些政府领导会鼓励自己的子女来这里上班之外，其他人要么是通过校招，要么就是社招进来的。

校招呢，顾名思义，就是从应届大学生里选一批根红苗正的"葫芦娃"出来，好好培养成栋梁之材。

社招一年也只有两次，就是面对全社会的招聘，审核程序严格，需过五关斩六将，经过层层过滤，最后只留下精英。

比如像我和席一朵这样的。

不知道我妈是从哪里知道我辞职的消息，晚上突然打了个电话来，劈头盖脸就问我怎么回事，换工作这么大的事也不告诉她。

"我这点事您就别操心了，还是好好照顾南悉吧。"我只想赶紧挂电话，真没想挑事。

倒是我妈自己给自己下了套，"你怎么知道南悉怀孕了，她告诉你的？"

我只好叹气，"您看，这么大的事您不也没告诉我吗？"

我妈听出我言外之意，有些讪讪地说，"那不是因为你一直没回来吗？我哪有机会啊。"

她顿了顿，"其实我今天打电话找你，还有别的事情。"

我就知道，不会只是打来关心我。

可是为什么我猜对了，却一点都不觉得开心。

反而觉得很可悲呢。

"什么事，您说吧。"说完这句话，我才发现这是我为数不多的一次对她用敬语。

当然，她并没有发现，她只是斟酌着问，"你看能不能帮你姐夫找一份正经工作？"

我还没来得及回答，她继续说，"我上次给你那个朋友打电话，他说没问题，但是一定要问你的意见。"

"朋友？哪一个？"

"就是你上回带回家那个，一副衣冠楚楚的样子。我当时以防万一，就留了他手机号，前几天跟他提了这件事，没想到他居然说自己不能做主。"

居然是沈瑞？

我仔细回想，那会我跟他还啥都不是，我妈就直接给人打电话，这算什么啊。

我扶着额，不知道能说什么，只能一再压抑心里的愤怒。

"既然他有这个能力，你就帮我跟他说一声呗，你姐怀孕了，你姐夫没个正经工作哪儿成。"

我差点就要说，那关我什么事。

但是我换了一种方式拒绝，"妈，我跟他已经分手了。"

然后"痛苦"地挂上了电话。

紧接着立马拨通了沈瑞的电话。

我说，"你猜猜我为什么打来。"

"嗯，你妈妈应该是给你打电话了。"

我心想算你聪明，"可是为什么你不告诉我？"

"现在你不是知道了吗。"他居然这么理所当然。

"那你为什么不直接答应她，这样不是还能赚到几分好感？"我说完才发现这句话有多厚脸皮……

那边沉默了一会，似乎是被我这么直白给吓到了。

过了一会，他才说，我想让你知道，无论什么时候我都是跟你站在一起的。

我回想起那天，他目睹我跟爸妈那种局面，也完全没有站在所谓的客观立场说教我，他只是紧紧握着我的手。

心里一下子涌出莫名感动。

假如换作别人，大概会劝我，都是一家人，不要那么计较。又或是，毕竟是自己的亲生父母。

就连席一朵都说，毕竟是自己最亲的人，你还能跟他们绝交一辈子吗？我要是你，就也去跟我妈撒娇。争宠不会吗？让你平时多看看宫斗剧……

可是我从没有想过，连亲情，都要靠争来的。

沈瑞问，"你怎么拒绝伯母的？"

"呃……"我能说实话吗？当然不能，"我说你其实就是个司机，没那么大能耐。"

"好吧，周末载你回P市吃小龙虾，做好一个司机的分内工作。"

我这才想起小龙虾已经悄无声息地上市了，忽然觉得人生又有了曙光。

二〇

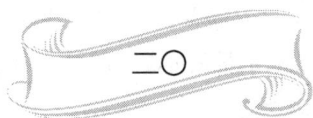

在滕旭工作跟在P市最大的不同之处就是非常轻松。

但这种轻松并不是因为工作量少，无所事事，而是自由发挥的空间非常广泛。

我再也不用给像曹总这样的领导解释，为什么要在这里拉两条平行线，又或者为什么要用镂空造型，它们有什么寓意。

有时候，我真觉得她应该去研究达·芬奇，而不是审核我的设计。

不过唯一让我有点担心的是，就算在这里不会有人认为我和席一朵是靠走后门进的公司，但也有很多同事都知道我们以前来滕旭出过差，当时算是公司的乙方。

而且还有易董跟滕旭高层的关系摆在那，我们最后的离职场面又恰好弄得双方那么尴尬。

沈瑞少不了要跟高层解释一番，但我没想到竟然严格到直接写进了会议议程里。

那天中午我去他办公室送文件，不经意地瞟了一眼他的报告，其中最为扎眼的一条就是，保证会处理好跟禾邑之间的合作关系。

席一朵得到滕旭和禾邑初步达成新项目合作的消息大呼小叫地告诉我时，我一点也没有觉得意外。

席一朵比我苦恼，"听说这会袁媛要跟副总一起来，希望副总不会上来掐死我。"

不过最后她担心的事情完全没有出现，因为我们都没有出席会议，而且也没什么好谈的。禾邑和滕旭在某些方面是利益共同体，曹衣衣人脉广，渠道多，特别是还掌握政府资源，这对定制部，乃至整个滕旭来说都非常重要。

所以沈瑞为了修复双方之间的关系，一定会达成下个项目的合作，无非就是走个过场而已。

沈瑞发来短信说，晚上要请袁媛她们吃个饭，让我和一朵自己吃饭。

我心里很感激他让我和一朵避免了这种不得不虚与委蛇的尴尬，忍不住给他发了个淘气的表情。

也许是晚饭后的夜晚太过安静的缘故，连席一朵都接受石经理的邀请去参观酒厂了，这种拙劣的约会借口大概只有我这样心地善良的人才不会当面拆穿。

从食堂走回宿舍只需要八分钟，空气里有甜得让人难以忽略的花香。我还是不可抑制地想起了袁媛，想起我们最后在禾邑的时光，想到她为了掩饰自己惶恐不安而拼命对我们发出箭矢的表情。

我打开手机，我们第一次来滕旭出差前一天晚上，袁媛建了一个叫"禾邑SHE"的群，最末的聊天记录是过年时她给我们发的红包。

我忍不住叹一口气。

从滕旭的园区抬头望去，漫天星斗，每一颗都孤单倔强地发着光，它们似乎从不感伤。

回到寝室，我习惯性地打开电视机，好让空旷的房间里有一些声音。

然后习惯性地打开手机刷屏，林桐语再次蹿上微博热搜，不过这次却是新戏开拍的消息。让我惊讶的是，这部戏是我曾经最喜欢的网游改编的。她拿到的角色虽然不算女主，但也是剧里数一数二的讨喜角色。

继续把网页往下拉，一张合影里熟悉的面孔在映入我视网膜的那一刻，脑海里自带的报警器就嗡嗡响起。

导演：许峦峰。开机时间：6月1日。

就在我怔怔地盯着那张照片出神时，屏幕忽地一晃，一个猝不及防的来电跃然而上。

许峦峰的名字，那样熟悉，又那么遥远。

我盯着它良久，怀疑自己所见的只是错觉。

然而此时此刻，跟我有着同样疑惑的还有一个人，就是离我不到一千米远酒厂门口的石经理。

"你冷不冷。"席一朵一边问，一边毫无预兆地握住了他的手。

她为了见曾嘉延父母而做的水晶指甲上的珍珠已经快要掉光了，残存的几颗毫无光亮地杵在那。

石经理明显僵硬了一会，他大约没想到席一朵会如此主动，在确定她无懈可击的笑容后，他仿佛受到了莫大的鼓励，也轻轻回应了几分力道。

"其实我曾经有过一段失败的婚姻，他劈腿了，之后还和我打官司，想要跟我争用我爸妈首付买的房产。"席一朵的语速平稳，也许是趋近午夜，她的声音低回而疲惫，还带着些许沙哑。

"你知道吗？我曾经在省出版局工作五年，因为他去我单位闹，我不得不辞职去加班到昏天暗地的广告公司。

"可是他依然没放过我，他甚至跑到公司楼下揍我。"

石经理流露出满眼的心疼，他静静地听着，并不知道该给予怎样的安慰。

"前几天我看了一个新闻，关于小孩子被继母殴打的。"席一朵的眼泪从长长的眼睫里渗出来，"我当时看得全身发抖，泪流满面，因为我也曾经有过那样孤立无援的时刻。"

石经理再也忍不住，转过身紧紧地搂住她，越用力越小心翼翼。他皱着眉头，眼镜片上氤氲出些许水汽。

席一朵静静地被他抱了一会，逐渐平复了心绪，然后在月光里抬起头，踮起脚尖，准确无误地吻住了石经理温热的唇，他嘴里有点点牙膏的味道，还混合着米粥残留的香气，席一朵紧紧地闭上眼睛，强迫自己清空掉脑海里一切杂乱的物质。

原来忘记一个人，并非不再想起，而是就算想起，也能够克制自己不再掀起波澜。正如每个人的电话本里，都会有那么一个你永远不会打，也永远不会删的号码；每个人的心里，都会有那么一个你不会去挽留，也不会去刻意抹掉的人。

但最终你会在别人怀里，在内心最深处轻轻地说，再见了，曾嘉延。

我们的生命里总是充满变数，感情、生活、工作，谁也不知道上帝会在什么时候什么地方埋下伏笔。我们总试图忍不住去问为什么，去追究原因，总以为可以改变。其实时间就像是一条导火线，你不知道它烧到哪一天，就会突然爆炸了。

袁媛回到家已经是凌晨一点，她先把同事放下，然后独自回到公司整理资料，以便第二天一大早就能跟曹总汇报。

她把所有灯都打开了，室内惨白，室外则是一片漆黑。这样的场景若是放在半年前，她大概还会像上次那样吓得连呼吸都不自觉地减弱。

可是现在她根本没有多余的心思去害怕，她甚至有点疯狂地想，要真是碰到离奇事件就好了，她就能逃避掉这一切。

差不多快结束的时候，手机响了一下，是来自"老公"的微信：你到底还想要耗多久？

这句话就像根针一样扎在她心上，不过她并没有太大的感觉，大约是因为那个地方已经插满无数钢针，此时此刻她的心脏就像只刺猬一样。

她并没有回复，假装平静无波地继续完成剩下的工作。

可是没过一会，手机再次响起，依然是同一个人发来的消息：好聚好散不行吗，非要弄得两败俱伤？

这一次她笑了，嘴角勾起夸张的弧度，总不能受伤的只有她一个人吧。

她关掉手机，锁好办公室门，下楼时才想起楼道里的灯坏掉了。

快要抵达地面时，她不小心崴了一下脚，鞋跟啪的一声断掉了，过了两秒钟她才感觉来自脚踝处清晰尖锐的疼痛，差一点就要击倒她。

然而，一滴眼泪都没有。

她揉了揉干涩的眼眶，眼妆脏兮兮地晕开来。她有点恶作剧地想，要是这时保安巡逻路过，估计能吓得从巡逻车上滚下来。

脑补完那个场景之后她忍不住笑出声。夜真的太黑了，它能隐藏一切的肮脏和悲伤。

她叫了辆车，想要去最近的医院。

可是接近凌晨的急诊室里却挤满了记者，他们争先恐后地想要向医生打听消息，但是得到的均是"无可奉告"。

她足足等了半个小时，才被小护士喊到名字。

"不好意思，借过一下。"一个戴着帽子的年轻男人从她身边走过，她怔了一下，然后试探着喊出"许峦峰"三个字。

男人回过头看了她一眼，"我再说最后一遍，我们不接受采访。"

袁媛笑起来，"你不认识我了？"

许峦峰瞥了她一眼，顿时卸下几分防备，"袁经理，好巧。"

这时又有几个举着大长炮镜头的记者嗅觉敏锐地赶过来，袁媛主动挽住许峦峰的手臂，后者很快领会了她的意思，两个人扮作普通来看病的情侣，迅速离开人群，最终消失在浓烈的夜色里。

但这样的夜晚，注定是不会平静的。

如果说当晚的微博话题只是一小锅文火慢熬的排骨汤，那么第二天铺天盖地的热门搜索就是一锅辛辣可口的油焖大虾，谁都忍不住要伸一筷子。

每周五下午是部门例会时间，跟其他地方比起来，这边的例会更像是茶话会。大家会各自交代自己手上工作的完成情况，并归纳下周的工作重点，如果有碰到棘手的问题也可以拿出来讨论，大家一起解决。

总之，跟之前在禾邑开例会比开追悼会还严肃的气氛完全不一样，如果你愿意的话，还可以在发言末尾跟大家分享一件开心或者难过的事情。

开心的事，大家会鼓掌祝贺。难过的话，大家也会认真倾听。

一开始我觉得这种会议设定非常幼稚，但后来听过几次大家生动的讲述，又觉得非常人性化。在这里，我们是同事，也是战友，是竞争对手，也是朋友。

或许是以前习惯了公私分明，我和席一朵向来都会公式化地交代完工作就结束。但这一次，席一朵忽然微笑着说，她有一件开心的事，要跟所有人分享。

"我跟石经理……我们恋爱了。"席一朵说完以后，却并没有一如既往地得到掌声。大家全都诧异地看着石磊，没人说话，也没人鼓掌。石磊也黑着脸没说话，很明显席一朵并没有提前报备，想给他惊喜。结果她尴尬地站了一分钟，直到我开口汇报工作，她才慢慢坐下来。

会议刚结束，她就率先冲出了会议室，我整理资料时听见旁边的两个女同事小声议论，"石经理老家不是有个女朋友吗？""是啊，听说就快要结婚了。今天这又是哪一出？"另一个小声说，"可能是有人自作多情吧。"

最后那句话像一枚玻璃渣子，滚进我心里。

回到宿舍，席一朵正在房间里看韩剧，床边放着洗好的红提。

"你这周不回P市了？"我坐在床边问她。

席一朵笑着问我，"你觉得我能就这样回去吗？"

我深吸一口气，"刚才我听他们说，石经理老家还有个女友，所以大家才那种反应。"

说完以后我紧张地观察席一朵的表情，她只怔了一会，轻松地说，"我还以为就我一个人知道呢。"

"你知道？"我有点佩服她的勇气了。"既然知道，你还一头栽进去？"

席一朵打断我，"我知道自己要什么，OK？"

我默然地点点头。

"好了，"席一朵推着我的肩膀往外走，"你安心去吃你的小龙虾，这里的事情我能搞定。"

"嗯。"我也根本没有认真地操心过，毕竟从周三开始我已经计划着要和沈瑞度过一个愉快的周末。

沈瑞一早已经在大门口等我，他穿着一件纯白色的休闲衬衫，只有袖口处露出红白蓝的条纹分叉，搭配一条藏蓝色的简约长裤，整个人看起来神采奕奕。

"我们今晚去吃小龙虾诶，你居然穿白衬衫？"

他掏出墨镜戴上，"某人不是觉得我穿白色好看吗？"

"我什么时候说过？"

他歪着头看了我一眼，"我们第四次见面的那天下午，你说，这件白衬衫很适合我。"

就在我掰着手指头算，第四次究竟是哪次的时候，他拉过我的手，放在唇边轻轻吻了一下，笑着说："你上当的表情，真的非常可爱。"

这个人……真是欠揍，看在他正在开车的份上，我只能把脸别向窗外，不让他看见发烫的脸颊。

初夏是我最喜欢的季节，阳光温厚有礼地铺陈开来。

带着还没到火候的热，轻烘着空气里淡薄的香气。

我从来没发现，高速公路也可以这么美。中间的隔离带上种满了缅甸的国花，仙丹花。

以往每一次我们跟着曹总一起自己开车过来，不是在车上忙着打字、熟悉文件，就是返程已经在半夜。

我至今仍记得那种在漆黑的高速上狂奔的孤独感，很多时候我都会控制不住地想，也许下一秒，我们就会撞上栏杆。

独行经年，我终于不再一个人。

两个小时后，我们顺利抵达P市。空气里都弥漫着小龙虾的味道。

门口黑压压地坐满了排队的人，他们每人一部手机，幽蓝屏幕汇成一束光流，是初夏夜晚独有的风景。

还好沈瑞早早就订好了位置，他从前台处拿到桌位号，牵着我的手一路拨开人群。

其实我很不喜欢人多的地方，总觉得那种嘈杂让人很头疼。

只有每年这个时候就会例外，我坚信越嘈杂的地方小龙虾越好吃。

但我也忘了，越是人多的地方，越容易相遇。

油焖大虾一上来，我一边帮沈瑞卷袖子，一边提醒他，千万不要帮我剥虾壳，因为我最享受的，就是亲手解剖它们的快感。

他笑着轻轻皱眉，"看不出来你这么血腥。"

就在我认真地对付一只虾时，有个人喊了我的名字。

我看见袁媛的第一眼，还以为是自己出现了幻觉。因为上次闹僵成那样，我们应该视对方如空气才对。我一时半会，还真揣测不出她的用意。

"我在外面看见你们，所以就找了进来，"袁媛微笑着问我，"不介意我跟你们拼一下桌吧，沈总。"

"介意。"我和沈瑞几乎是同一时间说出这两个字。

我还以为他会顾及绅士风度同意她坐下来，没想到他完全照顾到我的心情。

袁媛脸色明显不太好看，这时叫号机刚好喊到B201，她立刻朝旁边的服务员扬了扬手里的纸片，不久就被带到了离我们不远的二人桌上。

"油焖大虾要不要再加一份？"沈瑞问。

我刚想说，大哥，你当我饭桶啊。结果低头一看，整盆已经空了。而我这边的虾壳才不到他面前的三分之一。

更让人惊叹的是，他的衬衫依然洁白无瑕，好像他吃的不是小龙虾，而是小牛排。

我猛地点点头，"早知道你这么能吃，我就不跟你客气了。"

"是小时候练的。那个时候我们七个小孩，平时很少能吃到这种特殊的菜色，一上来就会一阵哄抢。不过绵姨不许我们往自己碗里抓，她说一次只能拿一只，所以我们为了多吃几只，只好加快速度，苦练技术。"沈瑞一边说，一边熟练地用筷子剖开虾壳，夹住虾头，再轻轻一扯，粉嫩油亮的虾肉就完整地跳脱出来，被他夹到我的餐盘里。

"七个小孩？"我诧异地盯着他，差点就要脱口而出："难道我们的大Boss那么能生？"

嘈杂的环境下，沈瑞的目光沉静如水。

他熟练地脱去小龙虾坚硬的外壳，露出雪白柔嫩的内里，就像征战多年的将军终于卸去盔甲。

"我是在社会福利院长大的。"

我还没来得及弄清楚他这句话背后的意思，就听见袁媛生怕我没听见似的，高呼一声："峦峰，在这里。"

我应声抬起头，正巧碰上鸭舌帽下，许峦峰清冷的目光。

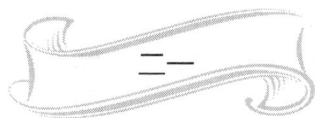

他原本应该只是路过而已。

但是很不巧，我忍不住一使力，一颗沈瑞刚刚剥好的龙虾肉就这样从我筷子间飞了出去。好死不死，就落在隔壁桌一个妹子的酒杯里。

这个妹子顶着一颗彩虹头，画着夸张眼线，不知道的还以为是哪个"三打白骨精"剧组里面跑出来的妖怪。

她握着酒杯，扯着嗓门喊："是哪个没长眼睛的傻逼扔我杯子里的，站出来！"

我坐着没动："你骂谁呢？"

我最烦的就是这种得理不饶人，连道歉的机会都不肯给你的唯恐天下不乱的主。

她看我接话，就凶神恶煞地朝我走了过来。我冷冷地看着她，也一副不怕事大的样子。大概是我的态度惹怒了她，她竟然握紧了杯子，打算朝我泼过来。

我刚想后退一步，她就发出一声尖叫。

她的手腕被人用力钳住。许峦峰的声音有点低，但吐字异常清晰，"服务员，给这桌再上一箱啤酒，记在B201的账上。"

说完他松开手，径自朝袁媛那边走过去。

大约也就两分钟的时间，隔壁那桌某个人终于缓过神来，大喊一声，许峦峰！他就是那个微博上说，第一个被女明星潜规则的男导演！

我怀疑自己听错了。

然而已经陆续有人掏出手机开始对准许峦峰，我正要站起来却被沈瑞一把按住。也许是我的表情太过慌张，沈瑞用极度温柔的语调安抚我，"你等我一会，很快。"

他拍拍我的手背，很快起身去找了一个服务员。我不知道他要做什么，只知道这里一定不能继续骚乱下去，我不能让许峦峰通过这种方式上娱乐新闻。

"史上第一个被女明星潜规则的男导演"，绝对不行！

我越想越激动，几乎已经按捺不住要去那边帮他遮挡，然而下一秒，整个二楼突然陷入一片黑暗。

许峦峰从我视线中消失了，准确地说，他从所有人眼中消失了。沈瑞摸着黑回到我身边，小声说："他应该已经走了。"

当灯光再次亮起来的时候，B201已经空空如也。

我的心这才放下来，转头去看沈瑞，他依然回到位置上继续剥小龙虾，好像一切都没有发生。

"今晚，还是住酒店吗？"沈瑞问我。

我全神贯注地盯着手机，根本没有留意他说什么。等我回过神来时，车子已经停在那间熟悉的酒店门口。

酒店服务生替我打开车门，我才意识到已经到了。

我们从下车到电梯，沈瑞没有再说一句话。直到我们走到房间门口，沈瑞轻车熟路地走了进去，打开了沙发后面的落地灯，我以为他有话想问，可他只跟我说了一句，早点睡吧。

走到房间门口，又停下脚步，补充一句："我早就已经订好了房间，就在你隔壁。"

房门自动合上，发出清脆的一声锁扣。

我是到了这一刻才突然明白，我对他的不信任到了什么地步。

我竟然以为……他会留在这间房里。

我竟然以为……他跟那些思想开放，行为放荡的纨绔子弟没有什么不同。

可我已经没有多余的精力去思考他是否已经感知到我这种不信任，因为我的脑容量全都被另一件事占满了。

一路上我都在思考一件事，袁媛为什么会跟许峦峰在一起？她明明知道我现在跟沈瑞的关系，刚才故意来那么一出，明摆着就是想要看我的热闹？

上次许峦峰抱着烂醉如泥的我回到袁媛房间，不知道在袁媛眼里，会把我们的关系脑补到什么程度。

还有，微博上那条热门话题。

林桐语在P市拍摄新戏取景，刚拍到第二天，她就从威亚上掉了下来，整个人砸到地上。昨晚刚被送进医院，现在还没有任何消息。

而许峦峰又刚好出现在P市的一间龙虾馆里，网友把模糊不清的照片上传到网络，各种传闻纷至沓来。

我紧紧握住手机，手心布满汗水。

尽管我已经离许峦峰的世界非常非常遥远，可是我还是很想知道，他到底过得好不好。

可是我不敢给他打哪怕一个电话，尽管那一串数字早已在我脑海里回放了千百遍。

叮咚。手机屏幕突然亮起来，一条信息跃然其上。

沈瑞：如果你后悔了，可以直接告诉我。

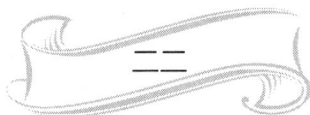

林桐语出院的消息是三天后爆出来的。

　　这次她大方地接受了电视台的采访，一边在助理的搀扶下跛着脚跳着走路，一边笑容甜美地谢谢记者的关心，说自己并无大碍。

　　大家当然不会这么轻易放过："请问你跟许峦峰导演的绯闻究竟是不是真的？"

　　她粲然一笑："你会按照我说的去写么？"

　　这一记算是打在棉花上了，记者又问："听说你受伤的时候，是许导第一时间把你送往医院的是吗？"

　　林桐语再次微笑："不好意思，我当时痛得已经几乎昏迷了，真的不太清楚。"

　　记者仍然不死心："那请问林小姐，怎么看待微博上都说你是第一个潜规则男导演的女明星这件事？"

　　林桐语停止了蹦跳，她抿着嘴角，回过头来看着镜头说："许峦峰是一位非常有才华的导演，能跟他合作，是我的荣幸。请大家不要侮辱我们的专业。谢谢。"她顿了顿，"至于网上的不实传闻，我们不排除会使用法律手段保护自己。"

这段视频一出，评论有褒有贬。但不能否认的是，许峦峰和她两个人的名字，算是第一次正式紧紧拴在了一起。

不知道是不是我的错觉，自从周末我们从P市回来，沈瑞似乎就一直在躲着我。

反倒是我，还找了两次非常牵强的借口跑到他办公室。这种事我以前从未干过。

第一次，是席一朵的设计要给他过目，这本来是石经理代为转交，我却越俎代庖地替他拿了过去。"石经理早上好像吃错东西，不太舒服，所以我就顺便帮他拿了过来。"

沈瑞好像根本没有听我说什么，他只略略看了一眼，"你放下吧。"这句话的意思是，你可以出去了。我只好灰溜溜地退了出来。

第二次是石经理给我制造的机会，他从沈瑞助理手上把他刚洗好的西装给抢了过来。

我拿着西装走进去的时候，他正在看文件，眉头皱得能掐死一只苍蝇。

我驾轻就熟地帮他挂好衣服，正想问他这周末有什么安排，他只说了句谢谢，就再也没有下文。

我觉得我快疯了。

席一朵问我，你们究竟哪里出了问题。

我两眼一翻，问题就在于我并不知道哪里出了问题。

席一朵从她床上翻身起来，跨过中间的空隙，稳稳地落在我床上，两腿一伸，三包零食一字排开，"来，跟姐姐讲讲，上周你们约会都发生什么了。"

我刚讲到袁媛出场时，手机就跟讨债一样响起来。

是一个陌生的P市号码，我下意识以为是许峦峰，尽量让自己声音听起来平稳淡定，"喂。"

那边声音喘得好像一条狗，"西盈，你能不能借我一点钱？"

我第一反应是诈骗电话，正打算挂断。

直到她说，"我是南悉。"

我立刻挂断了。

席一朵补了一刀，"直接关机，或者屏蔽她。"

我看了她一眼，笑着眯起眼睛，"怎么看都觉得你才应该是我亲姐姐。"

席一朵得意地耸耸肩。

但我不会真的屏蔽她，因为我知道她下一个目标就是我爸妈，哦不，咱爸妈。

我抓起手机给妈妈打了个电话，果然是忙碌状态。

"别人家的事，你就别跟着瞎掺和了。"

席一朵抓起我的手机，利落地按下关机键。

算我没骨气，等她睡着以后，我又悄悄打开了手机。

妈妈的来电如约而至。

"西西，你姐夫现在被人追债追得厉害，你先拿五万出来给他们应应急。妈妈明天去银行拿到定期存款，立刻就还给你。"

我低下头，尽量压低了声音，却依旧忍不住胸腔酸涩翻滚。"你好久没有喊我西西了。"我说。

"现在没时间跟你说这个，你赶紧的，听见没有。"

"哦。"那边飞快地挂断了。紧接着，一串银行卡号跳上屏幕。

要是有人看见我操作网银时哭得几乎散架的样子，大概会以为我从自己账上划走的是五百万。

为了避免哭声把席一朵吵醒，继而衍生出一大堆的规劝、责骂，我死死地咬住嘴唇，一直到走出房间，站在空荡荡的走廊上，我才终于靠着墙一点点蹲下去。

不知道过了多久，我忍不住发了一条微博：人生不相见，动如参与商。

几乎是在我发送后的两分钟内，许峦峰的来电就打进来了。

这是我们上次在P市告别后，第一次通话。

电话接通了，他那边似乎空荡而嘈杂。

我听不见他说话，后来才知道他根本没有说话。

我也没有发出声音，因为我怕他听出我在哭。

我们就这样拿着话筒，大约有四分多钟，那边有人喊他，峦峰，我们要登机了。

几乎是在他掐断通话的同一时间，我哭着喊，不要挂。

他当然没有听见。但是说不清为什么，我眼泪忽然就止住了。

我回到房间里，走过熟睡的席一朵，窗外已经开始泛起鱼肚白。

我把自己裹在被单里，困意袭来。

这个周末我不打算回去了，我把这个决定告诉席一朵的时候，她一脸嫌弃，"反正我没空陪你。"

"切，谁想让你陪。"我只想静一静而已。而且我在P市也没有家了，每次都住酒店也不太好。说起酒店，上次房间的钱还没给沈瑞。

想到沈瑞，心跳不自觉漏掉一拍。

这几天，他似乎是在生我的气啊。我问席一朵，"你觉得呢？"

她盯着我看了两秒，然后翻了巨大的白眼，"我是不知道你跟许峦峰之前究竟什么关系。但是一个男人帮你挡掉别人泼过来的酒，沈瑞又不瞎，他当然能看出你们关系不简单，否则干吗帮你去把电停掉？"

"可是他并没有问我啊？"

席一朵几乎把眼镜凑到我脸上，"你觉得沈总是那种追着你问，他究竟是谁，你们什么关系，你是不是跟他有一腿的小白脸吗？"

我用力推开她的脑袋，"ok，我get了。"

周六的早上我莫名醒得特别早，还特别勤快地洗了床单。

去阳台上晾的时候，听见有两个妹子站在角落上往下看什么，双双捧住脸做花痴状，"真的好帅啊。"

"就是啊，这张脸怎么看都不像是董事长亲生的。"

什么鬼？我抱着被子凑近往下一看，一个穿着运动套装的男人正戴着耳机在晨跑。

整个身体有规律地运动着，让人忍不住想起《太阳的后裔》里的柳时镇。

可是等他跑进了，我才看清楚，居然是沈瑞。

我惊呆了，就连对面那个女孩子手里的被单朝我砸过来都完全没有发现。

我一个趔趄，差点从不足一米高的围墙上向后栽下去。

然而，死里逃生的恐惧还是让我禁不住尖叫出声。

我还惊魂未定时，一个身影已经从楼梯爬上来。沈瑞一只手臂紧紧扶住我的腰，"你没事吧，脊椎骨有没有磕到？"

我勉强地扭动了一下，立刻感觉到一阵钻心的疼。

"你别动，我去找医生。"沈瑞随手扯下一张晒干的被单，垫在我身体下面，让我保持平躺的姿势。

还好，做完初步检查，我只是擦伤。不过沈瑞不放心，坚持要去医院做CT。

再次坐进沈瑞的车上，好像隔了一个世纪这么长。

我不知道该说什么，侧过头，只看见女员工宿舍门口站着一排人，好像啦啦队似的朝我这边挥手。我有点窘迫，不知道该不该回应。

忍不住嗔怪身边的司机，"今天这动静也太大了，以后在公司会给你带来困扰吗？"

他神色复杂难辨，"你觉得我会在乎？"

我顿时失言，只好闷闷地打开收音机。可是都是些让人尴尬的冷段子，我只好又关上。

"累了就睡一会吧，你黑眼圈大得都快掉到下巴了。"

"有这么厉害吗？"我连忙打开车顶的化妆镜，照了又照，努力地做出各种鬼脸。

沈瑞用余光瞟了瞟我，终于扯起嘴角，勉强算是笑了一下。我心里的石头才猛地落地。

"你是不是生气了？这几天。"我试探着问。

"没有。"他认真地回答，我刚想反驳他撒谎，他自己就补充上了，"是吃醋。"

沈老板，你这么坦白，让我怎么接……

"呃……"我苦恼了好久，终于还是说出那三个字，"对……"

他忽然伸过一只手来捂住我的嘴，"不要说，我永远不想在你这听见那三个字。"

我握住他的手，郑重地答应，"好的。"

不知道为什么，和许峦峰在我心里的权威不同，沈瑞让我更加敬畏，也许因为我总觉得他身上有很多雷区，就像初中的时候玩扫雷游戏，有很多话在他面前，我不知道哪句该说，哪句不该说。

但有时候又会觉得莫名的亲昵，与其说我们是同事、上下级、情侣，我觉得我们更像是同行的人。

只是谁也不好说这条看不见尽头的高速公路，究竟有多少英里。

去医院做完检查拿到结果已经是晚上九点半，确认我没事后，沈瑞才捂着胃说，不如我们去吃份宵夜。

"我知道一家晚茶还不错。"

上车的时候我主动钻进了驾驶舱，"我来开，我应该……还记得路。"

沈瑞微笑着做了个请的姿势，然后乖乖坐到了副驾驶的位置上。

"出发啦。"我一脚油门踩下去……车子差点就飞出去。

沈瑞瞪大眼睛看着我，"这不是碰碰车，你悠着点。"

还好前面没有车子，我掌握到马力以后就开得平稳了很多。

沈瑞依然把一只手放在拉手上，一副随时打算就义的表情。

"哎？你至于吗？"

"哎？你哪个驾校毕业的？"

我愣了一下，张张嘴，复又闭上。我不知道该怎么告诉他，除了科目一之外，我没有去过驾校。

短短一分多钟，我在心里组织建设了几十种话术，可我一句谎话都编不出来。

这路都是绿灯，我感觉自己像一条误入深海的鱼。我下意识地握紧了方向盘。

"许峦峰教的？"

沈老板，你简直是诸葛再世。我很想知道，为什么每一次他都能一眼看穿我的心虚。

我只好老实点点头，从喉咙里哽出一句，嗯。

下一秒才想起来问他，"你怎么知道的？"

沈瑞看了我一眼，目光像车头远光一样滑向远方。

"西盈，我希望不管我们以后是什么关系，同事、上下级，或者情侣、普通朋友，我都希望你不要瞒我。面对我的时候不要害怕任何事，因为只要与你有关的事情，我全都能接受。哪怕……"

他没有继续说下去，而是话锋一转，突然回答我上个问题，"至于许峦峰，那天他一出现就引起那么大的骚动，你又是那种反应，我要迟钝到什么程度，才会查不到他是谁。"

呃，简直无法反驳。

不过我脑子莫名乱了一下，被他刚刚两段话一搅，好像心里有什么地方忽然松动开了。

"没错，我的车技是他手把手教的，不过是我太笨，学得不好，考科目二的时候两把才过，外加给考官抛媚眼。科目三也是靠两条烟贿赂教官偷偷帮我打手势过的关，"我坦白道，"所以我一直都不敢开车。"

"你们曾经在一起过？"他的脸色明暗难辨。

"或许是。"在我心里他是深爱过的人，可他究竟算不算得上是我的男朋友，我真的不确定。即使我们曾经有那么多看似相爱的瞬间，但是，除了我们自己，再没有第三个人可以佐证。

有时候我很怀疑我们是无法见光的植物，彼此缠绕而活，那段我生命里最晦涩难熬的时光，确实是他陪着我一起度过。

但他从来没有说过，他爱我。

"那你还爱他吗？"

红灯亮了，我却有一瞬间的慌神，直到快要越过白线，我才猛地踩住刹车。

沈瑞忽然说，算了。

他侧过身来伸手摸了摸我的头，"我不问了。"

车子进入停车场时我特地看了一下时间，居然才十五分钟！

我被自己惊呆了。从医院过来明明只开了这么一点时间，我却感觉似乎过了两个小时。

服务员把我们带到二楼，这时我才想起手机扔在车上，沈瑞说下去帮我拿，顺便把他自己的手机塞进我手里。

我下意识按了一下home键，屏幕亮起的瞬间，才意识到这不是我的手机（对啊，我就是鸡脑子）。

但我忍不住看了两眼，手机锁屏的壁纸。

是一群小孩子的合影。看起来被PS调过光，不对，是翻拍的老照片。

一、二、三、四……数到七的时候，沈瑞出现了，他问我，"怎么样，能认出来哪个是我吗？"

我盯着看了很久，最后得出一个结论，"你肯定是整容了。"

后来我一直在想沈瑞当时的那个笑容，跟平常的他都不一样，很是落寞。

把话说开以后我们之间的相处轻松了很多。

他说其实不需要把那么多的关系都下一个定义，有时候圈进围城的情感并非就一定真实。

他说，你做自己就好，我会努力来适应你。

毫无修辞的一句话，听起来却很悦耳。

前阵风波过后，生活重新恢复平静，我只是偶尔打开微博，但还是会忍不住搜索林桐语的消息。

好在她似乎已经恢复健康，并且全身心地投入拍摄中。偶尔还会被人偷拍到剧组收工后的镜头，但她的身边总算已经看不到许峦峰的影子。

那晚我做了一个梦。

梦见有一次我生日，央求妈妈陪我去逛街买新衣服。那天我刚拿到人生中第一笔插画的稿费，500块钱。我记得妈妈一直很想要一款丝巾，刚好499元。

可是我还没带她走到那个专柜，她忽然看见一个什么人，嘴里仿佛呓语般念叨一个名字，脚下就像是装了风火轮一样，着了魔似地朝人群里挤过去。

她冲向马路时，一辆电动车正好迎面撞上来。

那一刻，我感觉每根头发都成了用力扎进我脑袋里的针。

喉咙猛地发紧，却又不能被迫咽下一把沙子。那种感觉实在恐怖至极。

幸好我很快就醒过来，睁开眼睛感觉到有温热的液体争先恐后地涌出来，流进发丝深处和耳朵里。

那一刻，我甚至分不清楚，这究竟是真实，还是梦境。

但我很清楚地知道，梦里母亲寻找的人，她口中反复啜嗫着的名字，是南悉。

距离她从爸妈身边走失，整整十九年。距离她重新出现，轻而易举就占领本该属于我的位置，恰好五年。

这五年里，我主动提起过她的人不超过五个。

但我唯一愿意与之谈论她的人，只有一个，就是许峦峰。

我刚去北京与他见面时，每天念叨的只有两个名字，一个是关桥，一个是南悉。前者摧毁我的爱情，后者夺走我的家人。

可是现在回忆起来，只有他无限低回婉转的温柔安慰。

他说，西盈，不要哭，你要相信一切都会过去。

那么现在，我们也已经是过去了吧。

在这个急管繁弦的时代，我们浑浑噩噩地被时光的铁砂掌推着往前走，站着也好，跪着也好，都无法回头。

许峦峰回到北京之后就一直把自己放逐在片场。

午夜正是拍摄的好时机，可是他已经盯着那方屏幕超过十四个小时。他戴着鸭舌帽，用被烟熏得微黄的手指时不时比出暂停以及重新来过的手势。

有时候他也会发脾气，会因为灯光的一个不完美的摆位而大发雷霆，有人不耐烦地叹息，有人咬牙切齿。

但是大多数人都像林桐语一样，不停地调整呼吸，灌下几口矿泉水或者咖啡，咬着牙重新回到拍摄岗位。

周而复始。

天空泛起淡淡的鱼肚白时，林桐语终于有机会坐下来揉一揉之前受伤的脚。

许峦峰递给她一杯咖啡，她仰起疲倦的脸，无懈可击地微笑着说，"去哪里宵夜？"

"你们去吧，早点回来。"

林桐语加重语气，"真的不去？吃小龙虾哦。"

许峦峰站在巨大的落地窗前，他的脸一半被窗外的亮色打上柔和的高光，另一半则是落在林桐语眼睛里的阴影。他莫名带着些许悲怆，其间好几次摁亮了手机屏幕，当然不单单是为了看时间。

林桐语干脆站起身来，眼睛里很快浮出一层淡淡的水汽，就像是初冬清晨凝固在玻璃窗上的冷意，透着一种让人心酸的凄凉。

"她在你心里就那么重要吗？"虽然心里一直叫自己忍，可还是怎么都忍不住。有些问题明知道答案，却总想要一再地确认。

许峦峰再一次地沉默，冰块似的脸上毫无表情，干脆扔下她往片场深处走过去。

从十七岁到二十七岁，她一个人漂在北京，遭遇过无数次不公平的待遇，也亲身经历过无数恶心残忍的事情，但是都没有面对许峦峰时的无助，她的张牙舞爪全是虚张声势，每一拳都像是打在黑洞里，那样让人心生绝望。

原来最差劲的是，他连跟你吵架都不屑。

林桐语望着许峦峰的背影，良久，轻轻地扯起了嘴角，如提线木偶般笑开，目光抑郁得像是站在雪峰顶上的冰雪皇后。

许峦峰回到酒店里，躺在沙发上揉了揉昏涨的太阳穴。

桌上的剧本已经被翻得快要烂了，每张纸边角处都长了毛，卷曲着。于是他又从抽屉里拿出一本新的来。

才翻了几页，他就突然抽搐地动弹了一下，好像是被跳蚤咬到，手伸进衣领里狠狠抓了几下，过了好一会才平静下来。

他只好走进浴室洗了个澡，出来的时候他仔细端详了镜子里的自己。这时制片人打来电话，询问宣传的相关细节，语气有点儿兴奋，毕竟这对剧组所有人来说，都算是一次比较大的制作，题材新颖，剧情耐人寻味。只要严格把关，宣传到位，一炮而红的概率非常高。

"你放心吧，我比你更重视这部戏。"许峦峰放下电话，又在镜子面前转了一圈，凝视许久才穿上衣服。

扣好扣子，似乎他又瘦了一些，衬衫有些空。

他拿着剧本倒在沙发上，一边看一边时刻准备进入睡眠。就在他半眯着眼睛，快要进入梦境时，手机再次响起。

这一次，是袁媛。

"袁经理，有事吗？"语气有点儿不客气，袁媛当然一下子就听了出来，她连忙道歉，"峦峰，上次的事情，我想了很久，还是决定跟你说声抱歉。"

"上次你找我是真的有事，还是你根本就知道西盈也会出现在那里，"许峦峰睁开眼睛，刚才沐浴后卸下的防备，再次冰封起来，"请问袁经理，你能解释得圆满一点吗？"

电话那头的袁媛就像被泼了一盆冷水，就算是意料之内，还是觉得全身紧绷，"我没有骗你，我约你去吃小龙虾，确实想要跟你谈一个合作，滕旭的二十周年广告片，你不可能没有兴趣吧。不仅片酬会令你非常满意，借助滕旭的平台也会使许导的地位直线上升，至少，也不会再是名不见经传的小导演了。"

她继续补充说，"你也不希望自己只能做一个网友口中，靠女演员上位的十八线片场小导演吧。"

"至于陆西盈，我是真的不知道会那么巧遇见她，你应该也知道她跳槽去了滕旭后，我们几乎没有联络。你可以不相信我，但是那天不管发生了什么，你应该都没有后悔赴约吧。至少，你又看到了她。"

最后一句话才是正中靶心的那颗子弹。

许峦峰许久没有说话。漫长的沉默让袁媛有点儿心慌，不过想到那天许峦峰帮陆西盈掐住陌生女孩子手腕的样子，她又觉得胜券在握。

果然，许峦峰低沉的嗓音再次响起来，"下周我们再约。"

放下电话，袁媛这才如释重负地叹了口气。

她盯着手机相册里的几张合影，心里就像有一只重锤在反复敲击，她迟迟不肯签署离婚协议已经不再是因为想要挽留婚姻。

自从那天她请假去她老公所在的建筑工地，看见那个拿着白毛巾替他擦汗的女人，她当时心里想的是，假如现在高空中有一根钢管砸下来，刚巧落在她老公头顶就好了。

她就能理所当然地获得孩子的抚养权，然而现在，她只能准备很多钱去打官司。

她相信，许峦峰会愿意跟她做这笔交易。

那天晚上她看着许峦峰一声不响地把喝醉的陆西盈抱到酒店房间，然后一言不发地转身走掉时，她就知道。

她拿起窗台上的半杯红酒，扬起头一饮而尽。

窗帘外面四处都是流光溢彩的LED屏幕，以及巨幅的户外广告，他们每天都穿上各种伪装，对这个城市每个人搔首弄姿。

其实广告的精髓，也就类似于男人与女人之间的互相勾引。

勾引眼球继而勾引消费。

袁媛对活到三十三岁的自己能得出这么香艳的一个结论，感到很无奈。她曾经拼命地想要做一个好员工，得到老板的重用，升职加薪，获得她应有的尊重和待遇。也曾努力地当一个好妻子，好儿媳，好妈妈，几乎每个不加班的周末都奔走在P市和婆家之间。

她尽力维护自己的职场形象，绝不在办公室等公开场合讨论自己的儿子，从不在朋友圈晒儿子玩乐或者吃喝拉撒的照片。她那样严于律己，到头来，才发现自己不过是老板的一条狗或者猫，是婆婆或者儿子眼中每个月只出现一到两次的不太熟的妈妈，是老公眼中风情尽失的干瘪女人。

她甚至不知道自己究竟做错了什么。

让她一再刻薄地伤害自己曾经视为朋友或者同伴的人，让她嫉妒全天下一切美满与幸福。

手机的照片是三岁的儿子躺在她腿上睡着了的样子，阳光在他头顶的旋涡上投射出一小片波光潋滟的湖泊。

她很想陷在里面，让满腔的柔情和温暖将自己层层包裹。

妈妈会把你带到身边，会一直跟你在一起。

一定会。宝贝。

二三

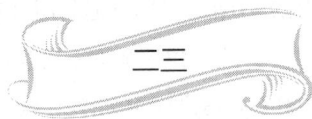

对于每个上班族来说，周末就像是夫妻肺片里面的夫妻，红烧狮子头里面的狮子头，只是HR鱼钩上徒劳挣扎的小蚯蚓。

但自从来到滕旭以后，就完全打破了这个诅咒。

每个周末我不是跟沈瑞在去约会的路上，就是跟席一朵死宅在宿舍里看上一整天的悬疑片或者动画片。

当我和席一朵、袁媛三个人还是"禾邑SHE"的时候，我们三个大相径庭的喜好就已经显山露水。

袁媛最爱的永远都是励志成功学，看的电影都是《叫我第一名》，或者是《钢的琴》这种亲子温情片。而我和席一朵则更偏爱《贫民窟的百万富翁》或者《色·戒》这种直击人性深处的爽片，当然这种电影可遇不可求，十年也不过出这么一部。于是我们只好把目光转向刺激的悬疑片，以及柯南这种剧情档的动画片。轻松，不烧脑，居家旅行必备。

沈瑞临时去了新加坡出差，我和席一朵正在房间里享受石经理亲自从食堂打好再送到我们宿舍的饭菜。

当席一朵喜滋滋地把饭菜接进来时，我翻了个白眼，"真拿自己当慈禧太后。"

席一朵目光流转处乍泄出春光无限，看得我一阵鸡皮疙瘩。她说你懂什么，男人就是用来使唤的。你对他利用得越多，他越了解你的心意。你让他投入得越多，他才越舍不得离开你。

在席一朵发表她那段爱情言论时，我默默把电视声音调高了几格……

就在柯南再次把麻醉枪瞄准了可怜的毛利小五郎时，席一朵的手机响了，她接起来，百无聊赖地喂了一声。

然而下一秒，她的声音直接提高了八度，她说，你放屁。

我震惊地转过头，看见席一朵的脸就像被美图秀秀处理中的照片，血色层层褪去，只剩下冰雪般的白。

"我出去一下。"

席一朵抓起衣服开始胡乱地往身上穿，但是下一秒她又全部脱了下来，看得出她在极力压抑住内心的不安与忐忑，她对着镜子一件件地试，完了又对着化妆镜一遍遍地描她那本来已经足够浓黑的眉毛。

"出什么事了？"

"没什么。"席一朵耸耸肩，"就是刚刚小石头的前女友打电话来告诉我，她怀孕了。孩子是小石头的。"

临走前，她难得地走过来抱了我一下，对我说："没事的，我很快就会回来。"

我很怀疑，她究竟是在安慰我还是给她自己鼓励。

并且当房门砰的一声关上后，我脑海里浮现出的是所有TVB警匪片里的经典台词，"等我干完这票，我就收手。""等破了这个案子，我就退休。"每当主角说出这句话时，就仿佛柯南一行人到了某个度假山庄一样，很快就会有人遭殃了。

我想要给沈瑞打一个电话，但又觉得这毕竟是一朵的隐私。

我忐忑地等了整整一晚上，晚饭时间我给她打了一个电话，可是提示说已经转入漏话提醒。

我几乎是握着手机睡了整个晚上，只有沈瑞两条微信，一条是："有没有想我。"另一条是："我很想你。"

每次沈瑞给我发信息，我都会忍不住一遍遍认真地读这一行简单的字，它们就自带了闪光功能，暖融融地，让人心生眷念。

托他的福，那一晚我竟然睡得还不错。

早上醒来第一件事就是看了看席一朵的床，依然乱糟糟的不堪入目，这说明她昨晚并没有回来过（毕竟她躺在里面的时候被子是平铺的，那样子整齐得多）。

吃完早餐到办公室我径自走到人事部门问了一下，果然没有人接到她今天请假的消息，于是我赶紧补充，她昨天身体不舒服连夜去了医院，今天或许需要请假。

接下来我几乎每隔五分钟就会给她打一次电话，依然是无法接通。

最可怕的是石经理也找不到她，并且特意来问我知不知道发生什么事，正在我支支吾吾不知道如何回答时，一只巨大的榴梿出现在我眼前。

"礼物。"沈瑞朝我眨眨眼，看起来心情不错的样子。

我伸手接过来，冲他努力地绽开一个巨大的笑容。石经理当然很识趣地走开了。

"晚上去看电影？"沈瑞看起来心情真的很不错。

我想要说席一朵今天请假了，因为假如她再不出现，这件事就超过了我能控制的范围。

可是这时旁边一个女同事，幽幽地过来插了一句，"去看《疯狂动物城》啊，里面的狐兔CP简直就是沈总和你的漫画版。"

什么跟什么啊……我尴尬得头上快要滴出一颗汗来。

"好啊。"沈瑞居然已经低下头开始用手机订票。

等到他再度抬起头来的时候，我依旧有些迷惘地看着他。

他忍不住笑了一下，目光清澈而锐利，"怎么，你难道还想继续把我雪藏下去？"

……哪有这种事。我忍不住低下头，不知道为什么我觉得自己耳根都要烧着了。

"等会食堂见。"他朝我挥挥手，然后步伐轻快地朝会议室走了过去。

会上沈瑞宣布了一件事，已经确定要把滕旭的年度广告合同交给禾邑来执行。但我们这边也会成立专项小组负责监督沟通，这个小组成员，包括我和席一朵，其他两个同事，还有一个新来的组长。

当何似推开厚重的会议室大门走进来时，我怀疑自己出现了幻觉。接下来我只看见他的嘴一开一合，却完全不记得他说了些什么，直到他冲我眨了眨眼。

就在那一刻，不知道为什么我内心突然升腾出一丝难以名状的忐忑。这种感觉就像你站在旋涡附近，随时都会掉下去。

会议结束后，何似主动走过来跟我打招呼，"hey，西盈，好久不见。"

"你好，何组长。"我礼貌地朝他微笑，很清楚这句话透着多少疏离。

　　他当然感觉到了，但丝毫没有影响他无懈可击的笑容。

　　就在我们对话的几秒钟里，我已经感觉到许多路过的女同事投来惊艳目光。何似那张颜依然颠倒众生。

　　其实我也不知道这种陌生感是从哪里来的，也许是何似当初的不告而别，也许我曾经尝试联络他，想问问他跟公司之间是否有什么误会，结果石沉大海。

　　又或许，我只是没办法接受，其实在他心里我们从来只是同事，不是朋友。

　　假如席一朵在这里就好了，那么她就会知道，在何似对我微笑的时候，我莫名想起了袁媛的脸。

　　仿佛在不久前我们三个人还如同姐妹般讨论着面膜和护肤品，交换着化妆的心得。当然，大部分时间里都是何似充当我们的老师。因为他有着比我更吹弹可破的肌肤，以及比袁媛那个哺乳过孩子的女人还要健壮的胸肌。

　　"中午一起吃饭吗？"何似看着我，目光里似乎有恳求。

　　但我还是顺从内心地摇了摇头，"我减肥。"

　　当一个体重不足九十斤的瘦子对你说她要减肥的时候，只有两个可能，一个是婉转地嘲笑你的肥胖，另一个则是，她已经对你无话可说了。

　　何似笑了笑，冲我挥挥手就往沈瑞办公室过去。

　　而我刚一转过身，手机就疯狂地吵起来。一个P市的陌生号码，蹦蹦跶跶地跳着。

　　下午我请了假，又跟沈瑞借了车。他问需不需要陪我一起，我想了想刚刚手机里席一朵从未有过的惶恐和绝望，坚定地摇了摇头。

"那你自己小心。"沈瑞不太放心地补充了一句，"有什么事给我打电话，就算我赶不过去，也能找到人帮你的。"

"我知道了，沈总只手遮天，哪有你罩不住的地方。"我故作轻松地开了个玩笑，效果还不错，他笑了笑眉头也松开几分。

我赶到P市医院妇产科时，只看见席一朵茫然地站在病房外面，她眼圈红通通的，头发随意扎成马尾，整个人就像一棵深秋的树，只剩下最后一丝活气。

我走过去轻轻地拥住了她，好像担心我稍微大力一些她就会碎掉。

后来席一朵告诉我，那天那个叫春允的女人在里面号啕大哭时，她站在外面，觉得每一个音节就像是钢针一样插进她心里。她觉得自己就像被白蚁造访的树木一样，须臾之间，溃不成军。

当时席一朵抱着我大哭不止，她断断续续地哽噎着，她真的没想到事情会发展成这样，她从始至终都没有想过伤害她肚子里的宝宝。

可是一切都发生得那样快，她们根本还没有吃完那顿饭，春允就情绪激动地同席一朵争吵起来，说了一些无外乎她才是石经理爸妈看中的儿媳妇，他们两家的亲戚都已经默认并祝福了他们的之类。

作为有过一次婚姻经验的都市职业女性，席一朵当然不会把这些话放在心上。她之所以会赴约，其实只好奇两件事，一件是春允究竟是不是真的怀孕，另一件是她究竟什么时候跟石经理有了孩子。

这两件事都已经确认以后，席一朵认为已经没必要再跟她有任何纠缠，不顾她的喋喋不休打算离开时，却被春允拽住了衣袖，甚至当着所有人面大骂她小三，抢别人老公，让她的孩子生出来就没有父亲之类。

席一朵向来最爱面子，根本受不了她这样胡搅蛮缠，也是气急了才一把甩开她。

可是谁能想到，当时在另一边上菜的服务生也正巧经过，在一躲一退一拽一甩之间，谁也没有看清楚春允是怎样失足从楼梯上摔下去。

席一朵唯一记得的只有她裙摆上的血，和她的哀号一样，触目惊心。

在经过两个小时手术后，孩子依旧没有保住。

春允麻药醒来后得知孩子没有了，除了号啕大哭就再也没说任何话。

"你在这里待了一晚上？"我握紧席一朵的手，那样凉，她的眼睛笼罩在一片逼仄的阴影里，就像一个快要溺死的人恐惧而绝望地握着我的手。

"我是真的不知道她会……"席一朵沙哑的嗓音就像在快要腐烂的酸奶里再放一把沙子。

我尽量忍着手腕的剧痛，温和地安抚她，"我知道，一朵，我知道！"

"不过，还是通知石经理一声吧？"

席一朵没有说话，但她把手机递给了我。

她连亲口通知他过来一趟医院的勇气都没有。

只花了三个小时，石经理就赶到了。他朝我们走来时，我感觉席一朵整个人都在轻微地颤抖。

而石经理的下一个动作，大概又是插向她心脏深处的另一把刀。即便，他先走过去病房看春允，于情于理，都没有什么错。

可是——

席一朵已经站立都很困难了，她几乎全靠我支撑着。

"带我上车。"她的声音微弱而坚定。容不得我说不。

我只好把她扶到车上，帮她放下座椅让她躺着更舒服一些。

"走吧。西盈，求你。"

我发动车子的那一秒，石经理走到走廊上看见了我们。但他并没有追出来。当车子滑出去时，我再往后视镜看，他已经不在了。

接下来席一朵请了两天假，坐动车回去了P市。谁也不见。

虽然电话打不通，但是我知道她在等，等一个宣判。她现在只是把自己当成囚徒或者死刑犯，等待死刑或者死缓。

我把这些说给沈瑞听的时候，脑袋靠在他坚实的肩膀上，视线所及之处是一片星海。

"难怪你爸爸会在这里选址，这里真的是静谧无争。"离这里不远处就是滕旭酒业的山泉水取材地。那里能看见美丽的日出，听说还有濒临绝迹的野生蝴蝶出没。

"西盈，如果有一天，我也像石经理对席一朵那样有所隐瞒，你会不会对我很失望。"

他的面容比眼前的风景还沉静，我想要从中捕捉到些许蛛丝马迹，但什么都没有。过了一会，我掰过他的脸，侧过头去轻轻在他嘴唇上碰了一下，一点都不想去思考这样严肃的问题，只想把自己放逐在微风里。

沈瑞也终于不再说话，他轻轻地圈住我的腰，然后调整了一个舒服的姿势。

我们就这样彼此依靠着坐在滕旭最高的办公大楼上看了一个完整的黄昏。

在那场接近凄美的黄昏之后，是长达二十多天的阴雨。

报纸上说，今年P市的夏天迟到了。事实上过了小满以后，所有人都在翘首以待P市真正的夏天。那除了小龙虾，还有下河游泳、冰镇啤酒，以及冷风机传来的嗡嗡声。

雨势持续到第三天的时候，席一朵回来了，她拎着两大袋鸭脖子站在门口，像考了满分等待家长奖赏的孩子一样冲我微笑。

我开心地上前拥住了她，惊讶地发现她在这么短的时间里竟然瘦了这么多。"你确定不是偷偷回P市抽了一趟脂？"

席一朵拍拍我的肩，眯着眼睛笑起来，"这叫塞翁失马，焉知非福。"

中文系的女孩子连失个恋都能悟出一句诗，我不能不佩服。

席一朵回来之后的第二件事就是去找沈瑞销假。

当沈瑞问他需不需要调换部门时，她微笑着摇了摇头，还开玩笑地补充了一句，"沈总，你千万不要因为我是西盈的闺蜜就给我走后门，我是那种拿得起、放不下的人吗？"

沈瑞微笑着点点头，依然敏锐地从她略微浮肿的眼睛下面看见一丝不易察觉的憔悴。

不过，他还是打通了何似的电话，通知他席一朵已经回来了，需要尽快召开第一次小组会议。

其实分工很明确，何似把握整体，我和另一个同事把握画面和创意，席一朵则带上一个实习生跟禾邑对接资料。

"这次合作都是熟人，大概也不需要我逐一介绍了。"何似双手撑在桌子上，"大家这两天把自己手上的工作好好交接一下，下周我们就去P市，跟禾邑还有拍摄剧组碰面。"

我们出来的时候一束目光正好投过来，是石经理。他也回来了，但他看见我们再也没有最初的那种热情，相反，像看见某种不应该存在的东西一样，满眼怀疑。

我看了一眼席一朵，她头也不抬地说："走吧，饿了。"

席一朵只有吃饭的时候，我才相信她是真的活过来了，她鼓着幸福的腮帮子，吃到最爱的排骨眼睛就会弯成月牙。难怪别人说，越单纯越幸福，就像坐着吃饭的猪。

我吃饭的时候就不太安分，眼睛总要看点什么，比如贴在酱油上的标签，或者别的什么。有一次我甚至翻出了沈瑞围巾上的标签来看，可惜是英文，我一脸懵逼。

现在我找不到可供消遣的字幕，只能把目光投向更远的地方。

何似就在离我两张桌子远的地方独自吃饭，他周围有两个女孩子跃跃欲试想要过去拼桌的样子，可是直到何似吃完收拾餐盘，也没讨论出究竟谁先跨出那一步。

席一朵恰好也扫光了战场，我胃口不太好，今天不可避免地有点儿浪费。

刚走两步，就听见旁边跃跃欲试的两个妹子开始了新一轮的"矜持较量"，A说，还是你去；B说，不要啦，还是你去。

那画面喜感得我以为穿越回到了高中时连门口有个男生来找女生都要被起哄围观的年代。

"还是我去吧。"席一朵一把从她们两个手里把何似落下的钱包夺了过来，拽着我大步地朝何似走了过去，丝毫没有怜惜两个女同事满脸因希望落空升起的潮红。

"何似。"

他回过头时，我很没出息地再次被惊艳一把。他的颜值，真是巧夺天工，就算现在就站在万千星辉的年度颜值爆表男明星领奖台上也不会有逊色。

可是他目光太阴郁了，尤其是这次见面之后。这几次见到他穿的都是黑色，我觉得他完全可以去客串史上最帅的魔王撒旦。

"你的钱包。"席一朵扬了扬手，何似正要去接，她又重新缩回来。

"说吧，什么时候背着我们跳槽来滕旭的？"

不知道是不是我的错觉，席一朵说完这句话后，何似看了我一眼，但是很快就撤销了目光。

"很早。"何似微笑着回答，"你们呢？"

"我们跟你可不一样，"席一朵用拿钱包的手搂住我的肩膀，"我们是被沈总挖过来的。"她做了个很夸张的挖土动作……

然后一张纸片从何似的钱包里面掉出来。

"这是什么？"席一朵俯身去捡，当她起身我已经看清了那张纸片的内容，这时何似飞快地抢过去了。

顺便连钱包也一起抢了过去，"我还有事先走了，"他把纸片背对着我们重新放进钱包里，"等回到P市我们有的是时间聊天。"

就算他刻意隐藏，但我还是看清楚了，那张纸片是一张翻新过的旧照片。上面有几个小孩子的合影，就跟我在沈瑞手机上看见过的，一模一样。

整个下午我们都在焦头烂额地交接着各自手上的工作，因为太零碎了，我有点丧失耐心。事实上我太想知道，何似跟沈瑞之间到底有什么关系，那张照片像是至少二十年前拍的，可是明明在禾邑碰面时，他们又显得如此……疏离，或者他们只是演戏。

当这个念头从我脑海掠过时，我下意识回过头去看了一眼沈瑞的办公室，透明的横纹玻璃里恰好能看见他的上半张脸，他工作的时候锋利得就像最先进设备上的一根针。

在看任何文件时，他目光就像探测仪一样，连一个标点符号的错误都能准确无误地挑出来。有一次席一朵开玩笑说，你干吗不去当校对呢。他微笑着回答说，那大多数的小说家都会被折磨致死。

突然，一种莫名的紧张感攫住我的思绪。

沈瑞似乎问过我，"假如我也像石经理对席一朵那样有所隐瞒，你会不会对我很失望。"

我会吗？

另外一边的席一朵也没有多轻松，她整理着堆积成山的文案，脑子飞快运转着的是如何借机找上级要求加薪，毕竟其他几个实习生的脑子根本不够用，最近这些创意全是她一个人切开脑洞掏出来的。

如她所愿，她的上级自投罗网了。

"需要帮忙吗？"石经理问，他抿了抿唇，好像随时准备要被拒绝的样子。

"当然。"席一朵毫不客气地把一大叠文件交给他，"这些是最近都可能要用到的，提醒您注意。另外如果这边有什么需要就让莉莉随时给我打电话。"

说完之后，她礼貌地点点头就走到我的身边。

剩下石经理傻傻地愣了两秒，才回应过来，一脸失落地说，好的。

席一朵这句话很明白，出差这段期间，没事不要找她，有事也不要自己直接找她。更重要的是，席一朵对石经理用了敬语。

全公司唯一能让席一朵用敬语的只有每隔三个月就在总裁会议室

举行一次名牌拍卖会的滕旭终极大Boss而已。

临走前的晚上沈瑞只给我发了个早点睡的消息，弄得我想见缝插针地问一问都没机会。

倒是我妈难得地打了个电话，她有点迟疑地告诉我，最近手头比较紧，上次答应还我的钱恐怕要缓缓。

"家里不会出什么事了吧？"

"没有，就是你姐姐早就过了头三个月，反应还是特别厉害，每天都是吃了吐，吐了吃……"

"行了妈，你别说了，你再说我该吐了。"其实我已经对这样家常的寒暄电话有点不太适应了，也许我妈也是，因此她骂了句臭丫头，然后飞快地挂上了电话。

而我就因为这句以往习以为常的昵称，无比心酸。

席一朵走过来抱着我的肩膀，我以为她会安慰我，没想到她兴奋地冒出一句，鸭脖子，我们来了！

# 二四

出发前才突然接到了禾邑那边传来的道歉函，说是项目需要往后推迟几天，因为拍摄组那边似乎出了一点小问题。

尽管袁媛在来函中极力掩饰了，但还是能看出来，她就差在Word文档里面跪下谢罪了。

这是曹衣衣一向的风格，客户永远是骑在她脖子上的。

我们只好百无聊赖地等了两天，好吧，其实也没有百无聊赖那么夸张。至少席一朵还是有点事情可做的，因为一条短信从遥远的大洋对岸发射到了席一朵的手机上。

她的前任要结婚了，并且盛情款款邀请她参加婚礼。

席一朵恶狠狠地回了一句，报销机票吗？

那边大笑三声，我骗你的。我只是想知道，我们还有没有机会。

ok，到此为止，我对席一朵讲，我再也不想知道你们短信中的任何内容。

席一朵问我去哪，我说只想去厕所放松一下。

但是这一层的厕所居然全都坏了，我只好坐电梯去下一层，可是我居然按错了，电梯缓慢上升到了高层。

假如没有特殊事情，普通员工是不会来到这一层吧，我正要转身下去，突然很好奇高层的厕所会不会跟我们的不一样，于是，我选择成全自己。

五分钟后我从厕所出来，却忽然听见了一连串玻璃被砸碎的声音，我悄悄躲到门后探出目光，居然看见何似和沈瑞两个人都在总裁办公室里，而那个穿着黑色polo衫的男人正在大发雷霆。

一地的碎花瓶渣滓就出自于他手。

不过何似和沈瑞都没有太多表情，就像一座冰封的雪山，看不出有任何端倪。只有Polo衫男人发泄结束，他们才缓慢地从里面走出来。目光不经意地碰了一下，虽然他们的表情依旧毫无弧度，但我能感觉到，他们不约而同地笑了一下。

或许是出于天生的敏感，或者女人的直觉，总之我清清楚楚地看见了。

就像有人的地方就一定有战场，有战场的地方就一定有硝烟一样。只不过这种硝烟有的人看得见，有的人则毫无察觉。

袁媛的来电第三次响起时，许峦峰简直有摔掉手机的冲动。

他和副导演、制片人、资方代表、林桐语坐在房间里，厚重的黑色窗帘宛如盔甲一样层层包裹住巨大的玻璃窗。

他们每个人脸上都被笼罩上一层层厚重的浓雾。

原本在一周前他们已经结束了最后的拍摄阶段，只剩下少量的空景或许需要补拍。

按照正常的流程，拍摄好的片子会被制片人亲自送去后期机房剪辑，然而，就在一天前，尚未剪辑的部分影像资料非常意外地流了出去。

并且，是这场影片中仅有的几个林桐语的裸露镜头。也就是，这部片中精华所在的床戏。

虽然制片人联合资方第一时间就动用危机公关，在最快的速度内阻截了影片在网络上的公开流传。

但是仍然有一小部分被下载阅览，私下发送。

微博上更是热闹极了，跳梁小丑无处不在，无数娱乐八卦大号拿着部分模糊得连他们都认不出来的截图大做文章。

"周一见"已经过时了，现在微博最流行的是"床上见"。

许峦峰的脸阴得很厉害，就像仲夏暴雨来临前的先兆。要是这会有人在他额头贴上一枚月亮，他立马就能去横店演包公。

资方代表解开了衬衫最上面的两颗扣子，然后继续握着手机啪嗒啪嗒地打字，眉头皱得能夹死一头大象。

制片人就像盯着狗饼干的德牧一样注视着林桐语的一举一动，甚至她脸上每个细微的毛孔，因为太长时间没有眨眼，导致他有好几个瞬间都在分心。其实他也还没有见过那段床戏，因为清场后只剩下导演、摄影和男女主角。他盯着林桐语的同时脑海里浮现出一些香艳的画面，让他不由得想要勾起嘴角，但是他又必须极力忍耐。总之，这使他整张脸的画风不是一般诡异。

而明明所有事件最核心的林桐语则一直低着头，刘海恰到好处地挡住了她的目光。她一直在刷微博，一条条地看那些鼓励她，或者问候她姥姥的评论。

看着看着，她也很想笑起来。她轻轻扯起嘴角，突然想起几年前她第一次接拍这种剧时，剧本里并没有写清楚要脱到什么程度，但是来自香港的导演却一直喊，get naked。

　　她恐惧万分，只好借去洗手间偷偷给经纪人打电话。那个成天说会罩着她的肥胖女人说，这种小事，我一个电话就搞掂了。

　　二十分钟后，制片人答应把她的片酬提高30%。

　　当时她迷茫地看着导演，根本没有明白过来。紧接着关于她假装清纯不肯拍，其实也不过就是想要坐地涨价的说法就传开了。

　　她觉得很羞耻，可是没多久，更让她觉得羞耻的是，当有人知道她为此感到羞耻的时候，狠狠地羞辱了她一把。

　　那个前辈夸张地笑着说，有谁会为约定俗成的东西感到羞耻呢，妹子，确定你脑子没坏吗？

　　她才知道原来黑有时候就是白，而白有时候会是灰。

　　她不断把评论往下拉，再往下拉，一共四万多条，尽管经纪公司对外宣称她是新人，其实她入行已经十一年。

　　还是头一次，获得巨大的关注度。

　　她轻轻地笑了，她一笑制片人的眉头就松了几分，他说："桐桐，你看我们也都商量这么久了，我看这么着……"他捅了捅资方代表，两人对视一眼后接着说，"我们私下再追加一笔补偿，就当是你的精神损失费也好，什么都好。只要你不走法律途径，什么都好说。"

　　"张哥你知道，我也不想为难谁，可我是个公众人物，以后还要吃这口饭的，这一行什么最重要？名声！"林桐语把手机递到张哥面前，猛地往下划拉几下，"您看看，换了是您能受得了吗，说不定现在CPU都给您摔坏了好几个了吧。"

　　林桐语说完站起身来，扔下一句"实在太困了"就离开了房间。

　　剩下张哥和资方代表面面相觑。张哥只好把注意力再次转到许峦峰的身上，这部剧本当初就是他极力推荐，并费了好大的一番功夫才从原作者手上买到的，一部正常情况下六个月内就能完成拍摄的电影，他足足拖了两年。经费超出预算不说，他几乎把每个镜头都当成艺术品来精雕细琢，连几个群众演员都被他折磨得好几次差点把盒饭摔在他脸上。

假如真闹出官司，谁知道这部片猴年马月才能上院线了。

虽然不知道具体原因是什么，但是大家都能看得出来，许峦峰把这部作品看得极为重要。

"我去说服她。"

许峦峰站起身来，把半截烟摁在烟灰缸里。

房间里剩下的两个人如释重负地松了一口气，心照不宣地相视一笑，整个剧组谁不知道林桐语爱他爱得要死，恨不得立刻退出娱乐圈当许太太。只要许峦峰肯松口，一切就容易得多。

于是他们掏出手机一个打开了斗地主，一个打开了四川麻将，神情放松地忙碌起来。

许峦峰敲响林桐语房间门的时候，才知道她根本就没锁，就像是早知道他很快就会追进来一样。

他还没开口，林桐语就从沙发上轻快地走过来，一把锁上他身后的房门。

"峦峰，你知道我的性格，你也知道我要什么。"林桐语在他耳朵边轻轻呵气道，"你只用答应我一个条件。"

她当然知道这部戏对许峦峰有多重要，尽管对她来说，也许会有很大概率拿到人生中第一个重量级的表演奖项。但是这些都不能跟许峦峰相提并论。

名誉、片酬、前途，统统不能。

因为只有他才是那个这一行里唯一拿她当人的人。

"娶我。"

林桐语站在他面前，眸子里晃动着的光纹就像是用水彩画上去的，楚楚动人。

她一直都知道自己最大的本钱是什么，不是这张脸，也不是她的身体，这种玩意儿放在娱乐圈里就像是每个城市机场里都有的家乡特产一样，所有都差不多。她唯一的优势是她的气势，随时可以放弃一切，随时倒下去都不会遗憾的气势。

她就是靠着这股气势走到了今天，而现在她发自内心地认为，这气势最根源来自于许峦峰。

房间的窗帘把外面的世界隔绝得结结实实的，事实上这是林桐语从小就养成的习惯。她讨厌白昼，迷恋黑夜，因为只有黑暗里的一切才会显得很真实。

黑暗让许峦峰的身体看起来有点虚弱，也显得很冰凉。

他丢开林桐语的手，慢慢地解开自己的衬衫扣子，从第一颗到最后一颗。他表情肃穆得就像在进行一场隆重的仪式。

而林桐语只觉得心跳的速度开始像被按了加快键的跑步机一样，当许峦峰脱下衬衫的那一刻，她屏住了呼吸。

下一秒，许峦峰打开了房间里最亮的那盏吊灯。

房间内瞬间亮如白昼，林桐语的眼睛有那么几秒钟的不适应。然而当她目光逐渐对焦，看清楚了许峦峰的身体以后，她感觉自己胸腔里全是快要溢出的沸水，滚烫的水蒸气正迫不及待往她的食道里涌，所到之处全是火辣辣的疼痛。

她双手用力捂住嘴，不敢发出任何声音，因为她害怕一出声，她的声带就会被彻底灼伤，再也无法说出一个字。

许峦峰看着眼前已经完全被吓坏了的女孩子，准确地说，他只是看着她所在方位，并没有瞄准她眼眶里的泪珠或者捂住半张脸的双手。

他弯下腰把衬衫捡了起来，然后慢慢地穿上身，把扣子重新一颗颗扣起来。

他轻轻地拍了拍她的背，好像是安慰一样。

他的喉咙里仿佛塞满了棉絮，他说，就当我求你。

## 二五

接到禾邑那边打来的碰面会最终敲定电话之后，我们也终于要动身了。

不过我觉得很奇怪，"禾邑那天发来道歉函的时候，虽然袁媛在措辞上极力隐瞒，但是还能看出来他们出了的不是什么小问题，怎么突然又解决了？"

我这话其实是问何似，但他专注开车并没有回答我。席一朵边打游戏边回答我，"曹衣衣的手段多牛逼啊，你难道忘了，在P市哪有她搞不定的事情。以前她要在市中心唯一的一座高山装大型互动广告牌，多少家公司都栽沟里了，只有她，谈判了十几天，发了百来封邮件，不就轻轻松松就搞定了？"

她刚说完，旁边的肖敏就对了对手指，迟疑道："席姐，这种还能叫轻松啊？我以为像沈总那样，去一趟广州，出手就搞定上千万的订单，才能叫轻松呢。"

席一朵手一滑，这一轮游戏又挂掉了。

她翻了个白眼，一字一顿地说："再说最后一遍，去了P市不准喊我姐！"

肖敏比了个OK的手势，又挪了挪腿，拍拍我的肩说，"西盈姐，要不要咱俩换个位置，看你一直在中间挺不舒服的。"

我笑眯眯地看着她，忽然觉得有些怜悯，要是她工作的地方不是滕旭，随便扔到P市一家公司，就冲她这么"甜"的一张嘴，估计走到哪都能被撕。

我说行，那换换呗。然后我和席一朵就一人一边把她夹在中间，她居然一副很享受的样子，大大咧咧地撇开两腿。不知道的人还以为这车上有人在做妇科检查。

我把这句话发给席一朵以后，她爆发出惊天动地的笑声。我为自己刻薄感到很意外，这一定是被席一朵传染的。

"其实我对这次工作超级期待的，我还没看过拍电影呢，你们谁有经验？"说话的是坐在副驾驶上，沈瑞帮我精挑细选的助手，甘源。第一次听见这个名字，我还以为是甘愿，差点笑出声来，沈瑞却说他觉得这名字跟《倚天屠龙记》里杨道的女儿——杨不悔有异曲同工之妙。他当时静静地凝视我，嘴角挑起一抹轻薄的笑，他说，假如我们以后有了孩子，就叫沈愿。

可惜我没有配合好他难得的浪漫，我笑得差点喷他一脸，沈愿，还申冤呢！

他当时脸都僵了，我笑得差点跌倒。

你啊，他轻轻拍了两下我的头，他好像特别喜欢拍头，就像安慰宠物一样，可是我觉得很温暖。那时他的目光就像下午五六点的阳光，柔和轻软，带着一丝丝倦念的疲乏。

见他们都摇头，甘源又侧过头去问何似，"何组长一定有吧？"

“怎么看出来的？”何似问。

甘源一副理所当然的表情，“长了眼睛的人都能看出来吧，你这么好看，不可能埋没在我们这些庸碌之辈中啊。”

席一朵再次手一滑，我则静静地给沈瑞编辑了一条微信，“我建议下一节滕旭的内部培训课，就是教导员工如何好好说话。”但是想了想，又删掉了。

因为，实在是，太像老板娘说话的腔调了……

甘源在发现只有肖敏偶尔会搭理她之后，两个人就开始热聊了起来，完全不顾我们的感受，我和席一朵算是他们的直属领导不说，还有何似这个小Boss在，他们竟敢公然讨论大Boss究竟有几个儿子，简直不把我们这些八卦界的前辈们放在眼里。

进入P市市区后，何似才忍不住打断他们，“等会先去酒店放行李，然后去他们公司碰面聚餐，会议上没让你们发言的时候，一律保持缄默。就算对方主动提问，也不要轻易作答。明白了吗？”

他们赶紧点点头，我却感觉一阵熟悉，好像许久以前认识的何似又回来了。然而下一秒，我又觉得他会回过头来，问我有没有带补妆的散粉……

在我心目中的何似就是这样，工作时所向披靡，私底下粉红无比。

我们抵达酒店时已经下午三点。办理入住时，柜员热情地说已经订好了，然后把门卡一一发放给我们。

“甘源先生和何似先生请入住1108房间，席一朵小姐和肖敏小姐请入住1109房间，”最后她单独掏了一张卡出来，“这是给陆西盈小姐的单人间。”

“咦——”

肖敏首先发出一声拖长音的怪叫，紧接着是席一朵，然后是甘源，这三个人仿佛被狼妖附身了。肖敏果然是有席一朵当年的风范，眼珠子提溜一转，就愉快地展开了粉红色的联想，"西盈姐，该不会是大Boss单独帮你订的房间吧……"

她话还没说完，何似就扫过来犀利的眼风，脸色难看的兀自上前揿了电梯。

肖敏大约还没见过他发脾气的样子，连忙闭上嘴跟了上去。甘源也顺手帮何似接过行李，两人一左一右跟着进了电梯，席一朵站在原地看了半天才悄悄在我耳边说，"何似那个表情也太像……"

"什么？"

"吃醋……"席一朵做了个便秘的表情，我忍无可忍地再翻了白眼。

我们的房间都在同层，何似说一个小时后出去集合。该化妆的化妆，该换战袍的换战袍。

我还没来得及整理行李就接到沈瑞的电话。

"喂，你不会是在我身上装了GPS吧？"

"怎么会呢，"沈瑞一副不屑的语气，接着说，"要装也是针孔摄录机。"

"喂！什么时候学坏的。"我警觉地握住领口，一边用目光在房间上空的角落里扫射，尤其是，洗手间。

"你不会是在房间里找摄像头吧？"哎，被拆穿了。

我忍着笑："你想什么呢，再说，你是那种人吗？"

沈瑞咳了两声："嗯……这个，不好说。"

这个人真是，我抓起枕头抛上空中，想象着是砸了他一把，莫名开心起来……

　　然后又扯了两句有的没的，他才步入正题，"禾邑找的拍摄公司，你知道是哪家吗？"

　　我摇了摇头："不知道啊。不是马上就能见到了？"

　　沈瑞说了个公司名称，但我没什么概念，直到他停顿了一下，才告诉我："导演其实你也认识。"

　　我才终于明白他打这个电话来的目的。

　　"原来是打预防针。"

　　沈瑞："……有那么明显吗？"

　　"嗯……那我穿什么衣服呢？"我假装翻了翻行李，"咦，好像带了一条大露背长裙。本来是准备借给席一朵当战袍的，还是自己穿好了！"

　　"你敢。"

　　"哎？等我穿上了自拍给你看。"我笑眯眯地说，"记得查收哦。"然后就挂了电话。

　　我当然没有自拍给他看，收拾妥当之后我们就坐上了酒店提供的车子直接去到禾邑那边订好的餐厅。

　　曹衣衣和袁媛还有周朝果然一早就候在那里了，这还是我们跳槽以后，第一次以甲方的身份，重新站在她们面前。

　　从好几天前开始，席一朵就在很兴奋地幻想，当曹衣衣看见她当年得意的两个爱将都去了甲方公司，会是怎样一种表情。会不会在饭桌上就想把我们俩当菜给夹着吃了？

　　但事实证明，她永远伪装得那样好。

　　她看见我们，就像久别重逢的姐妹，或者是后辈，亲切地拉着我们的手嘘寒问暖，笑里藏刀……

就在我几乎要忘记了沈瑞的那个电话时，他们来了。

许峦峰推开门的时候，我首先看见的，是那只挽住他胳膊的手。很显然，手的主人也看见了我，尽管从第一次见面到现在，我们一句话都没说过，但我能感觉到，我们互相与对方磁场相撞时迸发的火花……

托沈瑞的福我丝毫没有露怯，就连举杯时，我的杯子准确无误地跟许峦峰的撞了个满怀，我也笑得无懈可击。

心里忍不住给自己点了个赞，这就是我想要的样子——再次站在你面前时，没有怨恨丛生，没有没完没了地追问，也没有对往昔的缅怀。敬往事一杯，只要不回头，我便千杯不醉。

何似之前就叮嘱过，不会说话的人就少说话，所以我们几个大部分时间都在闷头吃菜。除了席一朵偶尔会拍曹衣衣几句马屁，何似也顾着从前的"宾主"情分对曹衣衣很是客气。

倒是许峦峰，被曹衣衣引荐一番后就很少再开口。除了他和他身边那个"牛皮糖"林桐语，还有两个制片主任和经纪人。大家就拍摄启动时间，第一幕的场地交换了一下意见。然后，就剩下吃吃喝喝。

席一朵第二次给我加红酒时，我明显感觉到一束目光沉甸甸地压过来，不用看，我也知道是他。

但我还是假装无意地端了起来，刚舔一口，就听见袁媛跟我说话了，"西盈，我记得你那时跟我们一起出差都是滴酒不沾的，曹总也特别照顾你，宁可自己喝倒，也不让客户灌你一滴，看来去了滕旭，酒量也见长啊。"

我知道她话里有话，故意刺我，也是为自己扳回点面子。但我根本懒得搭理她，就当没听见她说话一样自顾自地跟席一朵小声聊天。

曹衣衣也没接茬，只顾着跟何似窃窃私语，看起来也很和谐。

袁媛掩饰着尴尬笑着说："不过西盈，你少喝点，不然这次喝醉了，可没有人送你回房间。"她说这句话时盯着许峦峰，又好似无意地看了一眼旁边的林桐语。

不过说起来林桐语虽然也算是知名度不低的小明星，在微博上也能掀起几场风雨，但是真正同桌吃饭，会觉得她非常平易近人，就像邻家的小白兔一样单纯无害。

"我想吃那个。"林桐语指了指何似面前的糯米蒸排骨，眼明手快的袁媛立刻用公筷夹了一块送到她面前。

可是林桐语就跟没看见似的，继续在许峦峰耳边说："喏，就那个瘦肉最多的。"

许峦峰转了转盘子，把那块弄到她的盘子里，她才笑眯眯地说："谢谢。"

这顿匪夷所思的饭终于吃完的时候，已经差不多深夜。

我因为多喝了两杯，出来下台阶时突然没站稳，幸好一只手臂不知何时扶住了我，回过头看见许峦峰站在路灯下，静静地凝视着我。

"小心点。"他缓缓抽回的手，很快就被林桐语轻轻握住。

她小鸟依人地靠在许峦峰肩上，微笑着说："我听峦峰提起过你，他说你们是多年的老朋友了。没想到这次居然有合作的机会，要请陆小姐多多指教了。"

"你太客气了。"

她很满意地侧过头去对许峦峰说："等我们办喜酒的时候，我不想请圈内人，不如到时候就请陆小姐给我当伴娘好了。"她像想起什么似的，"哦对了，陆小姐还没结婚吧？"

我全然忘了要回应她，所有的注意力都被她那句"办喜酒"给占据，许峦峰竟会有结婚的打算。

一束霓虹扫过，林桐语的面容忽然变得昏暗不明，她说："那陆小姐以后还是少喝点酒，总是麻烦别人的男友或者老公，总是不大好的。"

这句话就像一个巴掌凌空抽了过来。刚在饭桌上，我竟然丝毫没有发现，她还有这样凌厉的一面。

席一朵他们还在跟曹衣衣寒暄，何似也在酒店门口不知道和袁媛说些什么，没人注意到我们这边三个人围成的旋涡。

许峦峰一直沉默不言，他的刘海已经很长了，看起来很久没有剪过。以前我亲手帮他弄过，结果剪残了，但他依然丝毫不介意地顶着出去见投资人。对方问起来，他就说是今年的流行，我在旁边暗笑不止。

那样的时光，终究是过去了。

这是我第一次站在他身旁，却感觉如此孤立无援。

"西盈。"

熟悉的声音像一剂强心针般从耳畔直抵心房，我转过身去，温柔的夜色里，沈瑞正穿着一件藏蓝色的衬衫，朝我而来。

这一刻，我忽然觉得鼻子里充满滚烫的柠檬水，眼眶灼热得好像随时都要落下泪来。

我怔怔地看着他轻快地走过来，把手上薄薄的麻料西装披在我肩上，"晚上风凉，披上吧。"

我抓紧领口，静静地回过神来，重新与许峦峰面对面。

沈瑞主动伸出手，"许导，闻名不如见面。"

　　许峦峰笑了一下，伸手回应他，"彼此彼此。"

　　他们握了整整三秒钟，才被曹衣衣给打断。她也朝沈瑞伸出手来，"沈总，好久不见。"

　　她推了推眼镜，目光在我脸上停留了一会儿，"我这好几个得力爱将都被沈总撬走了，每次想起来都很心痛呢。"

　　"尤其是西盈，她这么优秀，真是让人没法不欣赏。对吧，沈总。"

　　沈瑞从容地点点头："假如有朝一日我有幸跟西盈修成正果，一定亲自登门致谢。"

　　曹衣衣笑得合不拢嘴："那哪敢当。"

　　没多久大家终于散了，他们几个跟何似的车回去，曹衣衣自然跟袁媛一起，剩下许峦峰和林桐语没有开车。

　　"不如我和西盈送你们一程。"沈瑞站在车前招呼他们。

　　"不用了，我们叫的车马上就……"

　　"既然沈总盛情，我们就不要拒绝了。"许峦峰打断了林桐语，拉着她的手一起坐进后排。

　　"明天开机仪式，沈总也会亲自到场吗？"林桐语问。

　　"当然，这是我接收定制部后第一支广告片，怎么能不来。"

　　"我有个朋友也在滕旭高层，早就听说沈总是滕旭董事长沈老先生众多儿孙中，唯一在滕旭平步青云的人，想来沈总一定有不为人知的过人之处。"

　　她的话还没说完，沈瑞握方向盘的手就用力了几分。

　　"哦，听我的经纪人说，沈总的母亲也曾经是娱乐圈首屈一指的人物。听说跟奥斯卡影后林阿姨，也有些交情呢。"

我实在听不下去了，"其实你也不必这么羡慕，毕竟你才二十出头，也是天天被网友推上微博热门话题，今天让你滚出娱乐圈，明天说你潜规则导演的，曝光率这么高，红起来不就是早晚的事吗？"

说完以后，我才发现，我误伤了许峦峰。

林桐语还想要说什么，却被许峦峰轻飘飘地打断，"好了，你就别再说话了。万一得罪了我们大客户的女朋友，说不定你这个女主角的位置就不保了。"

"哈哈，沈总应该不会介意才对。"林桐语连忙替自己打圆场，可是已经晚了。

沈瑞直言："我很介意。"

他向来就有不怒自威的架势，何况是真的生气起来，带着周围气氛顿时冷厉。

剩下的路途再没人说话，我看着沈瑞的侧脸，他的眉毛就像一把小小的匕首。

但他还是把他们送到了酒店，临走前，林桐语在许峦峰的授意下，郑重地向沈瑞道了歉。

沈瑞只说了一句话，林桐语的脸色就唰地白了。

"你们娱乐圈对于教养的门槛，确实太低了。"

回来路上我一直是状况外，因为就连我也从来没听他说过关于他家里的任何事。倒是我，一股脑全都倒给他。

"我演技也还不错吧。"他笑着看我一眼，轻松地说。

我有些忐忑地抬头看他一眼，"阿姨也是明星？"

"嗯。"他补充道，"不过她三十五岁之后就息影了。刚才林桐语说的那些……你不要放在心上。"我这才明白为什么他在滕旭的地位如此尴尬。传闻沈老先生家风之严谨，使家族中任何沾亲带故的成员想要进滕旭都必须从最底层做起，哪怕是学富五车的博士后，或者是早已功成名就的公司总裁。没人能破坏这条铁则。

沈瑞是唯一的例外。

因此不能不让人由此产生联想。

但是那么多版本里，却没有子凭母贵这一条。

沈瑞几分自嘲似的说，"这些年我听过的流言还少吗！"

"那你为什么……"

沈瑞诧异地看着我："难道你没看出来，我是在替你出气？"

什么跟什么，我觉得已经快要跟不上他的思维了。

我还以为他在为林桐语那些口无遮拦的话而受伤，可是这一秒，他却丝毫不介意的样子。

"刚才她在外面说的话，我都听见了。"

红灯，他轻轻踩住刹车，突然解开了安全带，侧身抱住了我。我心里涌起酸涩的感动，他却在我耳边说："其实我来只是想看看你有没有听话。"

"什么？"

他的目光在我衣服上停留了一下，然后得意地努努嘴："不错，大方得体。"

原来他是真的过来看看我有没有穿那件黑色的大露背……我忍不住笑了起来，伸出手回应他的拥抱。相对于曾经那些让我绝望忐忑，仿佛最后一次团聚的拥抱，沈瑞给我的从来都是踏实温暖的，密不透风的安全感。这让我常常会有落泪的冲动，却又忍不住暗自笑话自己矫情。

道过晚安后，我终于拖着疲惫不堪的身体回到房间。

掏出手机想要看时间，才发现有一条未读短信。

"方便接电话吗？"——许峦峰。

我想了想，还是给他回了个电话。"找我有事啊，许导？"

"今天的事情……我问过桐语了，她说沈瑞母亲曾经拍过戏，得过奖，当年曾被沈瑞的父亲沈淙热烈追求，可是后来他妈跟了别人。至于沈瑞究竟是不是沈淙的亲生儿子，其实谁也不……"

"这些跟你有关系吗？"蓦地，我心里猛地升起一股莫名怒意，"许峦峰，你无非是想说，沈瑞有可能并非沈老先生的亲生儿子，他有可能得不到一分家产，所以劝我趁早悬崖勒马，对吗？"

"所以，在你眼里我陆西盈从头到尾都只是因为觊觎他的家产，他的地位，才会跟他在一起的吗？"

许峦峰试图解释，"我不是那个意思，我只是不希望你受到伤害，豪门祖业之间的内斗纷争，不是你能够参与得了的。"

"呵"，一时间许多纷杂不清的情绪全都在我胸口横冲直撞，无数的话语一窝蜂地往我喉咙里冲，最后得以成功脱口而出的只有一句话，"你难道会不清楚，一直带给我最大伤害的人是谁吗！"

那边沉默数秒后，我僵硬地按下挂断键。

许峦峰的声音被骤然切断，我耳朵里却仍然是嗡嗡的，没有一刻安宁。

我拉开窗帘，看见外面深红色的夜空，感觉无比沉重，好像只有从窗台飞下才能获得短暂的宁静。我手指紧紧地扣在大理石窗台上，仿佛又回到了许多年前的那个夜晚。

这个噩梦般的晚上。

因为许久没有声音，酒店走廊的声控灯不一会儿就灭了。

消防出口处高悬的红色安全灯，在许峦峰的头顶投下一片温婉的红纱。

他握着早已挂断的电话，久久没有放下来。他觉得自己就像等待着楼上扔下第二只鞋的人，明明很困了，却还是要苦苦撑着。

而现在，那只鞋终于落了下来。他却发现自己再也无法成眠。

那样多的日日夜夜，那样多的倾诉，每字每句都盘旋环绕在他心头。

有句话是这样说的，陪你酩酊大醉的人，是无法送你回家的。

许峦峰其实由始至终都很清楚，陪陆西盈度过那段最艰难黑暗岁月的人，是永远不可能陪她站在阳光下接受礼赞的。

可是就算明知道这一点，还是无法抵御来自心头凌迟般的钝痛。

过了很久，他才终于慢慢地蹲下身去，双手缓缓抱住自己的头，就像刺猬那样，蜷缩了起来。

而站在我房间门外，打算提醒我明早记得多穿一件外套，以免风大会感冒的沈瑞，在他就要敲门的前一秒，听见了里面的说话声。

他就那样站在门口，低垂的目光里看不清情绪，但他并没有停留很久就按了电梯下楼，到达大堂时，正好碰到两个看起来像是来旅游的年轻姑娘。

世界上就是有这样的人，他心情越是低沉，表面越是云淡风轻。当他们目光交汇时，他甚至礼貌地微笑了一下。

两朵原子弹爆炸般的粉红色蘑菇云就这样从两个姑娘的头顶腾空而起。

她们目光还在黏在身后，沈瑞已经快步走出大堂，用力地发动了车子，随着一声低沉呜咽，很快就载着他冲上黑夜的马路。

已经过了凌晨，但马路并不算冷清。

他一转方向盘，就上了二环线，然后是机场高速，然后是不知道什么地方。他也不知道要去哪，他只是不停地加速，好像这样就能回到刚刚在房间里对话的两个人认识之前，就能回到自己跟母亲分别以前，就能回到那最初的快乐和甜蜜。

夜色浓雾中的高速就像一个永恒的单行车道。

他甚至控制不住地想，要是此刻撞一下栏杆会怎样，会有人为自己而哭泣落泪吗？

## 二六

清晨的雾气还沉甸甸地笼在湖面上，好像是前一晚谁的眼泪被蒸发收集到了这里。六月的P市依然不怎么炎热，连日的小雨让空气变得新鲜许多。

早上起床时只有二十度出头，空气里隐约还能感觉到冰冷的味道。

可是娱乐圈的人似乎从来都是不怕冷的。林桐语穿着宽大慵懒针织外套，短牛仔裤，露出长而笔直的大腿。她头上用来凹造型的绒绒帽子让她的脸看起来愈发的小。

拍摄组其他成员已经就位，当然在开机之前，还会有一个仪式。

不知道为什么向来准时的沈瑞迟到了几分钟，等他来了，仪式才正式开始。

确认过剧本、场景、道具、演员、灯光等，就正式开机了。

大家合过影以后，进入正常的拍摄环节。

我对拍广告是没太大兴趣了，早早就回酒店补眠。

甘源、肖敏他们倒是很有兴趣，反正是让他们学习的，我和席一朵一致决定就让他俩"监工"好了。

"你去哪？"回酒店好像在对面打车，可是席一朵完全没有要过马路的意思。

她扬扬手机，"约会！"

我目瞪口呆地看着她，"石经理偷偷来了？"

席一朵听见他的名字立马翻了个白眼，"你也太看不起我的行情了？"

"哦，有新欢啦？"

"他回来了。"席一朵表情有点羞涩。

我恍然大悟地叹口气，"你还真是没闲着。"

她已经用手机指着我鼻子，"姐姐我都三十了还没嫁出去，你这个热恋中的人，少说风凉话。"

我点点头，"那你也少干风流事。"

说完我就跑了，因为我打不过她。

曾经我、席一朵还有袁媛三个人讨论过这样的话题，在我们这个铁三角一次次地出差行程中，因为相处太久，两看生厌，很容易就会撕起来，不过对象并不是确定的，就像斗地主游戏一样，都是随机的。

这一秒，我能跟席一朵一起攻击袁媛倒贴她老公，下一秒我也能和袁媛一起攻击席一朵的恨嫁玻璃心。当然，偶尔她俩也会绝地反击，问我经历了《亲爱的》姊妹篇这样的传奇经历，有怎样的感受。

但要是说到有一天咱仨不再吵吵，有事直接动手的话，那么挨打的永远只会是我。虽然她俩都自称"战五渣"，但假如非要挑一个对手的话，她们很乐意选择我。

不过自从上次车展以后，我们再也没有机会讨论这个问题。恐怕她们俩也不会再挑选我作对手，毕竟许峦峰曾经教我的那些防身术还没全丢。

早上沈瑞出席完仪式之后就跟何似一起走了，他只是过来简单地跟我打了个招呼，告诉我假如晚上有空的话会找我一起吃晚饭。

其实我暗自松了口气，因为在昨晚我对许峦峰说完那些话之后，就连自己都没有完全消化。

我现在需要放空一下，于是我把电话关机了。

清晨的浓雾褪去后，阳光特别的灿烂，像个盛开到极致的向日葵，浓烈阳光下，人们的生活全都看起来忙碌而平静。大多数人都像我一样走在阳光下，或者洒满金黄碎屑的树荫下，享受来自阳光的馈赠。

而我们都忽略了，还有一些人，他们从始至终，都活在阳光下的阴影里。

当我回到酒店，发现我亲爱的姐姐和一个陌生男人双双出现在大堂时，我觉得我快要宕机了。

"这唱的是哪出啊？"

南悉冲过来，满脸堆笑地紧紧握住我的手，我冷冷地看着她，一直在等她说点儿什么。

可是她却一个劲地看着我傻笑。我只好抽回手，"你脑子烧坏了吧？"

她笑容瞬间垮了一下，但很快又被勉强地绷紧了。

"是这样的，我们呢，"她回过头比了一下她跟那个男人两个人的手势，"最近遇上一点小麻烦，想要在你这借住几天，应该没问题吧？"

"有。"我皮笑肉不笑地拒绝了她。因为我有什么理由不拒绝，上一次我们见面时她那群姐妹跟我和席一朵扭打在了一起，之后又让我妈出面找我借了笔钱，情感夜话都不带这么演的，再说了，我又不是圣母。

可是就在下一秒，那男人缓步走了过来，他和颜悦色地说，"妹妹，听话。"

这句话恶心得我差点呕出来，然而我感觉到后腰一凉，怒到极处，我居然笑了出来。

尽管——他手上那把尖刀随时都能插进我的内脏。

我说不清当时心情有多复杂，即使我从未幻想过有一天我和南悉能够像真正的姐妹那样，或者像我和席一朵这样躺在床上互相帮对方剪掉分叉的头发，又或者是互相毒舌地攻击，为一顿饭谁买单而争执不休。

但是我也从来没有想过，会出现现在的这一幕。

我极失望地看了她一眼，她怔了一会，又看了一眼她男人和她男人手上的刀。

她的表情也很震惊，只不过她的震惊在于，他这么早就把刀掏了出来。

最后她说："走吧。"然后一手环住我的腰，将我推着往前进了电梯。

一直到我掏出房卡，打开房门，他们才暂时放开了我。

"嘿，妹妹，你听着，要是你敢报警，我保证你这张如花似玉的脸一定会更好看。"他晃动了两下刀子，表情阴冷得让人不寒而栗。

南悉把我的手机握在手上，好随时帮我接听重要电话，以免让我的好朋友们起疑。

时间好像变成了一种胶着状态的半液体，缓缓地流动着。让人时不时地想要帮它一把。

"上次的钱不够对吗？"我问，"南悉姐你也真是的，既然遇见这么大麻烦，为什么不给我打电话呢？"

南悉一听就怒了，"少给我装蒜，你是不是早就屏蔽了我手机号，今天给你打电话关机了，我还是弄到你公司的座机号，再找你领导问了，才知道你在这的！"

原来是袁媛……也对，除了她之外，还有谁会这么恨我。

我深吸一口气，"说吧，你们想要多少钱。"

很显然，钱这个字很能吸引他们的注意力。

男人看了南悉一眼，笑眯眯地收起了刀子，"你们俩真是一对亲姐妹，都这么聪明，惹人喜欢。"

他朝我走过来的时候，我才注意到他散发着浓烈的酒味，让我忍不住后退了一步。可是他就像猫逗老鼠一样，钳住我的下巴，笑着问，"那我们亲爱的小财主，你房间里有多少钱呢？"

他的嘴巴就像是堆积成山的垃圾场，熏得我眼睛都睁不开。也许是我表情太过痛苦，南悉一把打掉了他的手，"说话就说话，动手干什么。"

"哟，心疼了？"他盯着南悉，"不至于吧，你不是最恨这个妹妹了吗。你不是说，要不是她，你爸妈就不会放弃找你；你不是说，她跟你明明都是同一个爸妈，为什么命运差距会这么大。"

南悉似乎不愿谈及这个，她转头看我，"我们欠了一大笔赌债，听爸妈说你交往了富二代男友，我想找这个妹夫借点钱总不难吧。"

"多少？"

南悉想了想，"七十万。"

男人推了她的头一把，"去你妈的，一百万！"

南悉立刻跳起来朝他肚子踹了一脚，"海哥，你疯了吧！七十万足够你还债了！再说了你借那么多，打算怎么还？"

男人摊开手，像是听了个笑话似的，"我什么时候说过要还？"

我看着他们"打情骂俏"的同时暗暗在心里估算着时间，最迟到晚上七点，席一朵他们一定会打电话问我在哪，要不要一起吃晚饭，或者等到他们深夜回来，席一朵至少会来我房间跟我倾诉今天和前任见面发生的一切。

除非，他们跟拍摄组一起吃盒饭，干脆忽略掉我。

或者，席一朵今晚压根没打算回酒店……

似乎，指望他们有点儿不太靠谱。那么我唯一剩下的希望，就是沈瑞。他说晚上会给我打电话，就算没空陪我吃饭，他至少也会告诉我一声。

那么，我又该用什么方法让他知道我正身处险境呢。

我可不想跟这两个疯子耗一晚上，而且这里只有一张床……

天已经暗下来了，深蓝色的余晖像巨幅画卷一样展开着。


何似穿着黑色衬衫，钻石纽扣散发着星光般的光泽，他正坐在赤枣色的绒布沙发，整个人散发着吸血鬼般的迷人又阴鸷的气质。

让这间以昂贵著称的牛排餐厅里的服务员略感失望的是，何似的对面坐着个极普通的女人，她穿着一件非常贴身的乳白色中袖T恤，然而实在是太素净和贴身了，看起来很像是一件塑形衣或者秋衣。

下面配黑色的休闲裤，平底鞋，原本就只有一米五七的身高让人很难判断她究竟有没有穿上鞋出门。

　　然而她脸上有着足以与沈瑞匹敌的精明。

　　她说，"我凭什么要相信你。"

　　谈了这么久，总算是进入核心。何似放松了肩膀，往前凑了一步，"就算是结婚多年的夫妻都很难百分之分信任对方，就连情同父子，涉及利益也会互相猜忌。"

　　他的瞳孔闪耀着幽哑的光泽，就像是一颗被主人在手里摩挲着的黑色珍珠。没有那么透亮，也没有那么浅薄。

　　"所以，李小姐，你不需要相信我，你只要相信自己以及您背后团队精密计算的这场交易所带来的价值，就可以了。"

　　女人眯起眼，她是少数能与何似这样亲密地面对面，还能这么淡定的人。也许是因为她已经不是在不久以前，当何似第一次给她打电话找她借场地给滕旭办新品发布会时，听到有免费广告位就蹦起来的女人了。

　　那个时候，她还在一心一意地帮公司省钱，帮老公省钱，最后她省掉了她自己。

　　她看着何似，觉得他跟老公，哦不，前夫有那么一点相似。虽然五官完全不一样，但有一个共同点，就是好看。

　　可是当她在通宵加班回到家，看见自家床上躺着一男一女两个人时，她就对漂亮的男人彻底免疫了。

　　对，她现在只相信利益。

　　如果有什么可以永垂不朽，那就是合同上的金额，银行卡上的固定存款，还有抽屉里的房产证。

　　于是她举起了酒杯，轻轻地跟何似的碰了一下。

　　"成交。"

送走李小姐以后，何似没有立刻离开餐厅。

他走到洗手间里，痛苦地呕吐起来。他已经很久没有吃过牛肉了，事实上，这个很久，跟他认识沈瑞的时间一样长。

他颤抖着掏出钱包，里面那张照片里的孩子那样年轻，纯真。可是七个人，只剩下他和沈瑞。

有时候他会想，假如没有那场烧透了半边天的大火，他们七个人也许会在一起工作，也许每周或者每年一次一起喝酒。

也许会反目成仇……也许……

可是他们连也许的机会都没有。

从洗手间出来，何似再次恢复了花容月貌。

他开着很醒目的车子去接沈瑞，他的眸子里就像盛满了糖浆，目光浓稠而甜腻。直到沈瑞从夜色里走过来，他才收起这样的目光，微笑着替他打开车门。

"如何啊？"沈瑞问。

何似得意地发动车子，风温柔地吹拂在他们的脸上，就像奔驰在田野上一样。

"在这个看脸的时代，长成我这样，还有搞不定的事情？"何似开玩笑道。

沈瑞轻松地拍了拍他的肩，辛苦啦。

到了酒店楼下，何似跳下车，把钥匙扔给沈瑞，"不打扰你们约会啦。"

沈瑞接过钥匙，也下了车。他靠在车头上，心情看起来很不错的样子。他掏出手机，拨通了通讯录里面最靠前的号码。

# 二七

电话响起来的时候，我已经快要饿晕了，因为我原本打算回来酒店再叫个外卖，吃了就睡觉的，谁知道被这两不速之客给软禁了。

哦不，就在两个小时前，这次事件已经升级成为绑架。

没错，在我的亲姐姐的男人提出找我男朋友要一百万时，忽然意识到，反正我都已经落到他的手上，为什么不干脆敲一笔大的呢。

"你疯了吧！这是我亲妹妹！"南悉企图从他的手上夺回我的手机，可是她很轻易就被撩开了。

海哥说，"你他妈现在跟我演什么姐妹情深，你不是看她不顺眼很久了么！这些年，所有欺负你的人，你看不顺眼的人，我都不是这样——帮你摆平的吗？现在怎么了，你有爸有妈了，不再需要我了是不是？"

海哥愤怒地指着南悉漂亮的鼻子，"你别忘了，是谁先提议来找她要钱的！"

南悉跌坐在地毯上，她有一些轻微的发抖，我忽然想要伸出手去拉她一把。但那个瞬间，我忽然没有了勇气。我是在那一刻才发现，虽然我之前并不知道有这个姐姐的存在，所以活得很理所当然，享受着本该属于我的一切。可是九年前，当久远的伤疤被揭开的那一刻，我只是怨恨，怨恨这个"姐姐"的存在，怨恨她夺走了本该只属于我一个人的所有关爱。可我从来都没有想过，这些年，她没有父母，没有家庭，会经历怎样的事情。

而现在，我才从海哥的嘴里获知这样一点信息，已经被愧疚所淹没。我不确定自己是否有资格伸出手拉她一把。

房间里的氛围几乎彻底凝固住时，我的手机响了。

它就像一根救命稻草，我没命地想要扑上去抓住它。

但我已经说过了，作为一个"战五渣"，海哥只用了一个小手指头就把我撂倒了。

"喂。陆西盈在我手上。想要活的，就拿两百万来。"

"你疯了吧！"南悉难以置信地盯着眼前的男人。

当然，她现在说什么都直接被忽略。这么看，在这个房间里，她的地位并没有比我高出多少。一阵令我感觉到羞耻的心疼感再度蔓延上来。

其实我并不清楚沈瑞能不能拿出这么多钱来救我，更加不知道接下来会发生什么。但不知道为什么，当南悉说出那句，这是我亲妹妹的时候，我忽然一点儿都不害怕了。

因为我知道，至少从一开始她来找我时，并不是为了伤害我。她大概是太信任这个男人了。

等到海哥挂掉电话时，我发现不知道什么时候，南悉的手和我的手轻轻地牵到了一起。尽管我们目光并没有任何接触，但我知道，她一定会帮我。而我也一样。

我没想到沈瑞这么快上来了。

后来他告诉我，他看见我的QQ亮着，显示正连接Wi-Fi，所以他判断出我应该就在酒店里。果然他去前台问了一下，对方说看见我和一男一女上了电梯。

门铃声尖锐地响起时，海哥吓了一跳，很显然，他并不是做绑匪的材料。

他不吭声，也不允许我们吭声。

门外传来沈瑞的声音，"我知道你们在里面，我不会报警，开门吧。"

海哥往前走了两步，试探着问，"钱带来了吗？"

门外的人好似轻笑了一声，"你既然知道来找西盈借钱，就不会不知道我的身份，我都亲自来了，难道你还怕收不到区区两百万？"

海哥还在犹豫，南悉已经冲过去打开了门。

沈瑞居然是一个人来的。我不死心地往外面看看，他居然真的没有报警，这也太实诚了。

"你有没有受伤？"沈瑞进门后首先朝我走过来，他伸手把我扶起来，看见我摇了摇头，他收紧的眸子才稍微放松了些，他甚至帮我捋了捋头发，然后牵着我的手，把我放在了他身后。

"让她离开，我打电话叫人送钱过来。"

我握紧沈瑞的手表示反对，可是他也传达了让我必须听他的信息。就在我们僵持时，海哥把刀子抵住了沈瑞的胸口，"你当我傻啊！要是这姑娘跑了，你还会给我钱？让我吃拳头还差不多。"

"看来，你也不笨。"沈瑞松开了我的手，正要脱掉外套跟他动手时，一声巨响落在了沈瑞的头顶上。

我回过头，看见南悉举着热水壶，睁大了眼睛，呆呆地看着缓缓倒下的沈瑞，暗红色的液体从他浓密的头发里渗出来。一滴两滴，逐渐像漏水的水龙头一样流成一小片赤红色的湖泊。

南悉连拽带推我，"西盈你快走！"

然而我根本动弹不得，我从小就晕血，那时我念高中的时候，隔壁班发生了一场在校学生和社会青年的群殴事件。我亲眼看见一个同学被砍伤了背部，血像红墨水一样浸染了他全身，他走的每一步都是带血的脚印。幸好当时关桥及时扶住了我。从那以后，我看见鲜血就会头晕眼花，身体不听使唤。

何况，我当时心里恐惧到了极致，我很怕沈瑞就这样倒下去，再也醒不过来。我尖叫着推开南悉，紧紧地抱住沈瑞，防止他彻底倒在地上。

鲜血流淌过他其中一只眼睛，他还是努力扯起嘴角安慰我，"没事，不要哭。"

我从未有一刻，像这样脆弱，我让沈瑞枕在我的腿上，我开始哀求海哥，"送他去医院，你要多少钱我都可以给你！"我转向南悉，"姐，爸妈的房产我不跟你争，我什么都不要，求你放过沈瑞，再这样流血下去，他会死的！"

南悉涣散的目光终于在我最后四个字里重新有了焦点。

她疯了一样朝海哥冲过去，"让他们走！"

海哥难以置信地看着她，"你疯了吗？"

南悉露出一个不知道能不能称之为笑容的表情，"要是这个男人死了，我会坐牢的。海哥，难道你想让我坐牢吗？"

海哥迟疑了一会，可是他首先考虑到的还是自己，他伸手把南悉搂紧，恳求地说，"宝贝，别担心，我们很快就能拿到钱了，只要我们给这小子的爸打个电话，你看多简单的事儿。"

说着，他就粗鲁地在沈瑞口袋里寻找手机，可是就在他快要得手时，沈瑞突然狠狠钳住了他的手，血滴在我衣服上，下一秒，海哥手上的刀子被沈瑞生生撇落。

沈瑞借着他的力气缓缓站起来，站稳之后，猛地用力一拉，海哥力量落空，狠狠摔倒在地，我甚至能听见他骨头错位的声音。而沈瑞也因为精疲力竭而跪倒在地。

我握着沈瑞早就塞在我手里的电话一阵阵地发抖，沉默地按下了110三个键。可是南悉不知道什么时候捡起了刀，她用刀尖抵住我的喉咙。

她眼睛里闪烁着绝望的寒光，她说，不要逼我。

我沉默地看着她，屋子里其他的声音也都停止了，只剩下听筒里传来微小而机械化的声音，喂，您好。

不过在南悉掐断以后，这个声音也停止了。

刀锋微微颤抖，让我很怀疑下一秒，我的脖子就要被划开一道口子。眼泪源源不断地从南悉的眼眶里流出来。

"打吧。"她用最简单的两个字命令我，我听懂了，海哥听懂了，沈瑞也听懂了，没人说话，没人再反对。

后来我才知道，原来在那一刻，沈瑞的潜意识里，他甚至是希望我打这个电话的。但是当我拨通后，他却疯狂地后悔了。

因为当我拨通了滕旭董事长沈淙的电话，告诉他沈瑞被绑架了，需要两百万时，那边直接挂了电话。我再打过去，只剩下忙音。

大概所有人都没想到竟是这样的结果，沉寂了好几秒以后，海哥忽然爆发出张狂讥讽的笑声，"哈哈哈，头一次见识到这种见死不救的老爸，喂，小子，你该不会是你老妈跟别人的私生子吧！"他笑得一度要打滚。

沈瑞背对着我，所以我看不清楚他的表情。他就像是被撤掉皇冠，贬为庶民的王子，顷刻间从云层跌得粉身碎骨。

我很想走过去抱着他，或者牵着他的手也好，可是我不敢。我觉得此刻的沈瑞就像一个巨大的悲伤容器，外力一碰就会碎了。

我只能默默地注视着他，希冀以此来传达力量，尽管很是徒劳。

南悉手里的刀子终于离开了我肌肤，她像是被抽干了力气一样跌坐在地上。

她垂着眸子，整个人似乎陷入一种深深的迷惘之中。大概她自己也不知道事情为什么会走到这一步。

当窗外最后一丝明亮完全隐去之后，海哥挣扎着站起来打开了灯，他告诉我们，假如看不到钱，谁也别想从这间屋子走出去。

他命令南悉，"给你爸妈打电话。"

"不"。同时发出的两个声音，是来自于我和南悉的。

那一刻，我仿佛又得到了力量。我和南悉只是交换了一个眼神，与生俱来的默契感就让我们在顷刻间领悟到了彼此的意思。

就在南悉再次拿起手机要拨号时，我不动声色地抓起了水果刀。紧接着南悉丢开手机，不顾一切地朝海哥狠狠地撞了过去。

他们并排倒在门口，因为动作太大，桌上一个笨重的水杯直直地砸在南悉的腰上。她痛苦地呻吟了一声，有鲜红的血顺着她的大腿流出来，触目惊心。

南悉有宝宝，我竟然忘得干干净净。

　　我丢开刀子用力想要抱起她往门外冲，可是海哥死死拦住我，依然重复着那句话，"没有钱，谁也别想走！"

　　我愤怒到了极点，腾出一只脚狠狠踹在他肚子上，"你老婆孩子在你眼里就不值两百万是吗，你怎么不去死呢！人渣！"

　　这时沈瑞也强撑着走过来帮我拧开了房门，他力气全失地趴在鞋柜上，"快走。"

　　我搂着南悉拼命往外挪。

　　房间里充满浓烈的血腥气，以至于我们刚出来，清洁女工就凑了上来，问我们出了什么事。在我开口之前，南悉轻轻地捏了一下我的手，我只好说，"您能帮我打一下120吗？我姐姐她怀孕了，可能有危险！"

　　"好的好的！"清洁女工没有再往房间里去，她训练有素地拨通了电话，不一会儿担架就上来了。我跟她们一起上了救护车，带着氧气罩的南悉示意我靠近，我附耳过去，只听见她说了四个字。

　　不要报警。

# 二八

　　我想了很久，还是决定给爸妈去个电话，因为我非常担心沈瑞，想着一把南悉送到医院，就交给爸妈照顾。

　　我们从救护车上下来，爸妈已经赶到了门口，他们看见被南悉的血染红的床单一下子就崩溃了。

　　直到我们一路小跑着把南悉送进急救室，我妈才红着眼质问我，到底发生什么事，为什么南悉会变成这样。

　　我不是很擅长撒谎，因此说得有些语无伦次，"南悉中午去找我吃饭，然后我们在酒店里聊了会儿天，不知道为什么她就说肚子开始疼起来……我就打了……"

　　我正磕磕巴巴地讲述着，一个耳光就狠辣地扇了过来。

　　我被打得眼冒金星。事实上，我本来就没有从刚才的房间里走出来。这一巴掌下来，我整个人都要宕机了。

　　我妈抓着我又摇又扯，眼泪飞溅，我只是茫然地看着她的嘴巴开开合合，各种戳心窝的话语像乱箭齐发。可是我已经感觉不到疼了，等她终于勉强被爸爸拉开，我看着她，全身上下都是窟窿，甚至窟窿连着窟窿。

可是没有血流出来。我已经无血可流，也无泪可流了。

我说，妈，我要走了。她并不理会我。倒是我爸，责怪地问，你姐还在手术室呢，你要去哪。

她有你们，可是沈瑞只有我。

我头也不回地奔跑起来，其实我根本看不清前面的路。

眼泪把我的视线都揉碎了，我什么都看不清楚。

我唯一知道的是，沈瑞就在前面。我要努力地跑，在他倒下之前。

等我再次回到医院时，南悉和沈瑞都已经被送到了普通病房。

南悉的孩子没有保住。沈瑞缝了17针，轻微脑震荡，需要住院观察。

南悉醒过来第一件事就是找我，我妈只好铁青着脸给我打电话。当然，她并不知道我就在离他们不远的地方。

我不想离开沈瑞，于是直接让南悉接了电话，告诉她我回到酒店时她的海哥早已不见踪影，他拿走了沈瑞身上所有的现金，还开走了他的车。南悉沉默了好一会，我猜她应该是哭了，否则不会传来我妈骂骂咧咧的声音，问她究竟我怎么着她了，还说要替她做主。

南悉没有把电话给我妈，但她也没有再说话。我只好投降似的告诉她，沈瑞说他不会追究。但是，如果再有下一次，我们不会客气。

南悉这才挂了电话。我紧接着给何似打了电话，告诉他我要请假，想了想，还是觉得不应该瞒着他，"沈瑞受伤了，在医院。不，你不用过来，现在没事了。不过拍摄那边，暂时拜托你了。"

沈瑞一直没有醒过来，我坐在他床边，握着他的手，把头靠在他的手臂旁边。

窗外是此起彼伏的蝉声，不过并不尖锐嘈杂，就像一首久远的童谣。也许是失血过多的原因，沈瑞的脸非常苍白，就像是冬天里的皑皑白雪，带着与生俱来的冰凉气息。

我忍不住回忆起从认识他到现在的点点滴滴，从在咖啡店出糗，到他滥用私权喊我陪他去参加婚礼，再到他铁青着脸把我从于教授的车子上拉去他那边。从他开车接我，到我开车送他回家；从他陪着我面对爸妈的刁难，到我亲眼看着他因为身世被人羞辱。

一路走来，我们似乎还是挺像的。身上都背着巨大的阴影，即使走在最灿烂的阳光下都忍不住骨髓里的阵阵冷意。

可是现在好了，我会一直陪在你的身边，我在心里这样讲。困意在我眼皮上贴了一枚又一枚不干胶，就在我快要陷入混沌里时，我感觉到沈瑞握紧了我的手指。

可是我抬起头看到他的脸，一如既往的平静，唯一不同的是他睫毛微微颤抖，有零星水汽缓慢而不动声色地蒸发出来。

我用力握紧了他的胳膊和手掌。我说，我在呢。

夏风顺着走廊探进来，洁白的病房里散发出一种清凉的伤感。

有时候，我真的很不能理解夏天。它那样轻浮狂躁而又无限深情，有时烈日，有时暴雨，但它温柔的一面也是如此动人。我看着外面骄阳，只一味臣服于它的浓烈灼热，怎么会想到，他很快就会将整个城市淹没得片甲不留。

雨大概是半夜下起来的。

天好像破了一个口子，无数被镇压、囚禁的怪兽一下子全都窜出来，他们嚣张着，嘶吼着，一道道雷电把黑夜的面纱揭得一丝不挂。

沈瑞让我靠在他的怀里，我知道我们都没有睡着。尽管外面电闪雷鸣，但对我们而言却是难得的静谧。

以前和许峦峰在一起，我就觉得他好像自带玻璃罩子，在他身边就能隔绝一切外界的纷扰。

但是和沈瑞在一起，我们并不是隔绝，而是融为一体。好像我们只是病房的一部分，世界的一份子，狂风就像是愤怒时的我们，雨水就像是哭泣时的我们。我从未觉得离现实生活如此之近，如此心安，如此理所当然。

或许从九年前那个夜晚，我就把自己关在高高的空架子房间里。从未走下去看一看这个真实的世界。

——比我遭遇惨痛的人，多得多。几乎每隔几天朋友圈就会有人发起一场真实的募捐，癌症、穷困、人祸各种灾难，就像层出不穷的巧克力，永远不知道下一个里面夹着什么。人们忙着活命，没有心情悲春伤秋。

何似站在市中心最耀眼的那副广告牌下面，看着雨水狠狠地冲打它，雷公不停地在它周围的天空砸出一个窟窿。

他脸上没有任何表情，尽管他知道沈瑞交代给他的事情很快就要达成了。

那个广告牌右下角属于禾邑公司的Logo很快就会易主，除非曹衣衣在这场公开竞标中，为了跟李小姐放手一搏，而把价格活生生提高两倍，利润瓜分30%。

何似抿着嘴思考，他的嘴唇本来就薄，这样看起来就像是有人在他脸上嘴唇的位置轻轻切开一条细细的口子似的。

不知道为什么这几天他的脑海里一直回忆起《绝望的主妇》里面

最后一幕的片段，当苏珊搬离紫藤道的时候，每个在这里死去的人都穿着纯白色的衣服站在路边静静地注视着她，与她告别。

何似突然觉得很厌倦，事实上他早就受够了这种种谋划，种种部署，种种步步为营。他很想回到属于他们的"紫藤道"，再也不离开。

而与此同时，许峦峰这边的拍摄进度也随着暴雨而停止了。无论新闻广播还是一打开电脑就跳出来的门户网站，无不用鲜红的大字来强调这场雨势的凶猛。

往年几次灾难性的洪涝数字被拿出来与现在P市的水位反复对比。记者们似乎也对这个话题的周边新闻格外上心，今天报道一下P市周边无数蚯蚓出现在草丛里大批迁徙，明天又把往年的抗洪救灾以及居民房被水冲走的图片拿来重新复制粘贴。

暴雨连着下了三天。按照合同，即便是遇上了恶劣天气推迟了拍摄进度，也必须按时打款。

可是明明在前一天晚上十二点就应该到位的款项，却迟迟没有动静。

"她们搞什么鬼，不是说禾邑信誉良好，从不拖欠的吗？"林桐语有点儿替许峦峰着急，毕竟他自己也在上一部电影里砸了许多钱，现在他就快要破产了。

许峦峰自己倒是一副没有太大所谓的样子，他点了根烟叼上，"没收到款就不开工，反正禾邑跟滕旭有合同的，到时候追究起来你说倒霉的会是谁？"

林桐语笑了一下，很自然地往他身上一靠，然而下一秒就像忽然意识到什么似的，她侧过头去看许峦峰，即使在二十六度这样的高温他依然穿着长袖长裤，即使拍摄到全身流汗，纯棉针织衣物都被凝固的盐分结成了一片片硬块，他也没有吭过声。

"真的没有什么办法可以治好吗？"她斟酌着轻声地问，事实上那天在酒店里，许峦峰对她袒露一切时，她就私下查了很多资料，看了越多的病例图片她就越是心痛，尽管希望确实渺茫，她还是想要试试，因为她实在不忍心再看见许峦峰那样的表情。

那天他说"求你"两个字时，微微侧过头，似乎很害怕不经意地在林桐语后背的镜子里看见自己逐渐剥落的皮肤。

林桐语第一眼看见那些不规则白色片状斑块就像地球仪上的越来越多、越来越广的沙漠地带一样不断地蔓延着，林桐语从百度百科看到，这种皮肤覆盖白色鳞屑的疾病，不仅会给人的外观容貌带来毁灭性的危害，更会利用周遭人们的目光一点点打击他的自信，摧毁他的精神，瓦解他的意志。

林桐语无数次忍不住设想，当许峦峰从浴室里面出来站在洗漱镜前会是怎样的心情。而他原本拥有着连自己都羡慕的纤长睫毛，高挺的鼻梁，健康的体魄，以及锐利的目光。

可是现在呢，他靠在湖边的木头围栏上，就像低垂至湖面上的那棵柳树，尽管依然年轻，但它已经放弃了挺拔，放弃了让人仰望的高傲。

林桐语实在想象不出，假如没有这些，他会变成什么样子。

她走回休息室里，看着窗外依旧狂风乱作的天气，掏出手机打了个电话，"喂，Lily，我之前说让你帮我订的礼物，准备好了吗？"

"嗯，那麻烦你催促一下，尽快发给我吧。"

袁媛已经加了一天一夜的班，因为曹衣衣没有走，她当然也不敢离开办公室半步。甚至连易董也从加拿大飞了回来，刚下飞机就拎着行李进了曹衣衣的办公室关门密谈。但因为隔音一向不太好的关系，总能听见里面传来，类似于，"吕三江这个王八蛋！合作这么多年他怎么能出尔反尔？"还有"李小姬是哪里冒出来的葱，一个被老公甩了的女人也有脸出来谈生意？！"以及，"我只是移民，不是死了，这些孙子变脸也太快了"……

袁媛在外面听得心肝一阵颤抖，她觉得此时此刻的禾邑比外面的天气还要剑拔弩张，风云变色。

归云路上的那副广告牌可以说是禾邑所有广告牌代理中的金字招牌，何况关于这块广告最先进的互动科技改良方案早已有了初稿，只差细节确定就能开始动工。

可是就在这个时候，一向合作紧密的三江公司却说要公开招标，这块牌子原本就是P市广告界的红烧肉不说，就连禾邑的老客户，年年都要请曹衣衣吃好几顿饭套交情的李小姬居然也参与竞标。曹衣衣屈尊降贵地去了个电话探虚实，结果人家说，年年租，倒不如自己买下来。

一句话噎得曹衣衣直接挂了电话。

为今之计，只能硬拼。

脑海里冒出这句话时，袁媛不自觉地手抖了一下，钢笔掉在地板上，溅出一地的墨汁。

她躬身去捡，却在指尖快要碰触到笔身时，顿住了。

她已经很久没看见那上面刻着的英文字母了，for Shrona。Shrona是她的英文名，是她只有在大学时才用的名字。那个时候她和老公都是英文系的学生，他们一样怀揣着出国梦，虽然他们只去过越南。

大学毕业后他们都想要继续深造，可是双方的家庭都不允许他们这么奢侈，因此他们很快就淹没在各种找工作的洪流之中。

他们四处碰壁，他们百折不挠，他们彼此鼓励，他们互相依偎。在那些时光的浸染下，她曾经由衷地相信，这世界上有不离不弃和情有独钟这样只存在于神话故事里的字眼。事实上，你在网络上随便一搜索就能出现"老公说要加班赚钱养家，结果他外套里出现一根唇膏""为挽救婚姻，我伺候第三者坐月子""抛弃穷酸黄脸婆后，我傍上了大款女儿"等浮夸而又真实的标题。

那只钢笔是老公，哦不，前夫送给她的第一份昂贵的礼物。这些年她保存得十分完好，爱之才会重之。

可是现在，她收回了手，坐直了身体，抬起脚狠狠地踩了上去。

又是一天，暴雨歇了一夜，再次稀稀拉拉地下起来。

可是气温并没有下降多少。空气里飘着雨水的湿气，让人莫名有些黏腻的焦躁感。

席一朵那晚果然没有回来，她打电话来我正在医院楼下买饭。

"陆西盈你怀孕这么大的事居然都没告诉我！"席一朵的声音从电话那头传来时，我吓了一跳，差点把汤给泼了一身。

我还没来得及说话，她就打断我，"你先别说，让我猜一猜，是沈总的吗？还是……许峦峰的。"

"席一朵你丫是不是脑子被驴踢了！你再这么满口胡诌，我就告诉石经理你昨晚才生孩子去了！"

席一朵听出我真生气了，才终于消停下来，她小心翼翼地问，"那孩子怎么样了，你不要这么大声说话，小心伤胎气。"

我骂了句脏话就把电话给挂了。直到半个小时后席一朵拎着一大堆补品和水果到医院来，可是她看见躺着的人是沈瑞不是我，于是她更加凌乱了。

我直接把她带去了南悉那边，然后把她手上的大包小包一股脑放了进去。她这个鸡脑子才终于明白过来，小产的是我姐，不是我。

我把那天的情形简单地带过了一遍，她居然脑补出整个电影画面来。她说，沈瑞为了你差点连命都没了，你总得做点什么吧。

我知道她脑子在想什么，冲她翻了个白眼。

她陪着我去开水房打水时，忽然冒出了一句，"西盈，我可能要出国了。"

后来，我总是莫名会想起席一朵这句平凡无奇的话语，仿佛这句话才是拉开离别这场戏的巨幕。只不过当时的我，一点都没有察觉到而已。

"那石经理怎么办？"我问。

席一朵靠在雪白的墙壁上，她拎着暗红色的小牛皮包包，扎着兔子尾巴一样的马尾，这幅画面看起来复古又俏皮，我忍不住多看了两眼。

"其实我也问过他同样的问题，我们怎么办，"席一朵冲我微笑，"可是他并没有回答我。"

"我想他应该再也不会原谅我了。"席一朵伸手去接细密的雨水，这个动作让她看起来像一个文艺少女，跟她平时的画风完全不一样。

"我不是一个会哭哭啼啼挽留别人的人，也不善于用华丽的言语装饰人际关系。我只能选择对自己最有利的，其实情绪有时候只是残酷生活里的点缀而已，"席一朵说，"我不会让自己被它左右。"

这是我第一次发现，席一朵远比我成熟得多，她永远都知道自己想要什么。光凭这一点，已经足够让她活得比许多人都快乐。我说，那你什么时候去办离职手续。

席一朵歪着脑袋想了想，"应该不会那么快，而且我自己的私心是，怎么也要拿到年终奖金才能走啊。"

"那可还有半年呢。"我说。

她忍不住伸手掐我，"你不会这么快就不想看见我了吧。"

我没有再说话，因为已经到了病房门口，席一朵附耳说这事不能让沈瑞知道，不然就咔嚓我。

差不多过了一周，沈瑞就出院了。何似告诉我们，拍摄已经进入了尾声，不过林桐语提出了一个特殊的要求，她想要让滕旭冠名一场小型的歌迷见面会。何似询问沈瑞是否同意。

沈瑞轻松地耸耸肩，既然已经指定让她拍广告了，滕旭冠名也不是不可以。

何似点点头，那我现在去筹备。

他说完以后就像蝙蝠侠一样消失了。我甚至没来得及问他，林桐语这个就演了两部古装剧的小明星究竟有过什么音乐作品，居然要开歌迷会。

不过回过头想想，这句话语气有点太酸了，还是不说为妙。

拍摄结束后的第二天，天气已经彻底放晴。

从玻璃窗口往外眺望，能看见一条巨大的彩虹。就像某人的心情一样，五颜六色的。

袁媛盯着咖啡桌上的那枚厚厚的信封，一边笑着说："峦峰你真是客气，还亲自送过来。"一边伸手把信封挪到自己的包包里。为了装这个信封，她甚至带了一个旅行用的水饺包。

"你应得的。"许峦峰笑了笑，其实这种拿回扣的事情非常正常，但是袁媛却似乎格外的谨慎，他就干脆亲自过来了一趟，以免她心里有什么疑虑。

"其实二期款子延迟的时候我心里非常着急，"袁媛忍不住解释道，"因为那个时候恰好禾邑有一块广告牌的代理到期了。"

"噢？这么巧。"其实许峦峰根本不在乎究竟是什么原因导致延期，重点是，现在禾邑已经付清了所有款项，包括逾期补偿。所以他说的这么巧，只是单纯的字面意思，可是袁媛却误以为是话里带话。

她只好继续硬着头皮解释，"我也不清楚是为什么，总之这两件事非常凑巧地撞到了一起。而且，"她顿了顿，拿起咖啡喝了一口，继续说，"据我所知易董为了再度拿到广告牌的代理合约，竟然赌气似的把价格提高了一倍！这让包括曹总在内的小股东也损失了很大一笔钱。"

"是吗？"许峦峰眯着眼睛，虽然事不关己，但确实有点儿稀奇。

"嗯，所以也许禾邑过不了多久就会开始裁员了。"袁媛有点沮丧地说，不过她很快发现了许峦峰的意兴阑珊，打起精神补充道，"希望我以后去了别的公司，还有合作的机会。"

许峦峰微笑着点点头，正好，咖啡也已经空了。

他正要告辞，袁媛突然好奇地问了一句，"你穿这么多，不觉得热吗？"

许峦峰站住了，摇了摇头。

袁媛尴尬地笑了笑，她直到上了车还在想自己这句话究竟有什么问题，许峦峰脸上竟然浮出那样的神情。

似乎是自卑，又像是失落。

## 二九

　　林桐语发来邀请函的时候，我已经回到了滕旭。她似乎是群发的，因为我们上次过去的小组成员每个人都收到了。我本来不打算去，因为想不出有什么理由去给一个讨厌的女人捧场。

　　可是席一朵兴奋得像个壁虎（不要问为什么会用这个比喻，我看见她那个样子脑海里第一个冒出的就是这种生物），她像古代青楼里面的揽客姑娘一样夸张地晃动着我的手臂。

　　她说，林桐语不值一提，但是她请的嘉宾是明珈蓝啊！

　　如果这个世界上有两个男人能同时唤醒我和席一朵的体内粉色雷达，那就是何似和明珈蓝。当然，何似已经过气了。现在把我们这种小女生迷得神魂颠倒的，就是林桐语唯一出演过一部比较有名的网游改编的仙侠剧里的明华上仙。

　　那仙风道骨，那目光流转，那兰花指，那桃花眼，简直隔着屏幕被他瞟一眼就能炸出好几朵粉色蘑菇云。

　　因此当沈瑞问我去不去的时候，我小鸡啄米似的点点头。

　　要是换成以前他什么都不会说，直接把我带过去就是了，他在网上学到一句甜言蜜语，叫作，爱她就带她去看她老公。这几乎已经是升级的真爱检验标准之一。

不过这次他玩笑似的问了一句，"只要你不是别有用心就行。"

我回头看了他一眼，他似乎也觉得自己失语，目光不知垂在什么地方。不知道为什么他那种像做错事的金毛犬一样的目光瞬间刺痛了我，我脑海里冒出一个念头，然后就直接说了出来。

"要不，我们穿情侣装出席，敢吗？"

他有片刻的惊愕和失神，接着又露出他招牌式的笑容，"今晚就去买。"

晚上下班是五点钟，猛踩油门飚到P市最繁华的商圈，差不多已经是晚上八点。因此我们连饭都顾不上吃，就直奔那些适合配做情侣装的专柜。

距离他第一次拖着我去替他选衣服已经有两年的时间，等他从试衣间出来，我一边帮他翻着衣领一边指着他的鼻子，老实交代，是不是第一次喊我陪你买衣服的时候就觊觎我的美色了。

他说嗯，你有美吗？我怎么只看见一个满脸大写的色呢。

很自然地，他被我殴打了。

我看中一件非常宽大松垮的卫衣裙子，一定要进去试，出来一个劲地问他好不好看，他只好一脸囧囧地掏出信用卡，然后附在我耳边说，做睡衣还可以。

他再度被我踹了一脚。

他忍不住要抗议了，陆西盈，以前没发现你这么暴力啊。

我邪魅一笑，那是，我身上全都是宝藏！

他勾搭住我的肩膀，那我就是夺宝奇兵！

差不多逛到快打烊，才终于选中了两套情侣装。一套是军绿色系的棒球外套，他的素净大方，我的则以刺绣出彩。

另一套是黑色系的长裙配他的休闲款衬衫。

一个隆重，一个简约。我全都很满意。

因为第二天上班，晚上还得开夜车，因此我们就去P市最有名的宵夜圣地随便找了一家，反正这一整条路上要有口味达不到5.0好评的店，早就关门结业了，不可能存活在这个寸土寸金的铂金席位。

P市夏日夜晚盛产的闷热气息尚未来袭，微风里带着各色烧烤和小龙虾的味道，这么晚还在等着拿号的年轻男女们站在并不明亮的路灯下，就像自带柔光功能一样，显得年轻又靡费，放松又畅快。

我心情莫名飘起来，肆意地靠在沈瑞肩上，我们没有聊天，也没人低头玩手机。他的目光或许落在某个陈旧的老字号招牌上，而我的目光则一直追随着墙角的流浪猫。

但他的手臂揽着我的腰，我的手指勾着他的手指。

气温刚刚好，不会因为靠得太近而出汗，也不会因为离得远就让凉风偷袭。

后来我每次回忆起沈瑞，都会想起那个夜晚，独一无二、珍贵美妙的晚上。吃东西的时候，沈瑞忽然掏出手机给我看。我们刚刚试穿衣服的照片，是他拜托店员偷偷帮我们拍的。

我们就像一对普通情侣一样，互相打闹，玩耍。他在我面前已经完全没有了总经理的架子。他的笑容很透明，一丝防备都没有。我心里涌起无数酸涩而甜蜜的气泡，就像是一杯加了冰沙的芒果奶茶。

开车回去的路上我睡着了，我做了一个很逼真的梦，我梦见和沈瑞一起去旅行。我们坐在飞机上，冲上云霄时，他给我拍照，然后齐齐地对着镜头自拍，我们的两只大脸滑稽又幸福。

抵达宿舍门口时我还没有醒，沈瑞解开安全带，侧过头给了我一个甜蜜的晚安吻。

在滕旭工作会感觉每一天都过得井然有序。因为大部分员工都住在宿舍的关系，早餐时间是七点，打卡时间是七点半，这意味着六点或者最迟六点半就要起床。

两年前，我几乎每天都爬不起来，恨不得背着床去上班。席一朵更夸张，她有连续三个月为了睡觉而不吃早餐，打完卡开完早会再去刷牙的"滕旭杯记录"。

那个时候石经理总是会偷偷贿赂食堂阿姨专门留下一份，他打包带去给席一朵，让她躲在女员工专用的母婴室里吃。席一朵总是一边吃一边打开手机看韩剧，因为那些单眼皮，腿很长的男人是她永恒的下饭菜。

那个时候石经理嘴角总是淡淡地笑，他甚至已经不介意我偶然随着席一朵喊他福娃，他所策划的约会项目永远都是回P市吃吃吃。他的手机里装着席一朵吃各种食物的样子，他甚至把它们做成了一个电子相册，在她生日的时候送给她。当然，他被席一朵揍得很惨。

那个时候，我常常一个人在空旷的员工操场上散步，然后就会"偶遇"到夜跑的沈瑞。跑累的时候，他就会直接躺在柔软的橡胶跑道上，他的目光就像这里的夜空一样，深邃而寂寥。

那个时候，我有很长时间没有许峦峰的任何消息，也不再和父母通电话，别人和我说话，我常常会走神。沈瑞就会帮我下很多电影，后来我才知道每一部他都看过，他说以后每一场感兴趣的电影都要和我一起看。

而现在，似乎一切都在往美满的方向前行。

南悉出院后给我来了电话，说妈喊我有空回家吃饭，特地加上了一句，要带上沈瑞。

她还告诉了我关于海哥的一些事情，我才知道在她流浪的那些年里，那个粗暴、幼稚、肤浅而又善良的男人，是她唯一的依靠。

她心里也曾有那么多对父母的怨恨，对海哥的依赖，对自己的轻视，以及后来对我蚀骨的嫉妒。

她说之所以会听从父母安排嫁给姐夫，也是因为她想要跟从前的一切了断。结果证明，一个人如果不正视自己的过去，就绝不会有未来。

她说，当我在那个房间喊她姐姐的时候，她已经决定再也不要与我为敌，与父母为敌，与这个世界为敌。


而关于去拜访沈瑞母亲的提议是在我们再次一次驰骋在回P市的高速公路上，沈瑞忽然提出来的。

他目光沉稳地凝视着前方，头也没有偏一下地问我，好吗？

我能从他脸上解读出因期待而生出的忐忑。我甚至能猜测出他握着方向盘的手掌心里冒出细细汗珠。

好啊，我看着远方的夕阳，坦然地回答。然后把头撤向窗外，露出一个浅淡但发自内心的笑容。


我们两辆车一前一后抵达P市江滩。夕阳已经完全隐退，取而代之的是低调的月牙，它的弧度恰好像是小丑上妆后扬起的嘴角。

应该是因为明珈蓝也到场的原因，现场氛围非常热烈，因为粉丝们手上的发光字"蓝"明显多过于"语"。就在进去之前，席一朵还在嘲笑林桐语，把自己的歌迷见面会弄得给别人作嫁衣裳似的，不知道这种狐假虎威的游戏，她玩得是不是真的那么过瘾。

在上台之前许峦峰也问过她同样的问题，这个活动原本是她的行程上所没有的，即使跟禾邑的合作已经告一段落，但目前最重要的是电影宣传，而不是她个人的什么秀。更何况还找了个人气比自己高那么多的男明星过来，除了让现场多了些并不属于自己的尖叫声又能怎样。

可是林桐语什么都没说，她只是让助理给许峦峰，还有我们一行人安排了VIP座。

她在化妆间里穿上了两个月前就定制好的礼服，那些钻石像眼泪一样镶嵌在她的裙摆上，这让她看起来像小美人鱼一样楚楚可怜，明艳不可方物。

她还不忘带上了一枚精致的小手包，就像所有即将登场的女星一样，她挺起胸脯，收敛下巴，嘴角上扬至完美的弧度。

她把一切忐忑、犹疑、悲伤，全都狠狠地塞在她的面具下面，因为她知道自己将迎来演艺生涯中最绚烂的出场。

后来，我一直都不能记得太清楚，那晚林桐语和明珈蓝究竟唱的是哪一首歌，但我记得她的柔美声线，让我无端想起海浪的声音。

我发现她在音乐上的造诣远比那些电视剧里的表演更能打动我，不，应该是唯一能够打动我。

巨大的幕布上出现一层层的洁白浪花，灯光打在她小巧而精致的脸庞上，她的每一根睫毛、每一颗眼泪，就像是被放大了一样，清晰可见。

不知道为什么，有一刻我非常想要提前离场，就在我快要拉着沈瑞的手说"我困了，先走吧"的时候。

所有灯光都在顷刻间熄灭了。更难得的是，周围万籁俱寂，仿佛置身于黑暗中的原始森林，发着七色光芒的独角兽就在前方。

刺眼的追光灯落在了林桐语一个人的身上。

明珈蓝不知道什么时候坐到了VIP席上，我敏锐地注意到他朝林桐语做了个加油的手势。

今晚的高潮终于要来了。

当林桐语像一个世纪末最后一个伶人那样，化着精致而虚假的妆容，嘴角似笑非笑地站在我们所有人面前时，我永远都记得她接下来说出的那句话。

她的眼泪一定很滚烫吧，她的声音沙哑得几乎吐字不清。

"我今天之所以会站在这里，是因为一个人。"

"我今天之所以能够以艺人的身份站在这里，也是因为这个人。"

光是这两句已经足够让全场疯狂。

眼泪从她脸上滑落，她低着头用手指轻轻擦了擦，下面立刻有粉丝心疼万分地呐喊，不要哭。

于是她又笑了起来，对着大家做了个嘘声的手势。

她接着说："我的经纪人跟我说，现在是我事业上升期，无论如何都不能被私人感情影响。"

"但是，"她加重了语气，"我想说，跟这个人相比，我可以放弃演戏，放弃唱歌，也可以放弃你们。"

"对不起。"她九十度鞠躬。

台下有多少人哭了，我不知道。但我的手背上感觉到了席一朵滴落的眼泪。

也许我自己也有，因为沈瑞紧紧握住了我的另一只手。

我想，在场所有人都知道她接下来要说什么了。

我知道，在场所有人都已经猜到了。

这场别开生面的求婚，毫无意外地成为了当晚的热门。

或许以后只要搜索求婚两个字，就能看见林桐语和许峦峰的名字。而昔日所谓的潜规则丑闻，早已烟消云散。

关于这个女孩的勇敢和伟大，会一遍遍地被人传唱。尤其是当她宣布，即将上映的新作是她和许峦峰的退隐之作时，全场都是一片哽咽声。

当沈瑞拉着我的手沉默退场时，我还是忍不住回头看了一眼。

许峦峰在粉丝的呐喊声中走上舞台。

他洁白T恤就像是阳光下积雪，发出耀眼光芒。

那就是我们彼此漫长的纠缠折磨时光里最后的终结。我清清楚楚地看见，七年岁月被无数荧光棒切割成无数光影碎片，在这场旷日持久的陪伴中，我们终于各自走向了另一个世界。

然而最初，谁还记得最初。故事太久远，如同虚构。

谁会想起，谁愿意想起。

第一次见面时，他桀骜不驯的表情。

天地四壁和茫茫人群在刹那隐没，岁月纷纷后退，天色重新归于黑暗。我看到那个过去已久的圣诞温柔地浮现，我看到自己在窗帘后面哭得手足无措，我看到他轻轻牵住我，我看见他给我点燃那根烟。

可是这一瞬间，我记不起他的脸。

三〇

　　沈瑞是先我们一步离开P市的，在车上他接到一个电话，虽然我听不见电话那头说了什么，但从沈瑞的表情能猜测出应该是举足轻重的人物。

　　他表情很严肃，全程只说了两个字就是"好的"，当他还想补充一句什么的时候，那边已经毫不犹豫地挂断了。

　　虽然只有一瞬间，但我还是捕捉到了，来自他眼底深深的失落。

　　但我没有安慰他，我想任何人露出哪怕一丝一毫的安慰对他而言都是羞辱。

　　沈瑞离开之后，我决定跟何似摊牌了。

　　"你钱包的照片我在沈瑞的手机上看见过，你能告诉我，你跟沈瑞之间到底有什么事情瞒着我吗？"

　　端午节就要到了，星巴克随处可见冰粽广告。我觉得坐在对面棱角分明的何似就像是一个棱角分明的大粽子。

　　他看起来对我的提问并不意外，但是却并不打算告诉我。

　　"如果沈瑞肯告诉你，总有一天他会告诉你。假如他不肯，那么你凭什么觉得我会违背他的意思？"

"不说算了。"我白他一眼，端起咖啡杯继续漫长的等待。

今天原本是曹衣衣约我们出来说想把明年的合作计划也提早定下来，但她却迟迟没有来。

何似用他那狭长的目光认真地看着我，看得我都快发毛了，"我真的很好奇，沈瑞为什么会那么喜欢你。"

"我也真的很好奇，你明明跟沈瑞认识很多很多年，但在禾邑第一次见面时，你却装作自己根本不认识他。"

何似做了个投降的手势，"OK，我告诉你，但要是他没说的话，你就当作不知道吧。"

那天下午其实是我生命里非常平凡的一天，但后来我每次回忆起来都觉得是一场梦境，就像《寂静岭》色彩鲜艳的开头，一对母女彼此依靠在巨大的树下翻看同一本童话书。

当时的何似也一样，他说起那间二十多年前的社会福利院，深褐色的眸子有某种孩童才会有光泽。

"我是在那里长大的，但沈瑞不是。他是中途被人捡来的，因为他不知道出于什么原因，不肯说出自己的家在哪里。他也不肯吃东西，谁也撬不开他的嘴巴。"何似笑眯眯地说，"除了我。"

"他们都欺负他，打他，他也会还手。但就是不肯开口讲话。直到……有一天我趁他不注意，亲了他一口。他疯了一样推开我，大骂我，可是后来他反而先哭了起来。"

何似眼神忽然深邃起来，好像在回忆什么痛苦的事情。

"在那里的一共有七个小孩子，当沈瑞真正融入我们之中时，他的家人，准确地说，是他爸爸找到了他。"

那个穿西装的男人蹲在沈瑞面前时，沈瑞把早就藏在手掌的沙子撒进了男人的眼睛里。

他身边的外国女人狠狠地打了他一巴掌，对男人说，这就是你死活要来寻找的小野种？

六岁的沈瑞狠狠地瞪着他，好像要把目光变成红外线，直接把男人的身体烧穿一个洞。

原本男人承诺要给社会福利院捐赠很大一笔钱，以至于所长兼厨娘喜出望外地从厨房里出来招待他，可是男人头也不回地走掉了。

所长非常不解，她以为只是男人不喜欢沈瑞，没有看上他，她追着汽车跑了很远，企图让他知道这里还有好几个孩子可以再挑一挑。其实她想说的是，社会福利院已经快要走到绝境了，今天她在大锅里煮的是面条，因为已经没有米了。

她一路追着车子跑，全然忘记了厨房里即将煮沸的食物。

等到她终于放弃趴在地上时，身后的天空已经变成了一个巨大的烧红的锅底。

沈瑞和何似是两个唯一的幸存者。

"那个男人是谁？"我感觉整个身体就像是被一个巨大的湿漉漉的、黏糊糊的章鱼吸住了一样，每寸皮肤都忍不住紧绷了起来。

何似静静地看着我，他的目光充满怜悯，大约他从我的表情里看见了跟他曾经一样的恐惧、悲伤。

"沈瑞的亲生父亲。"

无数的影像片段在我脑海里快速倒退，剪辑，调色，重新组合，数不清的细节碎片，飞快地在我脑海里旋转着，变成了一个巨大的旋涡。

"你去禾邑，究竟是为了什么。"我凝视着眼前的男人，他的脸还是那样精致，可是他的笑容就像世纪末的焰火。

他扯起嘴角说，放心吧，你猜对了。

我想要快些见到沈瑞，何似也不打算再等下去，他买了单，我们上了车打算回滕旭。

可是不知道为什么主干道上非常拥堵，车子几乎都没有动。

我忍不住伸手拧开了交通广播，主持人甜美而焦急的嗓音响起来，"各位车友，刚刚得到记者一手消息，东弥路的办公园区里有一名女性疑似坠楼，现在救护车正火速赶往现场，请大家尽量避让。再说一次，请东弥路上的车辆尽量绕行。"

伴随着此起彼伏的鸣笛声，何似忽然熄了火，他慌张地从口袋里掏出手机，费了好半天的功夫才拨出那个我熟悉的号码。

"对不起，你所拨打的电话已启用漏话提醒。"

窗外的烈日透过玻璃，狠狠地抽打在我右侧脸上，我感觉自己就快要像冰淇淋一样融化掉了。

我和何似赶到医院的时候，所有禾邑的同事们都在那里。

唯独除了曹衣衣。

没有多久，她的家人们就赶了过来，包括八岁的女儿和还在婴儿车里的宝宝。

袁媛不知道什么时候走到了我面前，她把眼镜摘下来，狠狠地砸在地上，她踩着镜框和碎片朝我走过来，死死把我按倒在墙上，眼泪像毒液一样从她眼眶里汩汩涌出来。

她说，你知道曹总为什么跳楼吗？她把所有的家当都投进了你男朋友介绍的那只公司股票里。

医院的瓷砖墙真凉啊，我感觉自己的颈椎都要变成冰锥了。可是我听不懂她说的话，一个字都听不懂。何似帮我挡开了她，我给沈瑞打电话，可是他掐断了。

席一朵赶来时，医生和护士们正推着已经蒙上白布的曹衣衣从抢救室走出来。

医生取下口罩，脸上是一片默哀的神色。紧接着是两位老人哭天抢地的声音，八岁的女童在刚刚失去妻子的爸爸怀里哭得鼻血直流，紧接着也被送进了急救室。

我们所有人才知道这个孩子得了白血病。

我极度混乱地站在原地，眼泪无法控制地往下流，脑子好像被完全掏空了一样，我所有的思维都停顿在袁媛的那句话里，而此刻她也没有办法给我做更多的解释。

她靠着墙蹲在地上，把脸埋进了膝盖里，高跟鞋的后跟带紧紧勒进她的皮肤里，血已经从丝袜表层渗了出来，结成了一道厚厚的血痂。

这时，席一朵一步步走向了袁媛，一把握住袁媛的手臂，把她拎了起来，眼眶红红地看着她，用讥讽的语调冰冷地质问她，"你哭什么，这儿有你哭的资格吗？"

"要不是你他妈的串通沈瑞陷害易董，诱导他在禾邑资金已经非常紧缺的情况下自己掏钱出来去做那个鬼投资，曹总又怎么会一脚踩进去，以为这只股票能救她女儿的命？！

"袁媛，这里最没资格哭的人就是你，你给我滚。现在就滚！"

席一朵像发了狂一样把袁媛拽着往外推，一直隐忍着没说话的袁媛在经过我身边时，终于忍不住爆发了，她用力挣脱开了席一朵，伸手拽住我，"对，我承认我没资格，我确实是配合着沈瑞在易董面前做了点文章，但你知道在这中间传话的是谁吗？"她睁着发烫的眼睛，把手指向了何似，"这个，你自以为很罩得住的男闺蜜！还有，"她把我往席一朵面前推了一把，"沈瑞的正牌女友，你觉得她会不知道吗？"

席一朵用残存的理智看了我一眼，稳了稳眼泪，她像是宣布判决的法官一样看着我，目光里盛满了愤怒和心痛，"西盈，其实我一直没告诉你，易明清，易董事长是我的亲姑父。但我也是刚才去拜访他才知道，他中了何似早就设好的圈套。而他之所以会那么相信沈瑞，是因为他们是亲生父子。"

"哈哈哈，"袁媛忽然张着嘴大笑了起来，伴着喉咙里尚未褪去的哽咽，她的笑声就像是被勒住脖子的乌鸦，非常晦涩，令人分不清她究竟是笑还是哭。

一片乌云经过，像翅膀一样遮住了耀目的阳光，在我们头顶上投下巨大的阴影。

医院特有的消毒水味道一阵阵地弥漫在空气里，我一边往外走，一边拨打沈瑞的电话，可是那边传来的永远都是关机的提示音。

我感觉整个人都快要虚脱了，以我的大脑容量根本接收不了这么浩瀚的信息，我急于想要弄清楚这一切是怎么回事。

在我疯狂地给沈瑞打电话时，另一个未知号码终于冲出重围，拨了进来。我第一反应就是沈瑞，我说你在哪呢，我都要急死了！

那边愣了一会，然后疑惑地问我，"你是什么时候知道的？"

是一个女人的声音，我很确定自己认识她，但是又完全想不起来她是谁，我疑惑地看了看上面的号码，确实十分眼生。

我只好耐着性子道歉，"不好意思，请问你是？"

"我是林桐语，峦峰在你那吗？我找不到他了。"林桐语的声音委屈而疲惫，她的声音远没有来电铃声那样急切，好像是从海底发出来的一样，缓慢，带着沙沙的哑音。

如果说刚才袁嫒和席一朵都在拼命往我身体里倒火药粉，那么林桐语这句话就像划着的火柴，噌地一下点燃了我满腔怒火。

"许峦峰不是你未婚夫吗，你打电话来问我是什么意思？"我生怕多耽误一秒钟都会接不到沈瑞的电话，"就算你看不好自己的男人，也不要来打搅我。"说完我就打算挂断了，可就在我触碰到挂机键的前一秒，那端传来的哭声让我停止了动作。

就像被《来自星星的你》的外星人都敏俊眨了一下眼，何止我自己，周遭所有的一切都静止了。

哭着的人依然张着嘴，滚烫的眼泪正落在半空中，所有人都在用一种尴尬的姿势保持着。连我也一样。

我什么感觉都没有了，愤怒，焦急，悲伤，迫切……

一切的一切都在远去。

只有林桐语从电话那头传来的声音，像被扩音器逐渐放大清晰："峦峰他患上了银屑病。"

三一

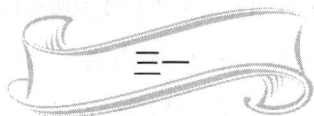

　　我在密不透风的房间里静静地坐着。曾经我最害怕黑暗，尤其是一个人住的那些日子，没有比晚上忽然的停电更让我恐慌害怕的事情。

　　有一次半夜，我明明已经睡着了，但是忽然停电，微弱的小夜灯熄灭之后，我就醒过来了。怎么按开关都没有光亮时，我慌慌张张地在床上到处摸手机，差不多两分钟不到的时间里，冷汗已经把我的背都湿透了。

　　找到手机以后，我第一时间就会给许峦峰打电话。因为只有他无论我什么时候打，都会接起来。

　　我曾经威胁过他，要是不接我的电话，我就立马买张机票飞到北京去掐死他。当时他被我掐着脖子，却难得温和郑重地承诺，只要他没死，就一定会接我的电话。

　　可是在我百度了关于林桐语说的这种疾病的种种图片和资料之后，我把自己关在这间熟悉的酒店房间里已经足足五个小时，依然提不起勇气给许峦峰打一个电话。

我怕，他接起来，我不知道该说什么，若不是严重到一定程度，林桐语不会是那样的语气。而且原本林桐语已经订好了飞美国治病的机票，他却突然不告而别。

我更怕他不接。因为我在脑海里搜罗了所有他可能会去的地方，只有他在北京租的房子和片场，这些地方林桐语应该也已经找过千万遍。

曾经他提起过的老家，我也没有具体地址。

我握着手机，眼泪一埋埋地掉下来，才发现我对他所知甚少。远不及他那些年对我的了解。

而我却一度执意认为，是他率先扔下我，是他嫌弃我。

到头来，他发生了这么大的事，我却一点都不知道。那些狰狞丑陋的白色斑块不可能是一夜之间长在他身上的，据说在烈日下暴晒流汗，或者深夜里会奇痒难忍，指甲盖大的鳞屑状物体会一层层地从皮肤上剥落下来。

我不知道那些难熬的夜晚他是怎样一个人挺过来的。

这种疾病对患者最大的伤害其实还不是痛痒难忍，或者很大程度提高了皮肤癌的致病率，它的残忍凶猛在于会遍布人的躯干、脖子，甚至面颊，逐渐摧毁一个人的意志，尤其是像许峦峰这样自尊心大于性命的男人。

我靠在冰凉的墙壁上，连墙纸上面的细微凹凸花纹都能感觉得一清二楚，手机就像一块毫无意识的冰冷玄铁，空调温度开得很低，可是我却没有力气去拿遥控器调高一些。也许在潜意识里，这是我对自己的惩罚方式。

门外传来"叮铃"的刷卡声时，我已经冻得逐渐失去意识，也有可能是太困了。

我无处可去，只能来这间沈瑞常年订用的房间。我想过他有可能会回来，但当时我已经像电脑一样进入休眠状态。

沈瑞划卡进来的时候，一股冷空气陡然侵袭他全身，但他却没有太大的感觉，也没有打算开灯，只是打开了窗帘，然后就借着夜色看见了像难民一样坐在角落里的我。

他想了想，并没有动我，而是拿了一条毛毯帮我盖上，又把空调调高了一些。紧接着他去冰箱拿了一瓶冰可乐，喝了个干净。然后脱掉外套，光着脚走到我身边坐了下来。他轻轻地移动了一下我的头，让我靠在他的肩膀上。

"等我很久了吗？"他轻声地自言自语，刚才一直冰冷严肃的脸上终于闪现出一丝疲乏的温柔。

就在几个小时前，他正在广州处理保健酒事业部的事情。原本这件事是轮不到他来处理的，可是出事的人是那边的老大，下面的人无论如何都不敢惊动董事长。再加上滕旭内外一直盛传他就是沈淙的私生子，而且他是有史以来第一个空降的定制部老大，名望威信不在话下。

可是沈瑞去了以后才知道，这是专门给他挖下的巨坑。

事情看似简单，那边的老大因为一个女人，私下修改了滕旭一向恒定的酒品单价，以从未有过的低廉价格跟女人背后的企业进行交易，这么巧，被老大的助理亲手出卖。

事情一捅出来，那些跟着他许久的老员工就一起求助于沈瑞，而他前脚刚到广州，沈淙后脚也到了。

沈淙坚信他亲自挑选培养的人不可能做出这样的事情，生性多疑的老狐狸只要看看在这场事件中最终的受益人是谁，就知道是谁策划的。

再加上有心人在背后做的手脚，导致沈淙一见到沈瑞就给了他一记响亮的耳光。

他怜悯地看着他，虽然你姓沈，但滕旭并不姓沈。

他坐在复古雕花的真皮单人沙发上，虽然比沈瑞矮了一半，但依然是居高临下的样子，他说，这些年我确实是太放纵你了。

他还说，这些年你一直在追查当初你母亲离开的真相，即便我百般阻挠，你还是死咬住不放。其实你现在该知道，这些年我不知道如何对待你的真正原因就在于，你是你母亲背叛我的最好证据。

这句话每个字就像一道加码的电流，强而有力地击打在沈瑞的心脏上，尽管他极力控制，但还是控制不住喉咙深处散发出的血腥气，他觉得自己好像就要原地自燃了。

虽然时间已经很久远了，但他仍然记得在机场眼睁睁看着母亲的航班起飞，他盯着天空看了很久，然后他回过头时，身后已经空无一人。

送他来的人不知道什么时候离开了，然而他很快就明白了，自己被父亲遗弃了。

因为母亲走之前跟父亲一直有些争吵，他隐约能感觉到父亲并不是很喜欢他。

就是在那时，他误打误撞到了滕旭附近的社会福利院。认识了何似。死里逃生后，何似被成功收养，而他决定回家。

对于他自己再次找回家这件事，沈淙并不意外。从小他就觉得这个孩子跟他妈妈非常相像，太明白自己想要什么，不要什么。因此，即便沈淙原谅了她的背叛，但她最终还是决定远走他乡，甚至，最终客死异国。

尽管沈淙对这个"儿子"并不上心，但还是请了专人照顾，调教。只不过他越长大，越像他那个年少就成名的母亲，满身的孤傲和清高。沈淙也不知道是不是出于近亲情切的缘由，在沈瑞十六岁时就把他赶紧送出了国，一离开就是八年。

等到沈瑞回来的时候，尽管已经是高大挺拔的年轻男人了，还是会在他面前流露出无限敬仰和依赖。

即使，他知道了自己的生父之后，对沈淙的崇拜和舔犊之情依然分毫未减。

只不过，他还是不能容忍他的野心。

毕竟不是亲生的孩子，尤其到了暮年，人老了，耳根也会软，如日中天时定下来的所谓家门铁则，也逐一被儿女们的哭诉哀求所瓦解。

说到底，沈瑞再出色，也跟其他事业部老大一样，只是个外人。沈淙手上握了三十多年的东西，怎么会轻易交给一个流着别人血液的人。

这么简单的道理，沈瑞不是不懂，他只是不想面对。甚至这么多年来都是掩耳盗铃般地逃避着。

可是那一记耳光彻底打碎了他可怜兮兮的伪装。

他跪在地板上，感觉自己只是个乞丐。

为了得到那么一丁点父爱，他甚至愿意付出一切。甚至他在决定动手布局对付亲生父亲易明清的时候，都有一种想要跟父亲邀功的心态——当年他没有去动的那个男人，现在亲手毁在了易明清的亲生儿子，他的养子手上。这大概是对易明清最大的羞辱罢。为了报复他当年勾搭沈瑞母亲的仇恨，这种手腕并不算太残忍。

直到那一刻，他也没有为这个决定后悔。

只有一个人，是他意料之外的牺牲品。他是在下飞机后打开手机才从何似那里得到这个消息，但比内疚更让他重视的是，何似告诉他，我也知道了背后的原因。

他疯狂地拨打我的手机，可是都是无人接听。他找了很久，甚至以为我在躲他，还好，他最终回到了这里。

看见我的那一秒，他整个人才终于放松下来，就像被抽干了血液一样静静躺在我身边。

他低着头，好像睡着了一样。他的刘海遮住了精致的面容，也遮住了他对这个世界的巨大绝望。

不知道这样过了多久，也许是羊绒毛毯的温软让我冷却太久的身体慢慢苏醒过来。

我睁开眼睛，看见窗外依然是大部分的黑暗，只有零星的灯光，像萤火虫一样。

其实我并不确定自己清醒了没有，我只是做了一个很长的梦，是我一个人去北京，拎着贝壳一样的行李箱，走在漫长的肠道上，通往鲸鱼的腹腔。

身后一直在喊我的名字，他说西盈，西盈，我在这里。

我回过头，看见一个人在岸上拼命朝我挥手。

而我只是觉得很疑惑，我明明应该在机场。可是那个人却站在码头上，身后都是涌动的海水。

这时，一个声音温柔地响起来。

他说，西盈，你醒了。

我转过头，对着阴影里的人惊喜地说，峦峰，我终于找到你了。眼泪夺眶而出。

而他许久没有回应我，我甚至能够感觉到他身体一寸寸地僵硬。

没有光。没有人说话。

这样的沉寂。 像死去一样。

音乐的声音轻得像是要断了。

是谁的剪刀那么冰凉，剪碎绵长的时光。

谁刻过你的手掌，把宠爱画得那么长，那么长。

**【全文完】**

番外

# 你的余生画地为牢

## 01 你的酒窝没有酒，我却醉得像条狗

也不是没想过要是哪天小语真要嫁人，我会做如何反应。不甘抑或是认命？但真的看见娱乐新闻，她竟选择在自己的告别演唱会上逼婚，只觉得心脏好似被人撕开一条口子，往里面硬塞了两斤辣椒和盐巴，腌进血脉里，津津地染着疼。

可终究不是二十岁出头的年纪，类似心爱的女人要嫁人了，新郎却不是我这样的戏码，尚不足以摧毁一个成熟男人的风平浪静。

鼠标只在这条热门话题上停顿半分钟便滑到邮箱登陆页面，enter以后快速浏览，筛选重要的信息进门回复和分类，接着心无旁骛地准备接下来冗长而繁杂的会议。

晚上照旧出席商务餐席，跟了我三年多的助理Susan丝毫没发觉异样，返程路上，她仍精神抖擞地抱着笔记本做下半年计划，顺带提醒我近一周的繁杂行程，而我在她开开合合的嘴唇里，神思乘着醉意涣散开来。

我不自觉地打开手机屏幕，点进微博热门榜，林桐语和许峦峰的名字仍然高居不下，然而没有新的照片出来，只是满屏的口舌之争，微博大V们费尽心思挑起话题，粉丝和看客疯狂地在利用键盘对这个世界喷射毒液，跳梁小丑们无处不在，根本没人在乎自己或许会给别人造成伤害。

　　想起多年前的那个晚上，小语第一次在电话里哭泣，我握着手机跑了五公里才找到她。我走过去抱着她，认真地对她许诺，我会保护你，我会一直都在。可她轻轻摇头，泛着泪光冲我微笑，明仁，谢谢你。

　　她酒窝很深，浅浅一笑便浮出旋涡。我就像醉酒的人，莫名有了低头去吻她的冲动。那是我触碰过最干燥冰凉的唇瓣，不够柔软，像她这个人一样，外表再柔弱可欺，骨子里也透着坚硬薄凉。她没有推开我，也没有回应。她目光空洞地看着我，好像任人摆布的木偶，我顿时泄了气。

　　细想，那年我应该是二十五岁，与小语相识的第六个年头。她仍是名不见经传的小野模，出一次外景只能挣五百块钱。但她很开心，精疲力尽还要拉我去宵夜，举着啤酒笑嘻嘻地说，我请客你买单啊。

　　我也刚开始工作，薪水很薄，全部叠在一起抽人巴掌都不会疼。

　　但仍乐呵呵地高声呼唤老板来买单，也时不时送给她一些不太昂贵的首饰，她总是当即就拆开戴上，甜美地对我说，谢谢。

　　我总以为终有一天能攒到足够的钱，像电影里那样往她的冰淇淋杯里塞一枚光芒熠熠的钻戒，生活会朝着普世幸福这样一路顺畅地走下去。

## 02 来年来日，青春褪色尚迟

　　Susan拿了文件来找我签，其间空隙她抬手揉了两次眼睛。我留意到这个细节，从堆积成山的文件里抬头看她，原来是戴了美瞳。

还是戴眼镜更好，隐形多少伤眼。我签完字递给她合同，她没有像以往那样迅速地接过去，而是失神了好一会，才如梦初醒般对我讲："陆总，我下午要请假。"

从跟 Susan 共事，到她来我的创业公司成为我的助理，六年的时间除了生孩子，我印象中她似乎没有请过假。有一次甚至举着吊瓶来公司，即便我后来也给她配了助理，但她总不能放心，"这件事我来处理只需要一下午，但要交给 Cindy 可能就需要三天，陆明仁，你的时间耽搁不起。"

那时我们还是平级同事，她直呼其名喊我陆明仁，常年穿着纯黑或者黑灰搭配的职业套装，唯一的首饰是一条比头发丝稍微粗一些的铂金链子，很是干练。

她跟小语完全不是一个路数的女人：小语任性不羁，大学时就做演员梦，最热衷的恶作剧就是时不时要求我穿西装陪她逛校园，然后挑人来人往的食堂门口突然间大声质问我，究竟什么时候跟老婆离婚，声泪俱下地痛斥我这个"已婚"男人的负心薄幸。每每都要赚到里三层、外三层的围观才肯偃旗息鼓。

等到我们远离了人群，她才激动得弯下腰，双手撑着膝盖大口大口地喘气，喜滋滋地问我，她演技是不是又有长进。顺便吐槽我不够配合，念的台词都不够走心。

我每次都真诚地赞美她，小语，总有一天你会成为影后，巨星，去戛纳走红毯。我就负责当你背后的男人。

现在想来这些话都觉得惊心，究竟是怎样的迷恋，才能让一个男人甘愿站到自己女人的背后，收敛野心和锋芒。

可她却笑，明仁，你应该找一个能够在事业上对你有所助益的女人。她说，你看电影里都这样演，这样荣辱与共，利益共享的夫妻才能固若金汤。

我知道她指的是校长的千金，当时正热烈地追求我。我对她不算冷淡，但也绝比不上对小语一半的用心。之所以会肯费心思维持和平，不过是因为我的私心。我当时是有留校打算的，而唯一能帮我的人就是这位千金。

在小语眼中我是同她一样，是野心勃勃的同类，认为即便是利用一些天生的优势，去获取一些什么，也都是可以被宽容的事情。

但在 Susan 眼中，我如今所有的成就：地位、收入，都配得上我的天资和努力。她是打心眼地崇拜我，才甘心一路跟随，毅然辞去之前的高薪，来公司帮我打拼，用不过六年的时间被业内顶尖外资企业以高达三亿元的价格进行收购。

我忍不住问了一句，是否身体不舒服？要是有必要的话，可以休个年假。

Susan 把文件夹抱在胸口，淡淡地说，不必，离婚而已，一个下午足够。


## 03 枯桑知天风，海水知天寒

很快就到冬天，微博上已经彻底没了小语的消息，她好像是从未出现过一样，官微停止更新，鲜有人提起。就算被娱乐新闻炒个现饭，也只说没有大牌女明星的命，却干了比天后更不食人间烟火的事。

王菲即便说不再唱歌那几年，好歹也有女儿、前夫们接连上热搜，自己也从未从这个行业里彻底消失。而小语是真正在如日中天时彻底消失，有点像当年的朴树。

还有人在猜，她会不会回来。几乎答案都是一边倒地肯定。大约只有我相信，她是真的不再回来。

这个下午，我唯一关注的微博 ID 显示更新了动态。心里打了个激灵，刷屏一看，果然是小语。她发了一张起飞前的照片，戴着鸭舌帽和墨镜靠在一个同样戴着墨镜和口罩的男人肩膀上。看神态，男人应该是睡着了。小语一手挽着他的胳膊，一手自拍下这张照片。

除此之外，没有只言片语。

但我很明白，这是她与我告别。

这个微博小号只有我一个人知道，当初她神秘地告诉我时，一脸的欢喜，好像私藏了糖果的小女孩，躲在大人视线外大快朵颐。

那时她有了一些知名度，粉丝涨到百万，有时候随意说句话也要被骂，有时候发张自拍也要被黑。表面上不在意，私底下还是注册了小号玩耍，从不发正脸照，只是简单的小生活。

她对我说，明仁，如果有一天我变得不再像我，你务必要保存好曾经的我。

我郑重地答应，从那天起注册微博，每天必做的事情就是刷新，再刷新。哪怕她几十天才更新一次，我乐此不疲。

事实上那时我已经进入事业最忙碌的时期，吃住都在公司里，不止太忙，更因为没钱，住在办公室能节省下一笔租房的开销，这样就能再添置一些办公设备。

Susan 拿出全部的积蓄投到公司，听说此举造成他们夫妻第一次激烈争吵，当然她最后说服了丈夫，可我一直对这事耿耿于怀。

只能尽量弥补，在公司进入正常运转，营业额和利润大幅提升时，给予她股份和更高的职位，可她始终说最喜欢当助理，会觉得更有成就感。

我当然依了她，说起来也是奇怪，自从和小语逐渐减少联络，我对身边的女人会忍不住怜惜，也许是太过心疼小语，总觉得这个世界对女人是太过不公平，值得给予保护。

8月17日，我记得这个日子，小语最后一次更新微博小号。毫无预兆。

我忍不住打了电话过去，她毫不掩饰地告诉我，自己爱上了一个人，人生第一次觉得有了依靠。

那个人就是许峦峰，一个导演。我没见过本人，对他的了解也仅限于网络上的或抬高或贬低的描述。那时她还不知道许峦峰心里也有爱着的人，一心一意地认定，是天作之合。

小语出演了多部网络剧的配角以后，好不容易有了个电影女二的角色，异常珍惜。开拍前在资方张罗的饭局上，一个男人看上小语，理所当然灌她酒，想按一贯的路数带进房间。

结果小语还没倒，对方已经神思涣散，眼睛都睁不开，还在摇摇晃晃地许诺，女一号今天没来，你的机会就来了，懂吗？

小语当然领悟他的意思，她后来跟我说，也许咬咬牙，就能离想要的生活更近一些。但她最终还是没去，她说神人交战时突然想起我。

想起那场校园马拉松赛上，她因为减肥而两天没吃主食，跑出几百米就体力不支地倒下去，我当时心急如焚地抱起她就往医务室跑。

如果说此前我还能跟校长千金撒谎说，小语只是我的高中同学和老乡而已，这众目睽睽下的一抱之后，她再也绷不住颜面，就站在医务室外，非要我给她一个说法，要想跟她继续在一起就得彻底不再跟小语联系；要么，她甚至没有一丝婉转地警告我，我的留校申请此刻就压在她爸的办公桌上。

我是小地方出来的大学生，入学时，别人都拎着漂亮的行李箱。只有我扛着硕大的红白蓝胶袋，在鄙夷的目光下，心无旁骛地看书学习。

直到兼职还清欠的学费和家中一半的债务，才敢约小语去看一场周二的打折电影。

留校的机会于当时的我而言，和古代金榜题名的意义相当。那天我站在小语病床外，时间快要正午，太阳也不是特别热烈，但我汗流浃背，好像要影响一生的决定。

校长千金趾高气扬地盯着我，目光倨傲，好像这根本就不该是个选择题，因为无论如何，她都应该是唯一被打钩的选项。

结果，我没有。

我跟她对峙十多分钟而已，于我而言是个漫长的世纪。

我回到病房里，看着小语惨白的小脸，有种想哭的冲动。

小语醒来后得知我和女友闹掰，留校资格被顺理成章地取消，她狠狠抽了我一个巴掌，然后抱着我哭起来。

小语说，她想起我当时的表情，也不知道哪来的勇气，直接就摔了酒瓶，拿着碎掉的瓶口，半玩笑半认真地说，章总，我看您老婆打了好几个电话来，您真的不给她回一个吗？

对方立刻清醒了几分，狡辩说，这都是跟你一样争着想上角色的丫头片子，我要搭理她们的话，哪还有你的份？

小语也不傻，她掏出手机按下一串数字，笑眯眯地说，您别不承认，要不我打过去听听，看那边是不是我嫂子？

"明天还要拍摄，大家也都累了，要不今天先散了吧。"说话的人是许峦峰，他本来一直低头和导演聊天，看见这边的架势本来也没想过要出声，直到小语摔了酒瓶。

当晚也算是相安无事地度过，可是小语怎么都没想到，对方会在合同上玩了个花样，当着她的面在电子档上改了条款，等她确认后放松了警惕，又偷偷在合同另一处增加一条，小语经验尚浅，再加上拍戏心切，没再仔细检查一遍就签了合同。

更让她事后感到悲凉的是经纪人和公司负责人，谁也没有帮她再把关一次，没人提醒她，好像她签了卖身契也无人在意。

小语说，她入了这行才更深刻地体会到，坚强换不回赞赏，软弱也得不到怜惜。她说终于明白为什么有些女明星脸上的妆越来越重，不是为了掩藏岁月痕迹，而是隐藏自己的真心。

戴着面具生活在这个圈子里，比做自己要如鱼得水得多。因为合同条款变化，资方故意给小语增加裸露戏码，她知道以后自然不肯，就在拍摄片场与对方起了争执。许峦峰当时只是一个小小副导，但他却是唯一一个站出来说不拍的人。

这事最后闹得说大不大，说小不小。总之两人双双丢了饭碗，流落街头，许峦峰还是一副散漫的样子，招呼万念俱灰的小语说，喝酒去？


## 04 就算全世界都荒芜，我也还是你的信徒


那以后我很少再见小语，她总说好忙好忙。要么在飞机上，要么在跟许峦峰一起看剧本。

那段时间她一直和许峦峰在一起。从她只言片语的描述里，我

就知道，从那一晚不醉不归开始，他们的距离开始被拉近。

她不止一次地跟我讲过，许峦峰是这个圈子里唯一的绅士。当然，我对"唯一"这个词很是怀疑，毕竟，哪怕是个普通的看客也懂得"贵圈真乱"这四个字。

我提醒她，吃过一次亏，就要懂得保护自己，不要再轻易信人。她却转移话题，问我身边是否有了新的女友，要是有了一定要早点结婚，到时候她来我婚礼上唱歌，免费的。

小语发了专辑，叫作《桐花》。她很得意地告诉我，是许峦峰取的，很是合心意。

我知道她之所以这么喜欢是因为她的名字，林桐语，取的是"桐花万里路，连朝语不息。心似双丝网，结结复依依"之意。她说向往这样的爱情。

那时我们在学校天台，小语专注地看着远方的晚霞，神思与目光都去了我追赶不上的地方，我只能侧着头静静地看她。

小语不爱我，我很清楚。即使她从高三转校来我所在班级，就一直和我厮混在一起，隔三岔五骗我请她喝可乐，考上同一所大学。大学毕业后我帮她接一些平面模特的活。

那时她已经漂亮得十分耀眼，最可贵的是还有灵气。

我发现这一点时异常忧心，忧虑她未来会展翅离我而去，也忧虑她未来太广太阔，不再是我所能掌控。

有次晚上我们去宵夜，完了送她回家，竟然碰到趁醉劫色的地头混混，当时那个男人的脏手附上小语惨白的脸颊，另一个人疯狂地把她往无人的窄巷里拖拽。

我被另外两个人死死制住，根本使不出半分力气。要不是脚底正好有个巨大的石头，被我用脚背一勾，正巧打在其中一个人脑门上，恐怕真会发生我无法承受的事情。

后来我被揍得很惨，但因为延长了时间，再加上小语拼命挣扎、哭喊尖叫，终于获救了。小语保住清白，我保住性命。

小语事后抱着我哭，明仁，你为什么要爱我。

我抚摸着她柔顺的脑袋，她哭得倦了，很快就在我怀里睡过去。

再后来，是在公司在谈收购案时，许久没有主动跟我联系的小语给我打了个电话，她说，你可不可以帮我个忙。

别说帮忙，就算性命，我大概也甘愿奉上。

可我没想到，她会让我做一件比起舍去性命，更让我难以承受的事情。她说，明仁，我唯一相信的人只有你，也只有你能帮我。

她语气异常郑重，再加上她说的这件事，我已经能够猜到几分。越是明白她的用意，越觉得悲凉。

后来想来，应该是从那时起，她已经做好了放弃一切的准备。

我忍着心痛问她，何必做出如此狠绝的招式，你明知道，他根本不爱你。

她冷冷答了一句，明仁，这是我的事。结果我会自己承担，你只用回答我，帮还是不帮。

我已知这件事小语势在必行，就算我不做，她也会找别人，那么与其让她找别人，不如是我。

我花了一周时间安排好人手，打通了关系，几乎没费什么力气，就从小语所在的摄制组买到了未经处理的走光镜头。接下来就是散布开来，把小语抛向漫天讨伐的口水里，字字句句都是刀刃，把她伤得体无完肤。

一切都按计划进行着，许峦峰已经不是当年的不羁青年。小语说，他已剩下为数不多的时间，这是他最看中的作品，这一次，他一定会来求自己。

我说，只要你觉得快乐。几天后，她给我打电话致谢。紧接着，告诉我了一件事。

关于 Susan。小语说当年我排除众异，把公司广告签给她拍，Susan 作为广告部总监，顶着比我更大的压力。

Susan 担心小语经验不足，特意自己掏腰包，花重金请了当时口碑人气都非常好的小鲜肉男模来和小语搭档。

这些是小语跟男模私下聊天才知道，他的出场费远比合同里报价的要高出三倍。

小语问我，这件事你一定不知道吧。还有，去雾媪山出外景那次，我不小心被树枝划伤了脖子，你比我还紧张，责怪 Susan 没备足药箱，她二话没说就下山去买药，结果回来时扭了脚，她忍着没跟你说。而我当时自私地享受你的照顾，也不愿你分心去看顾她……

小语叹口气，明仁，我爱许峦峰就像你爱我。你明白了吗？

## 05 我曾以为一切情爱都是种子，要经过埋葬才有生机

事实上，在那次意外以后我再无奢望。

她最后对我说的那句话让我难受得紧，除了握着电话的手尚维持着镇定平稳，我整个人其他部分已经止不住地收紧。我很想像多年前那样再亲吻她一次，哪怕她依然用沉默无声抵抗我的热烈。

小语那边早已挂断了，我忍着剧痛低头抱着自己。

不知道这样坐了多久，直到听见门咔了一声被人打开，是Susan抱着替我干洗好的外套走进来，她察觉到我的异样，立刻走过来蹲在我面前："陆总，你哪里不舒服吗？"她大约从未见过我这个样子，条件反射地掏出手机准备叫医生，可我按住了她的手。

她看了我几秒钟，突然一把把我拖进她怀里。

她身上有股淡淡的香水味，我越发难受得不能自抑。她双臂的力度出奇地大，好像要把自己揉进来，与我合为一体。

脆弱以后照常去上班，我一头扎进做不完的工作里，开会，过案子，修改，定出差日程，谈判……有时从电脑屏幕里抬起头，竟有种不知今夕是何年的纷乱。

总要喝口咖啡定定神，才慢慢想起，自己现在已经不再置身不足两百平方米的小小办公空间，玻璃窗外上百人埋头忙碌，全是一张张陌生面孔。只有Susan还是许多年前的样子，她早已是独当一面的项目负责人，却依然承担着我日常的助理，连滚烫咖啡都更换得很合时宜。

天有些暗，Susan进来时反而从云层里窜出一束光，勾勒出她的侧脸，仿佛还是初见的模样。

也许是我老了一些，开始念旧。我说，Susan，你怎么都不会变。

她大约没想到我会说这些，下意识摸了摸脸颊，笑道，哪里没变，老了许多。连女儿都说，我看起来像没浇水的花。

我被这句比喻给逗笑，脑海里满是那个五岁女孩娇憨可爱的样子。我以前对小朋友完全无感，现在却很是喜爱Susan的女儿，忍不住主动说周末要带她去迪士尼。

Susan说好啊，一转念才想起，"这周恐怕不行，她爸爸要带去看她奶奶。"我说没关系，下周也可以。

Susan 立刻又扬起嘴角，相处这么多年，我知道她是真的开心。

她转身出去，我看见她回到座位上照了照镜子，眉眼与小语很是不同，可我能够分辨的也仅此而已。

晚上再次加班到深夜，半梦半醒之间，我听见手机响了一下，竟是小语的短信，她说明仁，你要幸福。这一生，是我亏欠你。

我一时悲怆难忍，抓着手机想给她回一个电话，可是那边始终只有潮水的声音。我心急如焚，以为手机坏掉，更猜想是否飞机出事……最后醒了过来，书房里的落地灯那样明亮安详，提醒着我，一切都是场悲梦而已。

我放心不下，还是打开电脑搜索最近是否有飞机出事，又去微博上搜索林桐语的名字，一无所获，才放下心来。

花费许久才稳定心绪，忍不住笑话自己，真是迷信。

拿起手机打开收件箱，果然空空如也，没有一条关于小语的只言片语。

她终于是彻底离开，我连寻找的勇气都失去。

## 06 梦还没有完，大寒尚有蝉

在三十五岁生日这一天，我与 Susan 注册结婚。

婚礼隆重简约，我把我们站在花海里的那张照片放在微博上。是昭示，也是告别。Susan 按住我的心口，她明白当我做了这个决定，就不再耽于过往，生命河流时而湍急，时而暗涌，我会牵着她的手走下去。

何况还有安安，Susan 粉嫩的小女儿，也是我的女儿。新婚夜她悄悄钻到书房来告诉我,妈妈很早以前就把我的照片藏在枕头里面,被爸爸发现,两人吵架。我有些愧疚,问她不怪叔叔吗?小女孩摇摇头,她说老师说,每个人都应该跟自己真心喜欢的东西在一起。

我讶异于九岁女童已经有了这样的领悟。更加心生感激,虽然在多年前跟小语经历那场无妄之灾后,我在搏斗中伤及下体,终身不能生育。亦失去前二十年来最爱的女子,但上天还是待我不薄。每次安安笨拙地抚摸我手臂上当时留下的伤疤,动作很是温柔。

至于那已掩埋在岁月里的滚烫回忆,终于被风吹凉罢。数年过去,没人知道小语去了哪里,也不会再有人知道,我心中那些强烈绝望的感情。

Susan不再去公司,她已经从工作上的助理变成了这座别墅的女主人。有了她以后这里就有了温度,她常常买鲜花插满花瓶。

每每深夜到家,都能闻到一些暗香浮动,我猜无论身处何地,小语也如同这些花儿一样,热烈而不知疲惫地绽放着。

只是,经年青春已无踪。

END